우리는 다양한 매체와 미디어를 통해 세상을
직간접적으로 경험합니다. 그런가 하면 똑같은 콘텐츠가
시대적 맥락과 감상자의 관점에 따라 무궁무진한 의미를
양산하기도 합니다. 지금의 '나'는 어떤 것에 매혹되고,
우리 사회는 무엇을 선호하며, 부각되는 것과
지워지는 것의 차이는 무엇일까요?

향유와 매혹의 즐거움 속 틈틈이, 질문과 고민의
돌부리가 숨어 있습니다. 때때로 거추장스럽지만, 한 박자
쉬어가며 생각을 확장할 때는 꼭 필요한 지연의 순간이죠.
해당 도서는 그중 아주 작은 돌멩이 하나이고,
섬세하고 사려 깊은 당신의 발에 차인 참입니다.

일러두기

- 이 책은 저자가 『경향신문』에서 연재한 「이진송의 아니 근데」에서 작품을 선별하고 새로운 글들을 추가해 펴냈습니다. 「이진송의 아니 근데」에서 선별한 작품은 원문을 그대로 사용하지 않고 수정과 보완을 거쳤습니다.
- 책, 학술지, 신문 제호는 『』로, 논문 및 단행본에 수록된 개별 작품은 「」로, 방송 프로그램과 영화 등 매체의 제목은 〈〉, 노래 제목은 ''로 묶어 표기했습니다.
- 인용문은 원문을 살려 ""로 표기했습니다.

상상출판

작가의 말

초등학교 4학년 수업 시간, 이순신 장군의 일화를 배웠다. 무과 시험에서 낙마해 다리가 부러진 이순신 장군이 나무껍질로 다리를 동여매고 끝까지 말을 달려 경주에 완주했다는 내용이었다. 교과에서 의도한 교훈은 위인의 초인적 인내심이었던 것 같다. 아니 근데, 그게 맞아? 나는 이순신의 부상이 악화되면 아예 무인이 되지 못할 수도 있으니 그런 선택은 경솔하다고 발표했다. "아프면 쉬어야 합니다." 내가 딱히 독창적인 어린이라서는 아니고, 2년 전 추락 사고로 다리를 크게 다쳐 '절대 안정' 시기를 보냈기 때문이다. 담임 교사는 나에게 문학소녀라는 별명을 지어주었다.

기질일까, 칭찬을 받고 싶어 2절, 3절까지 하게 된 것일까. 동화나 드라마 하나를 보면서도 폭발적으로 물음표가 튀어 올랐다. 불길처럼, 관심사가 관심사를 타고 옮겨붙었다. 24시간 개장 놀이동산처럼 무언가를 보는 동안 머릿속에서는 쉴새 없이 관람차가 돌고 청룡열차가 곤두박질치고 솜사탕이 뭉게뭉게 피어올랐다. 여성, 아동·청소년, 외국인, 노동자, 장애인…. 나의 관심사와 문제의식을 자극하는 콘텐츠는 하필 마르지 않는 샘이었다. 입과 손이 근질근질해서 참을 수 없었다. 같이 TV를 보던 사람들이 종종 나에게 넌더리를 냈다. 아, 쫌! 그냥 좀 봐라! 그러니 내가 합법적으로(!) 딴지 걸 기회를 얻었을 때 얼마나 기뻤겠는가.

이 책은 2주에 한 번씩, 『경향신문』 토요판에 연재된 「이진송의 아니 근데」 중 일부를 엮은 것이다. 미디어 비평이라는 거창한 이름을 달고 있지만, 친구들과 비스듬하게 드러누워 수다 떠는 기분으로 썼다. "아니 근데, 어제 그거 좀 '그렇지' 않았어?" 개떡같이 말해도 찰떡같이 알아듣는 사이가 아니라면 수다에도 좀 더 정확하고 시시콜콜한 부연이 필요한 법이다. '그런 것'이 무엇인지, 어떤 점에서 '그런'

지, 어째서 누군가는 웃을 때 누군가는 불편한지, 맛있는 음식의 조합처럼 이 콘텐츠는 어떤 것과 엮어서 즐기면 좋은지. 어떤 글은 가슴 벅차하며, 어떤 글은 잔뜩 화가 나서, 어떤 글은 재미있게 보긴 했지만 그 사실에 은밀한 죄책감을 느끼며 썼다. 아아. 미디어 비평을 한다는 핑계로 온갖 최신 유행을 따라잡느라 시간을 펑펑 낭비하는 맛이란!

글이 발행된 뒤 오가는 논의는 한정적일 수밖에 없는 내 인식에 알록달록한 포스트잇을 붙여주었다. 일간지 연재의 특성상, 장점과 단점이 뚜렷한 글을 썼다. 나의 문제의식이나 의견이 정답은 아니며, 방향지시등은 더더욱 아니다. 각 콘텐츠를 둘러싼 다채로운 소란 중 일부이다. 콘텐츠를 보고, 글을 읽는 사람들끼리 어지럽게 얽어놓은 마인드맵이다. 어떤 것이 '맞다'라며 한 방향으로 쓸고 가려는 비질에 맞서며 자기만의 압력으로 그어보는 밑줄이다. 결이 비슷한 사람끼리 서로 손이 닿지 않는 곳이 애매하게 근질거릴 때 슬슬 긁어주는 등긁이다. 즐겁게 썼고 이제 책이라는 물성을 입고 세상에 새롭게 나온 참이다. 또 어떤 독자를 만나 그의 입을 간지럽힐지 기대가 된다.

하루에도 수십, 수백 개씩 새로운 콘텐츠가 쏟아진다. 볼 것이 너무 많아 어지럽다가도 마음에 드는 것 하나를 찾기 어려워 맥이 풀리기도 한다. 그럴수록, 잘 벼려낸 나만의 날붙이 하나는 품에 꼭 품고 다니고 싶다. 간단명료한 요약 대신 복잡하고 모호한 해석을 좇고 싶다. 좀 더 울퉁불퉁하고 뜨겁고 깊은 곳으로 흐르는 이야기를 듣고, 또 하고 싶다. 어려운 선택을 지키려 애쓰는 사람들의 이마에, 성긴 낙관으로 짠 차양을 드리워주고 싶다. 재미를 위해 착취되고 희생되는 존재가 없는, 그럼에도 충분히 흥미진진하고 괴상한 작품이 잔뜩 만들어졌으면 좋겠다. 좋아하는 것과 호기심 많은 이들이 자신의 감상과 해석을 지긋지긋할 정도로 늘어놓았으면 좋겠다. 모두가 열광하는 것에 대해서도 안전하고 평화롭게 비판할 수 있으면 좋겠다.

2022년 9월

이 진 송

목 차

4. 힘내 그리고 해내
: 응원할 수밖에 없는 자리들

5. 내일을 위한 시간
: 현재의 어려움은 영원하지 않다

6. 사랑하지 않을 수 없으므로
: 좋은 건 나눠야 하므로

좋은 콘텐츠만큼
필요한 좋은 대중

1

'좋아요'와 '싫어요' 사이

올림픽에도
언론 보도 종목이 있다면

뚜껑을 열어보기 전에는 모르는 것들이 있다. 유례없는 팬데믹 상황으로 2020 도쿄 올림픽을 둘러싼 시선은 개막 전까지 회의적이었다. 도쿄올림픽조직위원회가 자신하던 '버블 방역'이 물거품이 되어버렸고, 허술하고 배려 없는 운영은 여론의 뭇매를 맞았다. 전 세계인의 축제라는데 이렇게 심드렁할 수 있나? 그런데 역대 가장 미지근하던 올림픽의 열기가 막상 시작하니 예상을 깨고 후끈 달아올랐다. 선수들의 열정과 드라마 때문이었다. 또한 이전과는 달라진 스포츠 감수성이나, 많은 이들이 공유하는 문제의식을 확인할 수 있었다. 모두가 중계를 챙겨 보거나 사회관계망서비스(이하 'SNS')를 이용해 따라잡을 순 없기에 당시의 여러 이슈를 조금씩 골라 정리해 보려 한다. 주제는 올림픽 보도와 미디어의 역할. 찬물과 기름을 번갈아 끼얹던 미디어의 헛발질 모둠 세트 하나 들어갑니다~!

언론이 도쿄 올림픽에서 특별히 실수를 많이 했다기보다, 기존의 관행이 터져 나왔다고 봐야 한다. MBC는 국가 소개에서 부적절한 사진과 자막을 사용해, 개회식 중계부터 거센 비판을 받았다. 우크라이나를 소개할 때 체르노빌 원전 사고 사진을, 아이티를 소개할 때 "대통령 암살로 정국은 안갯속"이라는 자막을 송출했다. 또한 마셜 제도는 '한때 미국의 핵 실험장'이라고 설명했으며, 노르웨이 소개에서는 연어 사진을 띄웠다. 국가대표 팀과 루마니아 팀의 경기에서 마리우스 마린 선수가 자책골을 넣자 "고마워요 마린"이라는 자막을 띄워 질타를 받기도 했다. 상대 팀의 실수를 희화화한 것은 올림픽 정신에 어긋나는 결례이자, 주요 언론사의 품위를 훼손하는 행위이다. 처음부터 특정 국가를 모욕하거나 무례를 범하겠다는 의도는 아니었을 것이다. 그러나 결과적으로는 그렇게 됐다. 재치와 웃음을 노린 시도가 '밈Meme'화에 기대면서 실패한 것이다. MBC는 공식 트위터와 홈페이지에 국문으로 사과문을 올렸다가 이후 영문 버전을 추가했고, 박성제 사장이 대국민 기자회견을 열어 사과하기도 했다.

'밈'은 유행하는 언어, 사진, 영상을 포괄하는 개념이다. 즉각적인 연상이나 웃음을 유발한다. '노르웨이=연어' '우크라이나=체르노빌 원전' '상대의 자책=고마움' 같은 도식은 일부에게만 유효한 밈이다. 그런데도 주요 방송사에서 비판 없이 밈을 사용했다. 비단 MBC만의 문제가 아니다. 인터넷에서 유행하는 말이나 사진, 인물이 방송에 곧잘 사용된다. 또한 최근 몇 년 사이 스포츠 중계, 개표 방송, 뉴스 등이 꾸준히 예능화됐다. 아슬아슬하게 선을 건드리는 유머일수록, 더 웃길수록 화제가 된다. 방송사는 무리수를 둔다. 폭설 속에서 대기하던 박대기 기자가 큰 인기를 끌자 기자들을 점점 더 극단적인 상황에 내던지는 식이다.

뉴미디어 시대, TV는 가장 고루하다는 평가를 받는다. 그러나 언론은 알아야 한다. 주요 언론사는 주요 언론사의 역할이 있고, 본분은 재미가 아니며, 시청자는 이것을 구별할 줄 안다. "야, 내가 재미있는 얘기 해줄까?!" 하고 들떠서 달려오는 사람이 주절주절 늘어놓는 농담만큼 처절한 '노잼'이 있을까?

언론의 본분을 논하자면, 안산 선수에게 쏟아진 온라인

괴롭힘 보도 행태를 빠뜨릴 수 없다. 양궁 국가대표 안산 선수는 올림픽이 한창이던 도중 갑작스러운 사이버 폭력에 노출됐다. 남초 커뮤니티 사용자들이 안산 선수의 짧은 머리가 '탈코르셋'(여성들이 꾸밈 노동에 저항하는 운동)이라는 억측을 자아내며 선수를 검열하기 시작한 것이다. 공격자들은 안산 선수의 학교, 평소 착용하는 세월호 배지, 몇몇 단어를 문제 삼아 안산 선수가 페미니스트라고 주장했다. 지역 혐오와 여성 혐오가 결합된 형태의 공격이었다. 공격자들은 페미니스트는 남성 혐오자이니 안산 선수는 금메달을 반납하고 사과해야 한다는 집단적 광기에 휩싸였다. 문제를 더 키운 것은 국내 언론이다. 언론은 사건 초기부터 게시글이나 댓글을 고스란히 전달하며 '논란'이라고 보도했다. '안산 선수 쇼트 커트 논란' '페미 논란' '젠더 갈등'. 한국언론진흥재단의 뉴스 아카이브 빅카인즈 검색 결과, 2021년 7월 24일부터 8월 3일까지 '안산' '쇼트커트' '페미' '논란'이라는 단어가 들어간 기사는 108개에 이른다.

논란의 사전적 의미는 '여럿이 서로 다른 주장을 내며 다툼'이다. 자신의 자리에서 성실하게 활 쏘고 있는 세계 1위 선수와 머리 모양을 트집 잡는 인터넷 사용자는 대등한 논쟁의 주체가 아니다. 머리 모양이 페미니스트의 상징이라거나, 페미니스트는 남성 혐오자라는 억지는 어떤 주장이 아니다. 안산 선수는 논란에 휩싸인 게 아니라 부당한 공격을 당했다. 아무 데나 '논란'을 갖다 붙이면 사건의 본질은 왜곡된다. 이렇게 가해자와 피해자를 뭉개고 사건의 논지를 흐리는 것은 적극적으로 가해에 동조하는 행위이다. 공격자들은 자신이 하는 것이 정당한 주장이라고 착각한다. 반면 BBC, 로이터, 슈피겔 등의 외신은 이를 명확히 성차별주의자의 '온라인 학대·폭력Online Abuse'이라고 보도했다. 폭력을 정확히 폭력이라고 명명하고, 가해자와 피해자를 구별하며, 그 폭력이 얼마나 비정상적이고 부당한지 말하는 것은 아주 중요하다. 공격자와 방관자의 연결 고리를 끊고, 폭력의 확산을 차단할 수 있다. 실제로 외신 보도 이후 공격이 주춤했다. 안산 선수는 온라인 괴롭힘을 당하면서도 개인전 금메달을 따내며 새로운 기록을 썼다. 그러나 충분히 강한 여성이라도 괴롭힘은 정당화되지 않는다. 강하지 않은 여성도 괴롭힘당하지 않을 권리가 있다.

언론이 논란을 만든다. 피해가 논란이 되는 순간, 피해자는 자신을 해명해야 한다는 압박에 시달린다. 지금까지 페미니스트라는 이유로 여성을 공격한 사례는 수없이 많다. 『82년생 김지영』을 읽었다는 이유로, 페미니즘 굿즈를 사용했다는 이유로, 여성 인권 단체를 SNS에서 팔로우했다는 이유로 많은 여성이 공격당하고 일자리를 잃었다. '논란'이라는 단어 속에서 번번이 폭력은 쌍방의 문제로 굴절됐고 페미니스트가 문제라는 낙인이 만들어졌다. 페미니스트가 무엇이 문제인가? 상식적인 세계에서는 차별과 혐오에 반대하는 페미니스트가 아닌 것을 부끄러워해야 할 일이다. 페미니스트라는 말이 모욕으로 쓰인다면, 자신이 어떤 환경에 있는지 돌아봐야 한다.

외신 보도 후에도 연합뉴스는 논란이라는 표현을 고수했다. 유해하다. 연합뉴스는 방송과 신문, 정부, 포털 사이트, 기타 예약 구독자에게 기사를 공급하는 국가기간 뉴스 통신사이다. 연합뉴스가 명확한 폭력을 얼버무리면, 그 영향은 다른 언론사로 퍼진다. 정확하게 써야 한다. '연합뉴스의 보도 윤리 논란'이 아니라, '연합뉴스의 보도 윤리 방기'처럼.

또 다른 문제점은 중계의 불평등과 캐스터의 태도이다. 지상파는 시청자의 다양한 선택권을 보장해야 한다. 방송통신위원회는 지상파 방송 3사에 도쿄 올림픽 순차 방송을 권고했다. 과도한 중복 편성으로 인한 시청자 권익 침해를 최소화하자는 취지이다. 그런데도 중계는 인기 종목에만 쏠렸다. 요트 같은 종목은 선수가 괄목할 만한 성적을 내도 중계가 없었고, 야구와 축구 경기가 있는 날에는 4개 채널이 두 경기만을 중계했다. 같은 날 열린 여자 배구는 케이블 방송에 편성됐는데, 케이블 방송이 나오지 않는 지역에서는 인터넷을 이용하지 않으면 중계를 볼 방법이 없었다. 균형 잡힌 중계로 선수의 노력과 스포츠 정신을 알리고, 다양한 시청권을 보장해야 한다. 메달권에 들지 못하거나 금메달이 아닐 때 아쉬워하는 캐스터의 발언도 시정돼야 할 부분이다. 은메달을 땄다고 "저 메달의 색이 바뀔 때까지 갈고닦아야 한다" 식의 발언은 자중해야 한다. 또한 외국 중계의 인종 차별 발언에만 분노하지 말고, 우리의 중계는 어떠한지 돌아봐야 할 때다. 올림픽에도 언론 보도 종목이 있다면, 지금으로서는 예선 탈락이다. 그럼에도 메달과 무관하게 선수 개인의 기록이나 페어플레이 정신을 조명하는 중계도 많았다. 이러한 분위기가 더 자리 잡기를 기대한다.

2020 도쿄 올림픽은 개인의 성취에 집중하는 선수들이 두드러졌다. 갈고닦은 기량을 펼친 것에 만족하고, 죄스러워하거나 자신을 학대하지 않는 태도가 인상적이었다. 스포츠가 성과주의나 국가주의와 완전히 결별하기는 힘들겠지만, 새로운 가치와 결합할 수 있다. 그 가능성을 본 것만으로도 의미 깊은 올림픽이었다. 이러한 의의를 손상하지 않으며 더 좋은 곳에 함께 이를 수 있도록, 미디어의 자기반성과 쇄신이 필요하다.

아무것도
극복하지 마세요

2021년 4월 8일에 방영된 〈킹덤: 레전더리 워〉(Mnet)에서 아이돌 그룹 '더보이즈'는 수중 촬영을 진행했다. 일부 멤버는 물속에서도 자연스럽게 움직이지만, 일부 멤버는 입수와 동시에 두려워하다 눈물을 보인다. 다른 멤버들의 격려나 조언이 도움이 되지 못하지만, 본인도 그만두겠다고 말하지 않는다. 경연 프로그램의 특성상 시간이 촉박하고, 연차가 낮고 나이가 어린 아이돌이 현장 세팅의 변경을 요구하기 어려웠을 것이다. 원하는 그림을 얻어야 한다는 중압감도 한몫했으리라. 결국 한 멤버가 자원해 물속에 함께 들어가고, 촬영을 힘겹게 이어간다. 그렇게 찍은 사진은 막상 무대 활용에서 눈에 띄지 않았다. 중요한 것은 사진보다 고난을 견디고 두려움을 '극복'하는 서사였을 테니까.

배우 염혜란은 드라마 〈경이로운 소문〉(OCN, 2020)에서 물 공포증을 이겨내고 수중 촬영한 일화를 들려준다. 제작진이 정 안 되면 대본을 바꾸겠다고 하자 염혜란의 배우자가 "당신이 배우라면 약을 먹고서라도 해야 한다"라고 말했고, 이 말을 들은 염혜란은 용기를 내 수중 촬영에 성공했다. 염혜란의 프로 의식이 빛나는 대목이지만, 나는 쉽게 감동에 빠지지 못하고 덜컹거렸다. 아니 근데. 아니 근데, 왜 그렇게까지 해야 하죠? 아니 근데… 꼭 극복해야만 하나요…?!

'극복'의 엔터테인먼트화에는 크게 두 갈래의 문제가 있다. 하나는 타인의 고통을 재미로 소비하는 윤리적 문제, 또 다른 하나는 '극복'에 담긴 정상성 및 자기 계발 담론이다.

'고통의 오락화'에 대해 이야기해 보자. 이때 오락화는 단순히 웃음을 유발하는 것뿐 아니라 실재하는 고통에 내러티브를 부여하여 감동적으로 연출하는 방식, 스펙터클(시각적 쾌락의 요소·볼거리)로 소비하는 것 또한 포함한다. 예능에서 재미는 다양한 요소의 협업에서 발생한다. 연출, 자막,

웃음소리 및 출연진의 반응, 배경 음악, 컷 편집 등이 합쳐져 어떤 것이 재미있는지, 감동적인지, 혹은 웃긴지 결정한다. 이 프레임 안에서 타인의 고통이나 취약점은 얼마든지 갖고 놀아도 되는, 웃기는, 감상해도 되는 대상으로 배치된다. 앞서 예로 든 물 공포증과 함께 또 자주 등장하는 것이 고소공포증이다. 〈정글의 법칙〉 〈진짜 사나이〉 〈런닝맨〉 〈무한도전〉 등 숱한 예능에서 출연자들이 물에 빠지거나 높은 곳에서 뛰어내린다. 이성을 잃고 물에서 허우적거리거나 울부짖는 장면이 시청자에게 볼거리로 던져진다. 공포와 웃음의 비율을 잘 맞출수록, 즉 '제삼자가 보기에' 재미있는 반응일수록 시청률은 올라간다. 시청자가 그 어떤 프로그램보다 출연자에게 호의적인 아이돌 리얼리티에도, 번지점프를 하거나 놀이기구를 타는 기획이 빠지지 않는다. 고소 공포증이 있는 멤버는 번지점프대에서 울음을 터뜨리거나, 정신을 차리지 못하고 떨고, 빌다 못해 절까지 하지만 결국… 뛰어내린다. 허공에서 나부끼는 마음이야 어떻든 '마침내 이겨냈다는 듯' 감동적인 배경 음악이 깔리고, 내려온 아이돌은 긍정적인 태도로 인터뷰해야 한다. 드물게 포기하고 내려오는 경우 겁쟁이거나, 팬들에 대한 사랑이 부족하거나, 프로 의식이 없어 예능을 망친 것처럼 몰아가니 별수 없었을 것이다.

스스로 마음의 준비가 되어 차근차근 접근한 게 아니라 처음부터 결국 극복하는 결말을 정해두고, 하지 않을 수 없는 상황에 사람을 몰아넣는다. 그 과정에서 벌어지는 고통이나 취약함은 배려나 공감의 대상이 아니다. 입맛에 맞게 즐길 수 있고, 원활한 진행과 방송의 재미를 위해 감수해야 하는 것이 된다. 〈정글의 법칙〉은 이러한 안전의 한계선을 시험하며 아슬아슬한 영역을 건드려 많은 논란을 일으켰다. 평소 벌 알레르기가 있는 김병만이 콩가 개미에 물려 식도까지 부어오르며 호흡 곤란 증세를 보이거나, 벌에 쏘여 근육 경련을 일으킨다. 배우 이필모는 지푸라기를 모으다 알레르기 반응을 일으켜 쓰러진다. 김병만의 부상까지 발생했던 해당 방송분에는 "그들 몸에 새겨진 상처는 자연으로부터 얻은 자랑스러운 생존의 훈장"이라는 해설이 더해져 시청자의 반발을 샀다. 막을 수 있었던 인재와 그로 인한 부상을 감동과 명예로 포장한다는 것이다. 그런가 하면 덜 익힌 갑각류에 알레르기가 있는 이기광이 긴장한 채 코코넛 크랩 찜을 먹는 장면이 나온다. 다행히 이상이 없자 이기광은 어렸을 때 먹고 위험해진 후 태어나 두 번째 먹는 것이라며 신기해한다. 이 장면의 클립 제목은 '갑각류 알레르기 극복? 이기광의 코코넛 크랩 찜 먹방 성공 선보여'이고, 크랩을 먹는 장면에는 "알레르기도 맛도 괜찮은 듯?"

"갑각류 정복"이라는 자막이 뜬다. 실제로 많은 알레르기 질환 보유자가 배려 없는 강요로 위험에 노출되는데, 마치 알레르기는 두려움을 이겨내고 먹어보면 생각보다 괜찮아서 극복할 수 있다는 듯이. 그러나 알레르기는 정복하는 게 아니다. 최대한 피해야 하는 것이다.

러시안룰렛이라도 보는 양 조마조마했다. 신속한 응급처치가 어려울 수 있는 상황에서, 알레르기 반응 이후 처음 먹어보는 갑각류를 꼭 먹어야 했을까? 알레르기 반응이 일어난 출연자의 몸과 상태를 카메라 앞에 다 드러내야 했을까? 〈정글의 법칙〉 속 이러한 장면들은 알레르기에 대한 우리 사회의 낮은 감수성과 태도를 고스란히 보여준다. 이질적인 반응을 믿지 않고, 가능한 한 괜찮은 선까지 '테스트'하려고 하며(먹어봐! 먹어봐!), 얼마나 심한지 '확인'하고 싶어 한다. 그리고 알레르기 반응을 흥미진진하고 긴장되는 볼거리처럼 다룬다. 이것은 스너프 필름(실제의 잔혹한 살인, 신체 훼손 행위 등을 찍은 영상물)과 얼마나 다를까? 2021년에 방영한 예능 〈윤스테이〉(tvN)는 손님의 알레르기 정보와 비건 여부를 꼼꼼하게 확인하고 배려하여 음식을 대접한다는 점에서 조금 나아진 행보를 보인다. 그러나 이러한 손님을 까다로움으로 보도하는 기사나, 준비하는 처지의 어려움을 부각하는 연출은 역시 알레르기가 없는 상태를 정상적인 기본값으로 두는 시선을 드러낸다. 다양한 층위의 다름은 특정한 조치가 필요하다는 이유로 번거롭고, 유난스러운 것으로 취급받는다.

논의는 이제 알레르기를 거쳐 '정상성 및 자기 계발 담론'으로 넘어왔다. 한국인은 극복 서사를 너무 좋아한다. 뭐든 극복했다고 하면 냅다 감동할 준비를 하고, 또 무엇이든 극복하라고 등을 떠민다. 인내와 의지라는 도움닫기를 거쳐 프로 의식 또는 부단한 노력이라는 지렛대로 고난을 극복하는 서사는 구조적 문제를 개인의 영역으로 축소한다. 불우한 어린 시절, 차별, 알레르기, 트라우마, 질병, 장애마저도 극복 가능하다고 여긴다. 이러한 착각은 훼손과 결핍 없는 어떤 온전한 '정상성' '기본값'에 대한 집착과 긴밀하다. 현재의 상태를 부정하고, 다름을 인정하고 이들을 위한 선택지를 확충하는 대신 개인의 극복을 통해 정상성으로 편입하기를 권유하는 사회. 무섭거나 어렵거나 힘들면 하지 말라는 말보다, 그냥 하라거나, 이겨내니까 별것 아니지 않냐는 말의 볼륨을 더 크게 키우는 미디어.

멀리 갈 것도 없다. 내가 학교에 다닐 때까지만 해도 "아프면 학교에서 아파라"라고 말하며 억지로 등교를 시키는 일이 흔했다. "감기 걸려서 죽은 사람 아무도 없다" "그 정도는 정신력으로 이겨낼 수 있다"라는 말을 들으며 꾸역꾸역 학교에 나온 학생은 책상에 엎드려 앓거나 보건실로 갔다. 시간이 흘러 교사가 된 나의 친구는 "그때 왜 그렇게 미련스러웠나 몰라. 아프면 쉬어야 하는데"라며 뒤늦게 화를 냈다.

이길보라 감독이 쓴 『반짝이는 박수 소리: 또 다른 언어, 수어로 말하는 사람들』(한겨레출판, 2015)은 청각장애인 부모를 "손상과 결여의 의미로서의 청각장애인"이 아니라, "자신만의 고유한 수화 언어와 농문화를 지닌 사람"으로 해석한다. 또한 넘쳐나는 장애 극복 서사가 어떻게 장애인과 그 가족을 배제하고 소외시키는지 이야기한다. 장애를 있는 그대로 수용하고 구별 짓기와 차별을 없앨 때 진정한 의미의 해방(극복이 아닌)이 이루어진다는 것이다. 관습적으로 극복을 다짐하고 권유할 때, 그것이 무엇을 위하고 누구에게 책임을 돌리는지 생각해 봐야 한다.

'나'의 취약점, 장애, 부족하다고 여겨지는 점, 하다못해 성격이나 말투까지…. 어쩌면 어떤 것은 영영 극복할 수 없을지도 모른다. 우리는 모두 조금씩 연약하고 부족한 부분이 있는 사람이기에. 그런 약점을 일일이 극복하기보다, 곧장 웃음거리가 되거나 불편을 감수하지 않도록 사회 전반적인 시스템과 감수성을 바꾸는 것이 더 중요하다. 굳이 극복하지 않아도 누구나 잘살 수 있어야 한다.

일곱 번 넘어져도 왜 여덟 번째 일어나지 않냐고 다그치고, 남이 흘리는 피가 웃기다고 박수 치는 세상에서 이제 서로의 깨진 무릎을 들여다볼 때다. 우리는 좀, 그만 이겨내도 된다.

어른의 재미보다, 어린이의 존엄

'열풍'이라고 할 만했다. 2021년 1월 초, 일본 동요대회에서 노래를 부르는 아동의 영상이 SNS에서 급속도로 퍼졌다. 영상의 주인공은 무라카타 노노카. 2020년 11월에 열린 동요대회 참가 당시 2세였던 노노카는 은상을 수상했다. 다른 참가자의 허리 높이밖에 오지 않는 키나, 그 키에 맞춘 낮은 마이크, 깜찍한 외모와 정확한 음정까지 뭐 하나 귀엽지 않은 게 없었다. 일본 현지뿐만 아니라 한국에서도 인기가 폭발적이었다. 노노카의 영상 인터뷰며 기사가 쏟아지고 팬아트나 패러디가 등장했다. 노노카의 어머니가 개설

한 유튜브는 순식간에 구독자 10만 명을 돌파했고, 2022년 9월 기준으로 약 48만 명의 구독자를 보유하고 있다. 노노카의 어머니는 한국어 자막을 단 영상을 올리고, 노노카에게 한국어 인사를 시키기도 한다. 영상 밑에는 노노카에게 열광하는 한국인들의 댓글이 가득하다.

처음에는 그저 귀엽다고 생각했다. 지인들에게 링크를 보내기도 했다. 그런데 인기가 과열되는가 싶더니 양상이 이상하게 흐르기 시작했다. 노노카가 우동을 먹는 영상에 달린 "한국에도 우동이 있나요?"라는 자막이 도화선이었다. '~에도 ~가 있는지' 묻는 것은 일본인이 후진국을 무시할 때 쓰는 화법이라는 주장이 제기됐다. 갑론을박이 벌어졌고 노노카를 향한 악성 댓글이 쏟아지기 시작했다. 노노카의 어머니는 번역이 서툴렀음을 사과하며 그런 의도가 아니라고 해명했지만, 비난은 쉽게 사그라들지 않았다. 결국 노노카의 부모와 노노카가 아역 탤런트로 소속된 기획사에서 법적 대응을 예고했다. 노노카 어머니와 소통하며 운영하던 한국 공식 팬 계정 또한 22일, 부모님과 소속사가 운영을 원치 않는 듯하니 계정 운영을 중단한다고 공지했다. 유명인을 향한 비난과 악성 댓글은 이제 대상을 가리지 않는다. 2018년 먹방 ASMR을 올리며 큰 인기를 끌었던 키즈 유튜버 '띠예' 역시 욕설과 성적 모욕이 담긴 댓글 때문에 댓글 창을 닫고 한동안 활동을 중단하기도 했다. 노노카의 경우 반일 정서가 더해져, 문화 침략이 의심된다는 음모론(!)까지 제기됐다.

아동에게 악성 댓글을 다는 이들이 나쁘다는 데에는 이견의 여지가 없다. 그런데, 욕설과 비난만 나쁜 영향을 끼칠까? 동요대회의 무대를 감상하는 데 그치지 않고, 가능한 모든 정보를 끌어모으며 열광하는 것은 괜찮을까? 관심은 양날의 검과 같다. 긍정적인 반응 또한 대상에게 영향을 미치고, 이를 의식하게 한다. 칭찬에는 현재의 상태를 유지하고 기대를 충족해야 한다는 요구가 은은하게 깃든다. 또한 호감이 클수록 상대가 나의 뜻과 다른 행동을 했을 때 분노하거나 실망하기 쉽다. 관심받는 것이 직업인 연예인조차 이러한 상황에 압박을 느낀다. 고(故) 설리(본명 최진리)는 JTBC 〈악플의 밤〉(2019)에 출연하여, 외모 평가에 대한 인식을 지적하고 칭찬 역시 평가라고 언급하기도 했다.

아동은 특히 미디어에 노출될 때 결정권을 행사하거나, 이후의 파급력을 예측하고 고려하여 행동할 수 없다. 영상이 퍼지고 이름이나 키 같은 개인 정보가 알려지는 데 노노카의 의사가 얼마나 반영됐을지 생각하자, 더는 마음 편히 볼 수 없었다. 비슷한 시기, 언론에 공개된 아동 학대 사건

피해자의 실명과 얼굴 사진을 보며 생각이 확장되기 시작했다. 피해자가 성인이었다면 그렇게 정보를 공개하지 않았을 것이다. 사람들이 함부로 피해자의 이름을 부르고, 반말을 하고, SNS에 사진을 올리지 않았을 것이다. 그런데 아동이라는 이유만으로 우리는 쉽게 초상권을 침해하고 문제의식을 느끼지 못한다. 특히 비판적 사고는 귀여운 '짤'(이미지 형태의 밈) 앞에서 힘을 잃는다. 우리는 언젠가부터 너무나 쉽게, 일상적으로, 무분별하게, 현실의 아동을 연예인이나 만화 캐릭터 덕질하듯 소비한다. 일상을 궁금해하고 일거수일투족에 반응한다. 나의 '힐링'과 '재미'를 위해서. 곤란해하는 모습도 인기가 많다. 상황을 다 아는 어른에게는 그저 재미있고 귀여운 것이다. 그 관심과 수요 때문에 우는 아동을 찍거나 일부러 곤란한 상황에 빠뜨리는 경우가 비일비재한데도.

미디어의 아동 소비 역사를 짚어보자. 태초에 god의 〈육아일기〉(MBC, 2000~2001)가 있었으나, 좀 더 본격적인 물꼬는 〈아빠! 어디가?〉(MBC, 2013~2015)가 텄다고 봐야 한다. 연예인 아버지와 자녀가 주말 동안 여행을 떠나는 포맷은 2013년 연예대상에서 프로그램으로 대상을 받을 만큼 인기를 얻었다. 시청을 통한 내적 친밀감으로 이어진 '랜선 이모' '랜선 삼촌'이라는 단어가 등장했다. 〈아빠! 어디가?〉의 성공 이후, KBS2 〈슈퍼맨이 돌아왔다〉(2013~), SBS 〈오 마이 베이비〉(2014~2016) 등 육아 예능이 쏟아지며 아동이 엔터테인먼트와 결합했다. 주말의 오락 요소가 된 이상, 아동은 시청자의 비위를 거스르거나 피곤하게 해서는 안 된다. 그러니 아무리 어리거나 힘들어도 부정적인 감정 표출은 '적당히' 해야 한다. 〈아빠! 어디가?〉 시즌 1에서 열 살이었던 출연자는 떼쓰며 울었다가 거의 전 국민적인 비난을 받았으며 내내 울보 이미지를 달고 다녔다. 해당 장면을 편집하거나, 아동이라면 그럴 수 있다는 정보를 충분히 줬다면 피할 수 있는 상황이었다. 그러나 제작진은 그렇게 하지 않았다. 어떤 책임도 질 필요 없는 타인에게, 화면 속 아동의 단편적인 모습만 보고 평가할 권리를 쥐여준 대표적인 사례이다. 동시에 시청자가 어떤 아동을 보고 싶어 하는지도 드러났다.

육아 예능 속에서 아동은 편집과 내레이션과 자막을 거쳐 본인의 의도와 무관하게 가공된다. 촬영에 익숙해진 아동은 카메라와 어른의 평가를 의식해서 행동한다. 시청자 즉, 어른이 보기에 귀엽고 착하지 않으면 나쁜 평가를 받는다. 방송은 아동을 기획된 아이돌 그룹의 캐릭터처럼 연출하고,

시청자는 그 이미지를 소비하며, 아동은 반응을 내면화하는 순환 구조를 띤다. 이 구조 속에서 아동은 실존하는 개인이 아니라 파편화된 이미지로만 존재한다. 아동의 감정이나 행동을 소비할 때 정작 당사자를 고려하지 않는다. 〈슈퍼맨이 돌아왔다〉가 깜짝 카메라라는 구실로 아동의 난처한 반응을 끌어냈다면, 서바이벌 프로그램은 극도의 스트레스 상황으로 아동을 몰아간다. TV조선 〈미스트롯2〉(2020~2021)는 성인 출연자도 힘들어하는 진행 방식을 초등부 경연에 적용한다. 아동 참가자는 과도하게 경쟁하고 경쟁자를 도발하는 말을 하도록 권유받으며 불안해한다. 경연 제목은 '데스 매치'고, 나이에 걸맞지 않은 실력을 증명하되 나이에 어울리는 외모나 귀여움을 어필해야 한다. 한 명 한 명 합격자가 발표될 때마다 10세 내외의 참가자들은 오열하고, 마지막 한 명의 발표를 앞두고는 안절부절못한다. 한 참가자는 바닥에 엎드려 대성통곡한다. 이 장면은 서바이벌의 잔인함과 참가자의 간절함을 극대화하는 듯하다. 그러나 어른보다 극적이라는 이유로 아동의 감정과 반응을 볼거리로 만든다면 그 쇼는 아동 학대에 불과하다.

TV 속 육아 예능 프로그램이 대부분 폐지된 후, 아동 소비 열풍은 자연스럽게 개인 유튜브나 인스타그램으로 옮겨갔다. 스마트폰의 보급으로 일상을 촬영하고 공유하기 쉬워지고, 아동 콘텐츠 수요가 늘어난 환경도 뒷받침했다. 아동은 연예인의 자녀가 아니라도 스스로 드러내서 인기를 얻을 수도 있고, 또 자신의 의사와 무관하게 공개되기도 한다. 언제든 원하는 플랫폼에서 귀여운 아동의 사진이나 영상을 검색할 수 있다. 이것은 기회일까, 아니면 새로운 방식의 착취일까. 아직 무엇도 단언할 수 없지만 아동이라는 이유로 자주 멈추곤 하는 우리의 상식을 작동시킬 필요가 있다. 예를 들면, '보통은' 만난 적 없는 타인에게 내적 친밀감을 느낀다는 이유만으로 말을 놓으며 애정을 과시하지 않는다. 그 사람과의 협의 없이 이모나 삼촌 같은 가족 역할을 자처하지 않는다. 아무래도 그건 좀 이상하니까. 그런데 상대가 아동이면 귀엽다는 이유만으로 이 기준이 허물어진다. 좀 많이 이상하다.

아동은 배우나 아이돌이 아니다. 상대적으로 취약하고 결정권이 없는 이를 덕질의 대상으로 삼으며 몰입하는 것은 적절하지 못하다. 앞서 말했던 키즈 유튜버 띠예는 성인 구독자들에게 큰 인기를 얻어 빠르게 구독자가 늘었다. 그러나 아동에게 성인 구독자들이 자신의 나이를 드러내고, 아동이 이해하기 힘든 어른의 단어나 표현으로 장문의 댓글을 다는 행동이 일부 누리꾼에게 비판받기도 했다. 잘못된 애정 표현이나 무분별한 소비는 악성 댓글과 비슷한 결과로 이어질 수 있다. 지금부터라도, 무심코 저장하던 아동의 사진이나 영상 앞에서 한 박자 쉬어가는 신중함이 필요하다.

슬픔을 증명하라는 요구, 리액션하지 않을 자유

2021년, 박지성 JS재단 이사장(전 축구 국가대표)이 악성 댓글을 남긴 누리꾼들을 경찰에 고소했다. 영국에 거주하느라 유상철 전 인천 유나이티드 감독의 빈소에 조문을 가지 못한 것, 조의를 표현하지 않은 것을 두고 무분별한 비난을 퍼부었기 때문이다. 박지성의 아내인 김민지 전 아나운서가 운영하는 유튜브 채널 '만두랑'도 공격당했다. 김민지 전 아나운서는 글을 올려 부당한 비난을 정면으로 반박했다. "슬픔을 증명하라고요? 조의를 기사로 내서 인증하라고요? 조화의 인증샷을 찍으라고요? 도대체 어떤 세상에 살고 계신 겁니까.” “본질적으로 남편이 어떤 활동을 하든 혹은 하지 않든 법적·도의적·윤리적 문제가 없는 개인의 영역을 누군지도 모르는 그분들에게 보고해야 할 이유가 저에게나 남편에게 도무지 없다.”

슬플 때 눈물을 흘리는 모습을 찍어 올린 눈물 셀카는 한때 ‘오글거린다’ ‘셀카를 찍을 여유가 있다니 덜 슬픈 거다’라는 이유로 웃음거리였다. 이제는 ‘정서적 눈물 셀카’ 즉, 내가 얼마나 슬픈지 인증 가능한 게시물을 올려야 한다. 그러지 않으면 나의 감정이나 발언, 생각은 존재하지 않는 것, 없는 것, 혹은 ‘주작’이 된다. 주작은 ‘없는 사실을 꾸며 만듦’이라는 뜻의 표준어인데, 원래 거의 쓰이지 않다가 인터넷상에서 ‘조작’의 대체어로 활용됐다. 슬픔을 증명하라는 요구. 그리고 그 증명이 없으면 어떤 감정이나 표현, 사실을 ‘없다’고 여기는 감각. 자신이 타인에게 알고 싶은 것은 무엇이든 ‘보고받을’ 의무가 있다고 착각하는 태도. 박지성의 ‘조의 사건’에는 SNS와 ‘인증 문화’에서 파생된 다양한 문제들이 이리저리 얽혀 있다. 1920년대, 일제 치하 지식인이 술 권하는 사회에 살았다면 2020년대, 현대인은 인증 권하는 사회에 산다.

배경부터 살펴보자. 스마트폰의 대중화로 개인이 카메라를 항시 소지하게 됐다. 이제 특정한 날, 특정한 이벤트

뿐 아니라 일상의 매 순간을 이미지로 기록하고 저장한다. SNS는 이미지를 앨범 속 비닐에서 꺼내, 전시와 공유의 영역으로 옮겨놓았다. 자신의 경험을 사진으로 촬영하여 SNS에 실시간으로 업로드하는 현상은 인증 문화로 자리 잡았다. 이 글을 읽는 지금, 당장 고개를 길게 빼서(거북목 주의! 거북목 주의!) 주변을 둘러보자. 음식이든, 친구와의 만남이든, 아름다운 하늘이든, 흥미로운 장면이든, '인증샷'을 올리려는 사람을 발견할 수 있을 것이다. 아니면 당신이 이 문장을 캡처하거나 찍어서 올릴 수도 있겠다. '인증'과 촬영을 뜻하는 '샷Shot'의 합성어인 인증샷은 현대인을 이루는 중요한 요소 중 하나이다. 인증 행위는 자신을 위한 기록 장치인 동시에 타인에게 정보를 전달하는 방식이다. 핫플(레이스) 방문 인증, 투표 인증, 후원 인증, 구매 인증, 여행 인증, 성과 인증…. 일상의 모든 순간이 콘텐츠가 되고, '스토리'와 '라이브' 기능을 통해 삶은 생중계된다. 오늘 뭘 먹었는지, 어디를 갔는지, 어떤 옷을 입었는지, 어떤 일에 어떤 생각을 하는지, 어떤 감정을 느끼는지, 누구와 친하고 무슨 대화를 나눴는지 낱낱이 보고한다. 칸트가 동시대를 살았다면 그는 이렇게 말했을 것이다. "나는 인증한다. 고로 나는 존재한다." 평생 규칙적인 생활을 영위했다는 칸트도 #미라클모닝 해시태그를 달고 기상 시간을 인증해야 했을지도 모른다!

인간이 자신의 자아를 연출하고, 정보를 편집하여 타인에게 과시하고 싶어 하는 것은 자연스러운 욕망이다. 문제는 이러한 인증 문화가 진정성과 결합한다는 것이다. 자신이 인증하는 것을 넘어 그 기준을 타인에게 들이댄다. 인증 없는 정보는 즉각 진정성을 의심받고, 증명하라는 압박이 사방에서 들어온다. 몇 년 전, 트위터에는 어릴 때부터 불치병으로 투병하다 시한부 판정을 받았으며 그동안 제한당했던 음식을 마음껏 먹어보고 싶다는 계정이 등장했다. 병원식 외의 음식 경험이 거의 없으니 맛있는 것을 알려달라고 요청하고, 오늘은 무엇을 먹어보았다면서 즐거워하는 계정주에게 많은 사람이 응원과 지지를 보냈다. 그런데 얼마 후 이 계정에 "네가 시한부라는 증거가 있느냐" "병명이나 진단서를 인증하라"라고 요구하는 사람이 등장했다. 많은 사람의 관심을 받으니 질투가 났던 모양이다. 타인의 고통을 자신이 원하는 형태로 검증받으려 하고, 그러지 않으면 인정하지 않겠다는 엄중함에는 헤아리기 힘든 끔찍함이 있다. 계정주는 괴롭힘을 받다가 안타깝게도 계정 운영을 중단했다. 맛있는 것을 추천받고 감상을 쓰는 일이 설령 주작이라고 한들, 이를 밝혀내는 것이 무슨 대단한 정의 구현이지?

인증 요구는 결국 내가 인정하는 방식으로만 타인을 받아들이겠다는 통제 욕구의 발현이다. 내가 직접 봐야만 그렇다고 믿고, 볼 수 없는 곳에서 존재하는 타인은 삭제하고, 나의 상식에서 의심스러운 부분은 상대가 설득해야 한다고 생각한다. 해명 논란도 비슷한 맥락이다. SNS에는 수많은 정보의 파편이 둥둥 떠다닌다. 그중에는 한 명의 것이지만 상충하는 정보도 있다. 시간의 흐름에 따라 의견이나 지향성이 변화하기도 하고(지금은 맞고 그때는 틀리다), 인간은 원래 입체적이니 모순되는 면이 공존하기도 한다. 무단횡단을 하면서도 쓰레기를 줍는 게 인간이라고 하니까. 그런데 특정 정보나 발언이 현재와 다를 때, 논리적으로 규명하고 납득할 만한 설명을 요구한다. 사실 해명 자체보다는 '지금의 너'가 진짜가 아니라고 공격하고 싶은 마음이 더 뾰족하게 두드러질 때가 많다.

디아 작가는 『사과를 먹을 땐 사과를 먹어요』(웨일북, 2019)에서 현대인은 '리-액션'을 하면서 산다고 성찰했다. 리액션은 타인의 글에 '좋아요'를 누르거나, 어떤 사안에 의견과 생각을 표시하거나, 댓글을 달며 소통하는 모든 소셜 네트워크 행위를 일컫는다. "현대인은 하루 종일 '리-액션'이라는 것을 하면서 산다. 리액션은 타인의 욕망에 응하는 행위다. 디지털 기계들에 둘러싸여 있어 꼼짝도 할 수 없다. 기계 자체는 훌륭하지만 이 훌륭한 기계들로 사람들은 더욱 열심히 리-액션하는 데 골몰하고 만다. 자본가의 입장에서 보면 '요구하는 길을 하게 한다, 더 많이 하게 한다, 언제든 하게 한다'의 끝은 어디일까. 어쩌면 디지털 모바일 사회가 아닐까. 리-액션에 몰두하면 내 욕망은 계속 거부된다. 자기 욕망을 무시해야 버틸 수 있다. 리-액션 전문가들은 자기 시간이 없다. 까다로운 손님들이 가득한 가게의 주인과 같다. (…) 내 시간은 이미 타인의 시간들로 채워져 있다."(『사과를 먹을 땐 사과를 먹어요』) 우리는 쉴 새 없이 리액션을 하며 자신이 어떤 사람인지 증명해야 한다. 이 과정에서 내 시간은 타인의 욕망으로 채워진다. 뒤집어 말하면, 우리가 누군가에게 리액션을 요구할 때 타인의 욕망과 시간을 침해한다. 알고자 하는 욕구와 나의 이해를 우선한다. 이것이 바로 증명이 폭력으로 작동하는 원리다.

나 역시 특정한 날, 특정 해시태그를 달지 않았다는 이유로 메시지를 받은 적 있다. "페미니스트라면서 왜 침묵하세요?" 답장하지 않자 한 통 더 왔다. "무시하는 거 보니 찔리나 봐요?" 인터넷에 올리지 않았다고 해서 나의 의견이 '없는 것'은 아니며, 당신은 메시지를 보낼 자유가 있으나 나는 답장할 의무가 없다고 설명하려다 그만뒀다. 메시지를 보낸 사람은 자신이 원하는 방식으로 내가 존재할 때까지 인증을 요구했을 것이다.

내가 '인정하겠다'라고 '인정'한 객관적 지표보다, 당사자가 그 스스로에 대해서 말하는 것이 중요하다. 그가 나에게 보이는 어떤 것도 하지 않는다면, 그가 아무 행동도 하지 않거나 생각이 없는 게 아니라 사람과 사람 사이에는 원래 모르는 것이 더 많고, 나에게 알 권리가 없기 때문이다.

박지성이 얼마나 슬펐는지, 어떤 방식으로 조의를 표했는지, '누군지도 모르는 그분들'은 모르는 게 당연하다. 사람 사이에는 거리가 있고, 사람은 누군지도 모르는 사람에게 자신의 모든 감정과 행동을 보고하지 않는다. SNS가 그 당연함을 뒤틀어 놓았을 뿐이다. 우리는 타인에게 자신을 증명하고 해명하지 않을 자유가 있다. 마찬가지로, 우리는 타인에게 증명과 해명을 요구할 권리가 없다.

타인의 고통이 구경거리가 될 때

대화의 밀도가 높은 시간이었다. 상대는 별것 아닌 일도 재미있게 이야기하는 재주가 있었고 우리는 자주 웃었다. 어느 순간 상대는 지인이 겪은 일을 나에게 풀어놓았다. 흥미진진하고 박진감 있게. 때로는 나의 반응을 살피며 이야기의 속도를 조절하며. 그 '썰'은 내가 만나본 적 없는 타인에게 일어난 비극적인 사건이었다. "야, 내가 아는 사람 중에…"로 시작하는 사연은 남의 입에 오르내릴 만큼 기막히고 드라마틱했다. 연민과 경악 그리고 자신의 이야기에 들뜬 열기가 뒤섞인 그 눈을 보며 문득 울고 싶어졌다. '아, 내가 겪은 일을 이 사람에게 털어놓는다면 언젠가 이렇게 내가 모르는 곳에서 재미있게 상영되겠구나.' 누군가의 삶을 볼거리로 만들고 자신은 구경꾼의 자리에 설 때, 우리는 인지하지 못하는 사이에 무언가를 놓친다.

MBC 예능 프로그램 〈심야괴담회〉는 2021년 8월, 잇달아 실화 소재의 사건을 방영했다. 8월 12일에는 연쇄살인범 유영철과 그 옆집에 살던 여성의 사연을, 8월 19일에는 1999년 씨랜드 화재 사건이 발생한 이후 폐건물 보존 임무를 맡은 의경이 의문의 소리를 들었다는 내용을, 8월 26일에는 1990년 일어난 서울 송파구 세 모자 피살 사건을 다뤘다. 씨랜드 화재 사건은 청소년 수련 시설인 씨랜드에서 화재가 발생해 유치원생 19명과 인솔 강사 4명 등 23명이 사망한 참사이다. 일부 재연 장면에서 무당이 "이 동네에 아이들의 울음소리가 끊기질 않는다. 그 혼을 달래주지 않으면 사달이 날 것이다"라고 하는 대사가 포함됐다. 방송 후 비판이 쏟아졌다. 실존하는 사고의 피해자들이 귀신이 되어 구천을 떠돈다는 뉘앙스가 적절하지 못하며, 사건을 흥미 위주의 괴담 소재로 소비해서는 안 된다는 내용이었다. 씨랜드 참사 유가족 대표는 자료 요청에 응하면서 이런 식으로 사용될 줄 몰랐다며 유감을 표했다. 송파구 세 모자

피살 사건은 범인의 정체를 반전으로 활용하여 시청자와 패널의 놀라움을 유도하고, 잔혹한 살해 장면이 여러 차례 재연된다. 그런가 하면 한 여성이 겪고 들었던 이상한 일과 소음은 기괴하고 의문스럽게 연출한다. 그리고 복면가왕의 정체를 공개하듯, 사실은 연쇄살인마 유영철이 이웃이었다고 짜잔 밝힌다. 패널은 경악하고 시청자와 어둑시니(판정단)는 공포에 질린다.

괴담은 당대의 의식이나 사건·사고 등을 기반한 가상의 이야기다. 시대정신이나 보편적인 감정이 반영된다. 그런데 재미를 위하여 실재를 가공하고 미디어에서 유통하는 것은 다른 층위의 문제다. 안전거리를 확보하고 소비하는 충격과 공포는 즐거움으로 전환된다. 동시다발적으로, 불특정 다수가 소비하며, 일부 패널의 리액션을 통해 구체적이고 생생한 대리 체험을 할 수도 있다. 사건은 그렇게 '충격 실화'가 되어 엔터테인먼트라는 롤러코스터로 재탄생한다. 타인의 고통은 그렇게 잠깐 나의 간담을 서늘하게 해주는 용도로 쓰이고 끝난다. 그래도 되는 걸까?

SBS 〈그것이 알고 싶다〉(이하 〈그알〉)는 현실의 사건을 심도 있게 취재하여 우리 사회의 약자들이 겪는 피해를 조명하고, 은폐된 진실을 파헤친다. 〈그알〉 팀의 집요한 취재력이나, 관련 없어 보이는 사건들이 얽혀 있는 고리를 포착하는 통찰력에 시청자는 자주 감탄한다. 그러나 아동 성추행 사실을 재연할 때 대역 배우인 아동과 실제로 신체적 접촉을 하는 등의 문제, 자신들의 확신을 근거로 무고한 사람을 진범으로 몰아가는 구성, 자극적인 연출 등은 꾸준히 비판받았다.

〈그알〉 애청자로서 느끼는 딜레마는 다음과 같다. 〈그알〉은 분명 '좋은 일'을 한다. 그런데 TV 프로그램이다 보니 적정 수준의 재미도 있어야 한다. 그래서 〈그알〉의 연출은 한껏 매력적이고 흥미롭다. 잘 만들어진 한 편의 추리 소설처럼 다양한 의문을 제기하며 점점 제작진이 찾은 하나의 진실로 다가가도록 이끈다. 범죄의 심각함, 가해자의 악마성을 강조하고자 다양한 방법이 활용된다. 피해자의 목소리를 삽입하거나, 애니메이션 기법을 활용해 가해자가 피해자를 잠식하는 과정을 스펙터클로 만들고, 피해 사실을 기록한 끔찍한 이미지가 나온다. 시청자는 경악하고 분노하며, 의심할 나위 없이 강렬하게 매혹된다. 〈그알〉이 만든 유튜브 채널의 이름은 '그알 레전드'였다. 전부터 사람들이 자주 '그알 레전드' 편을 검색하고 추천받았기 때문이리라. 이 명명은 많은 것을 시사한다. 충격적인 사건일수록 인기를 끌어 레전드가 될 수 있다. 그것이 누군가에게는 현실일지라도. 다행히도 용어가 적절하지 않다는 비판이 이어져, 현재는 '그알 캐비닛'으로 이름이 바뀌었다.

〈꼬리에 꼬리를 무는 그날 이야기〉(SBS·이하 〈꼬꼬무〉)는 역사 전문 교양 프로그램으로, 세 명의 이야기꾼이 역사적 사건이나 유명한 범죄 사건을 눈앞의 게스트에게 말로 풀어 주는 구성이다. 첫 방영 이후 큰 인기를 얻으며 현재 시즌 3까지 순항 중이며 특히 유튜브 조회 수가 높다. 〈꼬꼬무〉 역시 시즌 1 때 일부 소재가 자극적이라는 비판이 있었다. 유혜승 PD는 "과거에 일어난 다 지난 일이지만, 왜 우리가 오늘 다시 이 이야기를 나눠야 하는지 그 질문을 시청자에게 던지고 싶다"고 해명했다. 실제로 〈꼬꼬무〉는 현재의 관점에서 사건을 재구성하여 새롭게 사유하는 프레임을 제공한다. 가부장적인 재판 기록을 공개하며 우리 사회의 젠더 의식을 검토해 보거나, 변화한 인권 의식을 바탕으로 시대의 폭력을 분명하게 폭력으로 규정하는 점 등이 그렇다. 아니 근데…. 이 좋은 프로그램에서도 종종 위화감을 느낀다. 이야기를 흥미롭게 끌어가는 이야기꾼과 잔뜩 몰입한 게스트가 격렬한 감정적 반응을 보일 때 특히 그렇다. 이야기꾼은 재미를 극대화하는 방향으로 서사를 재구성한다. 사실 현실의 모든 정보는 그렇게 스토리텔링이 명확할 수 없는데 말이다. 이야기를 듣는 게스트는 분노하고 때로는 눈물을 흘린다. 마치 '지금' '여기' '이곳' '현대 사회'에서는 그런 '야만적'이고 '비인간적인' 일이 일어나지 않는다는 듯이. 지금은 그런 사람이 없다는 듯이. 사건과 피해자는 철저하게 과거로 타자화되고, 현재의 나는 그로부터 일어난 감정을 충분히 느낀 후 나의 일상으로 돌아간다.

수전 손택은 『타인의 고통』(이재원 역, 도서출판사 이후, 2004)에서 사진 이미지가 유통되고 소비되는 양상을 틀로 삼아, 전쟁의 본성과 연민의 한계, 그리고 양심의 한계를 고찰한다. 손택은 폭력과 잔혹함의 이미지로 뒤덮인 현대 사회에서 사람들이 타인의 고통을 일종의 유희 거리로 소비하고, 이로 인해 직접 경험하지 않고도 그 참상에 정통해져 진지해질 수 있는 가능성마저 비웃게 되는 것을 우려한다. 인간은 생각보다 훨씬 더 잔인한 사건과 범죄의 현장을 이미지로 보고 싶어 한다는 것을 역사적인 사례와 이론으로 증명한 손택은 잔인한 사건의 이미지를 보는 행위의 윤리적 의미를 분석한다. (흑인 학살 전시회를 두고) "이 사진들이 전시됨으로써 우리도 이들과 똑같은 구경꾼이 되어버린 셈이다. 도대체 이런 사진들을 전시하는 이유가 무엇일까? 사람들의 분노를 일깨우려고? 사람들을 '후회'하게 만들려고, 다시 말해서 사람들의 간담을 서늘하게 만들어 슬퍼지게 만들려고? 애도 작업을 도와주기 위해서? 이제는 이 끔찍한 일들을 처벌할 수도 없을 만큼 오랜 세월이 지났는데도 꼭 이런 사진들을 봐야만 하는 것일까? 이런 이미지들을 본다고 해서 우리가 더 선량해지는 것일까? 이 사진들이 정말 우리에게 뭔가를 가르쳐주고 있기는 한 것일까?" 비극이 되풀이되지 않기 위해 잊지 않아야 하며, 그러려면 직시해야 한다는 보편적인 믿음과 조금 다른 주장이다.

손택이 말하고자 하는 바는 다음과 같다. 우리가 어떤 이미지를 통해, 이 글에서는 미디어를 통해, 타인이 겪고 있는 고통에 상상적으로 접근할 수 있다는 것은 결국 그들을 '볼' 특권을 향유하고 있다는 뜻이다. 우리는 타인의 고통에 연민과 공포를 느낌으로써 내가 그 고통의 원인에 연루되어 있지 않은 무고한 자라는 사실을 증명한다. 원글에서는 전쟁이었지만 실화 재연 프로그램을 두고 본다면 이런 질문을 던져볼 수 있다. 타인의 고통을 유희 거리이자 스펙터클로 소비하는 것이 왜 문제인가? 정의감과 관음증적 욕구는 얼마나 밀접하게 맞닿아 있는가? 〈그알〉이나 〈꼬꼬무〉에서 다루는 잔혹하고 기막힌 사건을 접할 때, '그것'과 거리를 두고 경악하고 연민할 때, 안전하고 무고한 '나'가 살아가는 현실은 무엇을 은폐하는가? '요즘에는' 그렇지 않다며 '이곳'의 내가 안도할 때 현재진행형인 국가 폭력이나 젠더 폭력, 차별금지법 하나 통과시키지 못할 만큼 차별과 혐오가 만연한 현실은 지워진다는 것을 잊지 말자. 실화 재연 프로그램 제작진의 윤리 의식과 이를 소비하는 대중의 기민한 문제의식이 필요하다.

전문직 또는
화이트칼라만이 사는 세상

온라인에서 대학생들이 교내 노동자들의 시위가 학습권을 침해한다고 항의하거나, 대자보를 찢는다는 내용으로 한창 화제였다. 그 멸시와 적의는 어디서 오는 걸까? 노동에 급을 매기고, 자신이 그런 '노가다'를 할 리 없다는 굳건한 믿음은 손쉽게 구분 짓기와 타자화로 이어진다. 드라마 속 20대의 연애는 모두 대학생의 캠퍼스 러브 스토리고, 전문직이나 '화이트칼라'만이 주인공이듯. 권리 투쟁 역시 '나'의 편리를 침해하는 '유난' 정도로 축소하며 파업을 이기적이라고 비난하기도 한다. 하지만 우리의 노동은 계속된다. 오들은 '주변화'되는 노동과 미디어의 재현 양상을 살펴본다.

정세랑 소설 원작의 드라마 〈보건교사 안은영〉(넷플릭스, 2020)에선 은영의 유일한 친구였던 강선이 불쑥, 죽은 채 나타난다. 강선은 일터에서 추락한 낡은 크레인에 깔려 목숨을 잃은 산재 사망자이다. 강선은 쓸쓸하게 중얼거린다. "비쌌던 거지, 사람보다 크레인이. 그러니까 낡은 크레인을 썼던 거겠지." 2021년 4월 22일 평택항에서 개방형 컨테이너에 깔려 숨진 이선호 씨도 마찬가지다. 사고의 원인이었던 안전 관리 소홀, 구조 신고보다 보고가 우선이었던 사후의 현장, 의대생 한 명의 개인적인 죽음보다 저조한 관심 등은 우리 사회가 무엇을 '목숨'보다 우선시하는지 노골적으로 드러낸다.

산재는 구의역 정비 노동자 사망 사건의 '컵라면'이나 평택항의 '300kg 철판'처럼 자극적인 키워드가 있을 때만 사회적 반향을 불러일으킨다. 그마저 개인의 불운이나 청춘의 비극 같은 신파로 해석되기 일쑤다. 그러나 고용노동부가 발표한 '2020년 산업재해 사고 사망 통계'에 따르면 2019년 산재 사고 사망자는 882명. 한국 산재의 특수성은 경제 규모에 걸맞지 않게 추락, 끼임, 부딪힘 같은 단순 사고성 산재가 많다. 이는 안전 난간을 설치하거나 보호 장치를 사용하는 등의 조치로 충분히 예방할 수 있는 사고다. 비용적인 측면에서도 비싸지 않건만 사고는 반복된다. 다단계 하도급 구조와 이중 노동 시장 때문이다. 위험은 하청 업체와 영세 사업자 노동자에게 전가되고 책임은 증발한다.

SBS 드라마 〈닥터탐정〉(2019)은 실제로 발생한 산재 사건을 드라마에 활용하며 '신종 메디컬 수사물'을 표방했다. 주인공들은 산재 문제의 실체를 밝히고자 고군분투하고, 장르는 추리물과 수사물을 오간다. 동시에 산재로 인해 고통받는 피해자, 기업과 정부 기관의 유착으로 방지할 수 있었던 산재가 지속해서 발생하는 구조적 문제도 조명했다.

육체 노동과 산재가 전통적으로 남성의 노동 문제로 여겨졌다면, 코로나19 시대를 맞아 전면에 부상한 '돌봄 노동'과 '재생산 노동'은 오랫동안 여성의 영역이었다. 여기에는 코로나19 환자를 돌본 간호사, 사회복지사, 요양보호사뿐만 아니라 집에서 머무는 시간이 늘어나면서 폭발적으로 증가한 가사 노동과 어린이 돌봄 노동을 부담하는 노동자(가족일지라도)가 모두 포함된다. 가사 노동은 물론, 아이부터 노인까지 우리는 모두 돌봄 노동이 필요한 존재다. 그런데 이런 노동은 가정 내 '어머니-딸-할머니-며느리' 같은 여성 가족 역할과 유사하고, 실제로도 많이 겹치기에 노동으로 인식되기 어렵다. 가족의 의무라고 생각하거나, 친밀감과 정서적 교류를 임금 노동으로 치환하는 데에 거부감을 느끼기도 한다.

심혜정 감독의 영화 〈욕창〉(2020)에는 뇌졸중으로 쓰러진 길순(전국향 역)을 돌보며 집안일까지 도맡는 중국 동포(조선족) 요양보호사 수옥(강애심 역)이 등장한다. 길순의 남편 창식(김종구 역)은 퇴직 공무원인데, 그의 안정적인 일상은 돌봄 노동을 관리하고 신경 쓰느라 바쁜 여성 가족과 대비된다. 이것은 소리 없는 아우성. 우리 사회가 돌봄 노동을 가족에게 떠넘기는 현실과 여성 가족을 착취하여 얻은 평화를 폭로하는 장면이다. 수옥은 낮은 임금과 창식의 구애(를 빙자한 폭력)에 시달리는데, 영화 〈시〉(2010)에서 미자(윤정희 역)도 같은 고충을 겪었다. 고질적인 문제라는 뜻이다.

수옥은 불법 체류자이기에 이중적인 사각지대에 있다. 비자를 받기 위해 결혼하는 조선족 여성은 〈파이란〉(2001), 〈댄서의 순정〉(2005)의 계보처럼 로맨스의 대상으로 낭만화되거나 〈미씽〉(2016), 〈뷰티풀 데이즈〉(2018)처럼 속을 알 수 없는 범죄자로 그려진다. 조선족 남성은… 말을 말자. 뿌리 깊은 외국인 혐오는 조선족만을 향하지 않으며, 부당한 대우와 착취로 이어진다. 그런데 외국인 노동자 인권을 논하면 자국민부터 챙기라느니, 다 자기 나라로 돌아가라느니 하는 혐오 발언이 만선이다. K팝 그룹의 외국인 멤버에게도 가혹한 잣대를 들이민다. 말하기 전에 생각했나요? 어느 날 갑자기 정말로 외국인 노동자들이 다 돌아가 버린다면, '나'가 지금 일상이라고 생각하는 생활은 다 무너질 것이다. 80만 명이 넘는 외국인 노동자는 다양한 영역에서 일하며 내가 필요한 것을 공급하는 동시에 나의 공급을 소비한다. 외국인이라면 마땅히 자국민보다 못한 대우를 받아야 한다고? 그렇게 생각하는 이들일수록, 한인 인종 차별은 잎새에 이는 바람보다 크게 느낄걸. 외국인 노동자는 나와 무관한, 내 몫을 빼앗는 이방인이 아니다. 인권이나 노동 처우 개선은 의자 뺏기 게임이 아니라 다 같이 나아지는 방향으로 간다.

디지털 노동은 정보 통신 기술의 발전으로 탄생한 새로운 형태의 노동이다. 시간을 쪼개 일한다는 점에서(예를 들면 'N잡러') 파편화된 노동이기도 하다. 이 중 플랫폼 노동은 쉽게 말해 애플리케이션(앱)을 통해 일하는 사람이다. 배달 라이더나 청소 앱 노동자가 대표적이다. 임태운의 단편 소설 「근방에 히어로가 너무 많사오니」(황금가지, 2018)에서는 초능력을 가진 히어로들이 '히어로콜'이라는 앱을 통해 출동한다. 주인공 '마포구 리얼맨'은 슈퍼 히어로지만 별점이 떨어지면 마음을 졸인다. 한국노동사회연구소에 따르면 서울 지역 취업자의 약 9.3%인 46만 1000명이 플랫폼에서 일감을 구한다. 대부분 표준 계약도 없고, 사회 보험 가입 문제가 있다. 교육 훈련에서 배제되고, 업무 중 사고를 당해도 산재 처리를 받기 어렵다. 마포구 리얼맨처럼 별점 같은 불특정 다수의 평가가 직접적인 영향을 끼친다는 점 역시 고용 불안정을 부채질한다. 지금의 노동법은 한 사업장(사업주)에만 노동을 제공하는 사람을 '노동자'로 가정해 만들어졌다. 변화된 노동 시장의 특성을 기존 노동법이 다 담아내지 못하는 것이다.

유튜버 크리에이터나 리뷰 블로거처럼 '사용자 데이터 생성' 노동도 있다. 요즘 초등학생들의 장래 희망 1순위. 새로운 형태의 노동이다 보니 노동으로 인정되지 않거나, 노동시간이 정해져 있지 않아 일과 생활을 분리하기 어렵다는 문제가 있다. 노동과 피드백이 수익으로 전환되는 지점에 도달하기까지의 기준이 모호하다. 콘텐츠 소비 속도가 굉장히 빠르므로 끊임없이 새로운 것, 더 자극적인 것을 만들어내지 않으면 즉각적으로 도태되기 때문에 비윤리적인 콘텐츠를 만들거나 번아웃이 오기 쉽다. 다수에게 자신을 보호 장치 없이 드러내느라 댓글이나 사이버 폭력에 노출되고, 이는 실질적인 피해로 이어지기도 한다. tvN 단막극 '드라마 스테이지 2021' 시리즈 중 〈관종〉에서 금수저인 척 거

짓말로 유명해진 인플루언서 하나(안소희 역)는 살인범에게 납치된다. 살인범을 고용한 것은 인플루언서 저격 유튜버 성필(송덕호 역). 〈관종〉의 인물들은 돈보다 관심이 행동 동기지만, 데이터 생성 노동에서 '좋아요'와 '조회 수'는 결국 이익으로 직결된다.

2021년, 제93회 아카데미 시상식에서 여우조연상을 받은 윤여정 배우를 심상정 의원이 연기 노동자로 칭해 논란이 일었다. 일부가 노동자라는 표현에 거부감을 느낀 것이다. 그러나 우리는 모두 일하면서 살아간다. 배우도 마찬가지다. 노동은 특별히 신성하거나 천한 것이 아니라, 그저 살아가려면 누구나 하는 일이다. 왜 미디어가 그려내는 세상에는 화이트칼라와 전문직 노동자만 있고, 주변화되는 노동은 조연이거나 피해자로만 등장하는지 생각할 때다. 지면을 얻어 떠드는 것은 나의 노동이지만, 감상하고 문제의식을 갈고닦으며 자신의 관점에서 고찰하는 것은 우리 모두의 윤리적 과제이다.

다양한 콘텐츠 속 혐오

2

요즘 재밌다는 그거

장애는 웃긴 게 아니야

나의 아버지는 내가 어릴 때부터 귀가 좀 어두웠다. 종종 질문에 엉뚱한 대답을 하거나, 말을 이상하게 알아들어서 우리 가족뿐 아니라 친척까지 공유하는 웃긴 일화의 주인공이었다. 어느 날, 아버지의 병원 진료에 동행했다. 청력이 떨어진다는 의사의 말에 아버지는 젊은 시절 일했던 공장의 소음이 굉장히 심했으며 그때부터 귀가 잘 들리지 않았다고 대답했다. 순간 머리가 멍해졌다. 아버지가 말을 잘 알아듣지 못하는 점을 한 번도 청력 손상이나 청각 장애의 관점에서 생각하지 못했다. 인권 교육 물(?) 좀 먹었다고 자부하면서도 아무런 문제의식 없이 아버지를 놀렸던 나는… '고요 속의 외침'을 보며 자란 〈가족 오락관〉 키즈였다.

'고요 속의 외침'은 1985년부터 2003년까지 방영된 KBS 예능 프로그램 〈가족 오락관〉의 간판 코너였다. 시끄러운 소리가 나는 헤드폰을 쓰고 옆 사람이 말한 글자를 전달하는 게임으로, 14년간이나 장수했다. 이 코너의 오락 요소는 잘 들리지 않는 상황에서 전달해야 하는 단어가 기상천외하게 탈바꿈하는 과정이다. 전달하는 사람은 필사적이지만, 헤드폰을 쓰지 않은 사람들은 포복절도한다. 이 게임은 알음알음 명맥을 이어가다가 tvN 예능 〈신서유기〉에서 부활하면서 재차 큰 인기를 끌었다. 최소한의 준비물로 확실한 웃음이 보장되니 온갖 프로그램과 디지털 콘텐츠에 등장하고, 〈가족 오락관〉의 게임 장면을 매주 업로드하는 유튜브 채널까지 있다. 게임이 끝나면 사람들은 원래 주어진 단어를 확인하고 어이없이 웃는다.

하지만 이런 상황이 누군가에게는 게임이 아닌 일상이라면? 기껏 해독하고 전달한 단어가 틀렸다는 이유로 사람들이 웃거나 짜증을 내는데, 원래 의미를 가르쳐주지도 않은 채 넘어간다면? 방송이 '잘 못 알아듣는다=웃기다/놀려도 된다'의 도식을 만들어 놓고 헤드폰을 벗고 빠져나가면, 한 번에 명쾌하게 알아듣기 힘든 세계가 일상인 사람은?

얼마 전 가수 겸 예능인 김종민의 난청(청각이 저하 또는 상실된 상태) 사실을 알았다. 찾아보니, 김종민은 여러 방송에서 어린 시절 겪었던 옥상 추락 사고와 학창 시절 선배에게 당한 폭행으로 고막이 상했던 사건을 언급했다. 의료 기관에서 사고로 인한 난청 및 언어 능력 저하를 판정받는 장면이 KBS2 〈비타민〉에서 방영되기도 했다. 김종민은 MBC 〈놀면 뭐하니?〉의 '환불 원정대' 편에 매니저로 출연했는데, "네? 네?" 하고 되묻거나 말을 잘 알아듣지 못하는 모습이 재조명됐다. 당시(2020년 9월)에도 김종민의 난청 사실은 몇 차례 기사화됐으나, 프로그램의 화제성에 비하면 미미한 수준이었다.

캐릭터가 중요한 예능에서 김종민은 오랫동안 엉뚱한 이미지로 통했다. 2003년 〈실제상황 토요일〉(SBS)부터, 〈1박 2일〉(KBS), 〈범인은 바로 너!〉(넷플릭스) 등 굵직한 예능에서 구축한 이미지를 바탕으로, 〈놀면 뭐하니?〉에서 자신의 이미지는 '바보'라고 말하며 웃는다. 사실 그 방법뿐이기도 하다. 못 알아들었다고 정색하거나 놀리는 사람에게 무해하게 웃는 것 이외의 반응, 이를테면 정색하거나 자신의 상황을 설명하려고 시도했다면 김종민은 방송계에서 빠르게 지워졌을 것이다. 〈놀면 뭐하니?〉에서 유재석은 "그 짧은 얘기도 잘 못하시네요?"라며 놀리고, 이효리는 기분 나쁜 말을 해도 "못 알아들으니까 좋다"고 말하며 웃는다. 어리둥절한 김종민의 표정과 시도 때도 없이 되묻는 모습은 방영 내내 기복 없는 웃음 포인트로 활용됐다. 김종민이 스스로 아픔을 웃음으로 승화했다고 한들, 타인의 약점을 웃음거리로 삼은 방송 환경이나 제작진이 정당화되지는 않는다. 그렇게 오래, 시청자에게 어떤 정보도 주지 않으면서.

미디어가 장애인을 대상화하거나, 장애인의 특성만을 강조하여 납작하게 재현하는 것도 고질적인 문제다. 특히 시각·청각 장애 여성 인물을 그리는 방식을 논하자면 글 한 편을 새로 써야 한다. 이 글에서는 '예능'의 '장애 희화화'로 범위를 좁혔다. 우리 사회가 정상과 비정상을 구분하고 어떤 취약함을 웃음으로 착취해도 된다고 승인하는지를 이야기하려고 한다.

2018년 MBC 〈전지적 참견 시점〉은 신현준이 '기봉이' 흉내를 내고, 패널들이 이를 재미있어하는 장면으로 '장애인 희화화' 논란에 휩싸였다. 지적 장애인 실존 인물을 모델로 한 영화 〈맨발의 기봉이〉(2006)에 출연한 이후 기봉이 연기는 신현준의 오랜 개인기였다. 신현준은 어눌한 말투로 자신을 소개하고, 자막은 "현준의 넘치는 개그 열망"이라고 부연한다. 영화 속 기봉이는 그저 기봉이로 존재하며 기봉이가 할 수 있는 말과 행동을 한다. 그런데도 사람들은 기봉이와 기봉이 흉내를 내는 신현준을 보며 웃는다. 방송에서 멍석을 깔아주니 그래도 된다고 생각한다. 2005년 자폐 스펙트럼 장애인 연기를 했던 조승우가 영화 〈말아톤〉 개봉 당시 "자폐아처럼 포즈를 취해보라"고 했던 기자의 요구를 거절했던 것과 대조적이다. 연예인들 사이에 유행했던 '얼굴 몰아주기 게임'도 비슷하다. 얼굴과 몸을 일그러뜨리는 것이 뇌성마비 장애인 비하라는 주장이 제기됐고, 갑론을박이 벌어졌다. '눈 감고 상자 속 물건 만져서 맞히기' 또한, 평소에는 촉각으로 판단할 필요 없고 상자 속 물건을 볼 수 있는 사람만이 즐거운 게임이다. 소리 내는 웃음뿐 아니라 '흥미진진한 재미'로 장애를 소비한 경우로는, tvN 예능 〈대탈출 2〉(2019)도 있다. 정신 병원을 무대 삼아 정신 장애인을 두렵고 기괴한 존재로 연출했다가 비판받은 제작진은 사과문을 작성했다.

2019년, KBS 파일럿 프로그램 〈스탠드 업〉에 출연한 한기명은 자신을 국내 최초 장애인 스탠드 업 코미디언이라고 소개했다. 그는 흑인과 성 소수자의 자조 개그를 예시로 들며 자신의 장애를 희화화하지만 선을 분명히 한다. "비장애인이 장애를 소재로 코미디 하는 것을 봤다. 자기 스스로가 아닌 남을 웃음 대상으로 만드는 건 비하다." 물론 시청자의 감수성이 높아진 만큼 명백한 장애 희화화나 비하는 감소했다(한참 뒤떨어지는 감각으로 비하 개그를 시도하는 사람은 어디에나 있지만, 비판을 피하기 어렵다). 문제는 미묘하고 애매할 때 발생한다. 희화화의 대상은 주로 '비가시적인' 장애다. 특히 '정상'적인 범주에 걸쳐 있는 청각 장애, 언어 장애, 지적 장애. 예를 들면 김종민의 난청은 정상 범주보다 조금 낮은 정도이고 방송 활동이 가능하다. 그러다 보니 '조금 모자란 바보' 정도로 뭉개며 마음 놓고 놀리는 경향이 있다. 정상성 담론에 갇힌 사회는 겉으로 보기에 멀쩡한 신체의 다양한 차이와 맥락을 고려하지 않는다. 또한 시설 등에 수용되거나 활동 보조인이 동행하지 않는, 혼자서 일상생활이 가능한 장애인을 쉽게 상상하지 못한다. 장애인을 타자화하고 차별하는 시선만큼이나, 자신이 보기에 '충분히 장애인 같지 않으면' 인정하지 않는 태도 역시 매우 폭력적이다.

타인의 취약한 점에 집중하고 다그치고 비웃고 놀리는 것은 왕따 문화와도 밀접한 관련이 있다. 우리에게는 잘못 알아듣는 상황을 의도적으로 연출하고 웃는 즐거움보다, 적절하게 대처하는 교육이 필요하다. 상대가 계속해서 "예?"라고 되묻는다면 정확한 의사소통을 위해서 어떻게 해야 하는지 같은 정보를 전달해야 한다. 내가 생각지 못한 반응을 보이는 타인을 비웃거나 구박하는 대신, 나 역시 상대의 기준에 맞지 않음을 인지하고 그 간극을 좁히는 방법을 배워야 한다. 누구도 소외되지 않도록 발음, 발성, 단어 등에서 폭넓은 선택지를 공유하는 것이 중요하다.

재미와 웃음은 문화적 코드다. 사회와 구성원들의 욕망이나 감수성을 반영한다. 가변적이고 관습과 제도 속에서 다르게 작동한다. 외국어를 배울 때, 그 나라의 언어로 하는 코미디를 보며 웃는 것이 최후의 관문이라는 말이 있을 정도다. 또한 웃음과 재미는 폭력적이거나 역사적이기도 하다. 인류는 다른 특성의 신체를 전시하고 놀이로 소비하는 '프릭 쇼Freak Show'(기형 쇼라고도 번역된다)를 즐겼고, 사격 연습을 이유로 재미 삼아 새를 날려 보내고 쏴 죽였다. 1980년대의 한국에서는 얼굴에 시커먼 칠을 한 채 흑인을 희화화하는 '시커먼스'가 국민적인 인기를 끌었다. 몇 년 전까지만 해도 '○○녀'라는 멸칭이 아무렇지 않게 예능에서 쓰였다. 지금 우리가 아무 문제 없다고 생각하는 재미의 기준이 언제 어떻게 바뀔지 모른다. 타인의 문제 제기를 예민하고 피곤한 것으로 몰아가기보다, 왜 나는 아무렇지 않은지 생각해 봐야 한다. 누군가를 푹푹 찌르는데 내 입에서는 술술 넘어가는 웃음의 달콤함. 그게 바로 정작 가진 자는 모른다는 특권의 맛이다.

그놈의 가족 프레임

아이돌 그룹 '샤이니'의 멤버 키가 MBC 예능 〈나 혼자 산다〉(2013~)에 출연하면서 '이모'라는 캐릭터를 얻었다. 깔끔하게 일상을 관리하고, 활발한 리액션을 할 때마다 "키 이모"라는 자막이 붙는다. 그런 이모를 실제로 본 적 없더라도 호칭에 딸려오는 느낌은 어쩐지 익숙하다. 우리에게는 오랜 시간 사회가 공들여 주입한 가족 이미지와 성 역할 고정관념이라는, 질기고도 위대한 유산이 있으니까. 무엇이 엄마 같은지, 할머니다운지, 어떻게 해야 딸 같은지 본능적으로 알아챈다. 〈나 혼자 산다〉의 유사 가족 프레임에 대해서는 다른 매체에 이미 한 번 기고한 적 있는데, 박나래와 헨리의 엄마-아들 관계를 예로 들며 비판한 글에는 별게 다 불편하냐는 악플이 한여름 청포도처럼 주렁주렁 열렸다. 글쓰기 강의에 가면 나는 꼭 이런 말을 한다. "글쓰기는 1절만 하지 않는 사람이 하는 거예요." 이것은 내가 바치는 2절, 들어줘 리슨. 이 글에서는 〈나 혼자 산다〉를 포함한 한국 예능에서 작동하는 가족 프레임과 문제점을 살펴본다.

먼저 리얼리티 프로그램의 특성을 이해하고 넘어가야 한다. 리얼리티 프로그램은 설정과 현실이 뒤섞인 장르다. 또한 내용을 편집하는 과정에서 이미 선별과 의도가 개입('악마의 편집' 논란처럼)한다. '수용자가 콘텐츠에 내포된 가치관을 받아들이기 용이한 픽션 장르의 성격'과 '콘텐츠의 내용을 자신의 현실과 더 가깝게 인지함으로써 수용자에게 미치는 영향이 상대적으로 클 수 있는 논픽션의 성격이 혼재'한다. 특히 "리얼리티 프로그램의 경우 제작진이 등장인물의 언행을 '어떤 관점으로 바라보고, 어떤 부분을 부각 및 축소하고, 긍정적 또는 부정적으로 해석하고 프레이밍 하는지' 살펴볼 필요가 있다".*

* 이승희, 「리얼리티 프로그램의 성역할 고정관념 연출 프레임 분석」, 『한국언론학보』 63권 1호, 한국언론학회, 2019.

리얼리티 프로그램은 다른 장르와 달리 등장인물과 제작진의 관점이 분리되고, 관점이 등장인물과 제작진을 넘나든다. 고전 소설에서 서술자가 등장인물에 대한 평가나 해석, 감상을 덧붙이는 것과도 유사하다.

우리가 보는 '리얼'은 이미 '제작진의 의도적 프레임, 사실적 소재(이야기), 이에 대한 (제작진이 규정한) 사회적 평가'를 거친 가공품이다. 이는 등장인물의 언행에 대한 사회적인 평가로 기능하고, 나아가 그것이 사회적으로 바람직한지 아닌지 규정한다. 비혼 1인 가구의 일상을 보여주지만 〈미운 우리 새끼〉(SBS, 2016~)와 〈나 혼자 산다〉에서 재현되는 양상이 완전히 다른 이유가 여기에 있다. 프레임은 방송의 정체성과 메시지와 캐릭터를 결정한다. 편집과 가공에는 자연스럽게 변형이 따른다. 그런데 그 프레임이 낡으면? 변형은 왜곡과 퇴보에 그친다. 키를 '이모'에 가두어 버리듯이.

가족 프레임은 익숙하고 편리하다. 각 역할에 따른 캐릭터와 관계성이 어느 정도 정형화되어 있기 때문이다. 그만큼 재미를 보장한다. 자기소개서 첫 줄에 절대 쓰면 안 된다는 전설의 문장, '엄격하신 아버지와 자상한 어머니…'도 아직 통하고, 속 깊은 장녀, 애교 많은 막내딸, 여동생을 유난스럽게 보호하려 들거나 티격태격하는 오빠, 철없는 (백

수) 삼촌 캐릭터도 잘 팔린다. 투닥거려도 '현실 남매 케미' 같은 표현으로 얼버무리거나, 감동 코드를 불러일으키기도 쉽다. 가족 프레임 안에서는 개인의 독자성보다 가족 구성원으로서의 역할이 더 중요하다. 이를 수행하는 과정에서 기존의 성별 고정관념과 역할 규범이 강화된다.

〈나 혼자 산다〉에서 박나래와 헨리의 특별한 친밀감은 모자 관계로 프레이밍 되고, 화사와 성훈은 '먹방 남매'로 묶여 티격태격한다. 2020년 8월 2일 방송된 〈런닝맨〉(SBS) '가족 찾기 레이스: 여동생은 못 말려'에는 솔라, 제시, 이영지, 전소미가 출연했다. 이들에게 일괄적으로 부여된 역할은 '못 말리는 막내딸'. 나머지 출연진은 오빠 혹은 언니가 되어 졸업은 뒷전이고 아이돌을 꿈꾸는 여동생을 잡으러 다닌다. 여기서 여동생은 보호와 훈계의 대상으로만 존재한다. 〈삼시세끼〉(tvN)는 시즌 2부터 출연진을 적극적으로 가족화한다. 차승원은 요리를 포함한 집안일에 능숙하다는 이유로 주부이자 '아줌마' '엄마'가 된다. 차승원과 유해진은 서로를 자기나 선수라고 부르는데 자막은 끊임없이 "차줌마-참바다" "안사람-바깥사람" "엄마-아빠"를 찾는다. 〈진짜 사나이2〉(MBC, 2015)에서 혹독한 훈련을 이겨낸 전미라는 전직 테니스 국가대표 출신의 체력보다 3남매의 어머니라는 점이 강조됐다. "마더 미라사"(마더 테레사의 변형)와 "어머니는 강하다"라는 자막이 붙고, 당직을 서는 영상에는 '무서운 엄마 ver. 주부마녀'라는 제목이 달리는 식이다. 세정은 〈백종원의 3대 천왕〉(SBS)에 출연해 백종원과 '아빠와 딸'이라는 별칭을 받은 후 〈백종원의 골목식당〉(SBS) MC로 투입됐다. 그런데 세정이 예리하게 문제점을 파악하자 백종원은 "네가 이러면 나보고 뭘 하라는 거니!"라며 가르칠 게 없으니 하산하라고 한다. 실제로 몇 차례 방송 후 MC는 조보아로 교체됐다. 아이돌 그룹 활동 특성상 처음부터 임시 MC였다고 하지만 이후에 투입된 조보아가 눈치 빠르고 싹싹한 '딸'의 역할을 해낸 것과 대조적이다.

리얼리티 프로그램은 이데올로기나 담론을 일상적이고 자연스러운 것으로 재현하고 재생산하는 데 특화된 장르다. 가족 해체의 시대라고 호들갑을 떠는 한편, 온갖 '패밀리 놀이'를 일삼는 광경을 보면서 웃는 사이 가족주의가 스며든다. 이는 문화 생산에 주도적인 아이돌 팬덤에서도 뚜렷하게 드러난다. 각 그룹에는 엄마와 아빠, 언니 혹은 맏형, 그리고 막내가 있고 이 순서는 무척 중요하다. 팬과 아이돌의 관계를 '엄마-새끼(자식)' '삼촌-조카'로 배치하여 롤플레잉 하기도 한다. 호칭만 빌려오는 정도면 좋겠지만, 진심으로 몰입하면 문제가 발생한다. 가족 관계에 내재하는 (엄마 또는 삼촌의) 위계와 통제권을 갈망하거나, 상대를 아이

같은 상대적 약자로 취급하려 하는 경우다. 가족 프레임은 익숙해서 재미있고 편안하지만 그만큼 해롭다.

인식은 변화하는 중이다. 〈나 혼자 산다〉 방송 이후 트위터리언*은 이렇게 썼다. "〈나혼산〉에서 기범이를 이모라고 칭하는 게 싫다. 기범이는 자신을 깔끔하고 단정하게 꾸미고 가꿀 줄 알고, 직접 기른 식재료로 맛있는 음식을 만들어 주변의 아끼는 사람에게 나눠줄 줄 아는 30대 남성이다. 이런 기범이를 이모라는, 여성 대상 호칭을 쓰는 것이 마치 남성이라면 저런 걸 하지 않는다는 인식이 그대로 드러나 있어서 불편하다. 기범이는 30대 남성이고, 세상엔 저런 남성도 존재한다는 것을 사람들이 더 많이 알았으면 좋겠다." 해당 글은 많은 공감을 받았다. 이토록 다양한 우리'들'은 유교 사회와 결탁한 가족 프레임을 돌파할 수 있을까?

시즌 3을 맞이한 〈박원숙의 같이 삽시다〉(KBS2, 2021~)가 좋은 예시가 되겠다. 노년에 접어든 여성들이 남해의 전원주택에서 함께 사는 모습을 보여주는 이 리얼리티 프로그램은 여성 출연자에게 으레 씌워지기 마련인 프레임을 산뜻하게 피해간다. 출연진은 살림에 서툴다. 당연히 엄마나

* 꼬부랑샤월(@halmonee5hawol): 어린이 콘텐츠 큐레이션 서비스 딱따구리 대표.

할머니여야 하는 노년 여성이 요리를 못하면 보통은 놀리거나 놀라는 자막이 붙는다. 이런 게 제작진의 해석이자 프레임이다. 그러나 〈박원숙의 같이 삽시다〉에서 이들은 평생 일하느라 바쁜 사람이었기에 요리에 서툰 것도 자연스러운 특징으로 다뤄지고, 박원숙은 엄마의 집밥을 먹고 싶다는 초대 손님에게 "그럼 잘못 왔어"라고 답한다. 드라마에서 만났던 역할대로 '고모'나 '엄마'라는 호칭을 쓰지만 그뿐, 강제되는 역할이나 위계가 없다. 박원숙은 '큰언니'로서 '동생들'을 먹이지만 의무가 아닌, 같은 고충을 겪은 동료를 향한 환대와 애정으로 대한다. 인간이 궁극적으로 추구하는 것은 사실 이러한 애정과 연대일 터. 가족 프레임과 성 역할의 한계를 넘어서는 자유롭고 괴상한 사람, 그런 관계, 낯선 호칭을 앞으로 잔뜩 보고 싶다.

어른의 특권은 누리지만 어린이처럼 귀여움받고 싶어?

"어서 일어나~ 나 학교 가야지!" 서울우유의 광고 한 장면. 팔짱을 낀 어린이가 양친을 깨운다. 아직 침대에서 눈도 못 뜨고 비비적거리는 어른과 달리 머리도 말끔하게 묶고 옷도 다 입은 어린이가 냉장고에서 우유를 꺼내 건넨다. 회사 갈 준비를 마친 부부가 우유를 받아 마시며 말한다. "딸~ 챙겨줘서 고마워." 가족끼리 맞춘 디자인의 잠옷을 입고 피로를 호소하는 어른은 '귀엽게' 연출되고, 초등학교 저학년인 어린이는 혼자서 학교 갈 준비를 마친 후 '어른스럽게' 보호자를 챙긴다. AP 광고 평론은 이 장면을 '아이가 부모를 챙겨준다'는 내용으로 차별화를 꾀한 것으로 평가했다. 그러나 최근의 '○린이' 신조어 남용 현상과 연결해 본다면 이러한 역전 구도는 단단히 잘못됐음을 알 수 있다. 넘쳐나는 '○린이' 표현의 문제점을 짚어보면서, 미디어에서 아동이 그려지는 양상을 살펴보고, 어른의 역할에 대해 고민해 보자.

2021년 4월 23일, 서울문화재단에서 운영하는 시민청이 '○린이 날·□린이 날·△린이 날'이라는 온라인 캠페인을 열었다. 서울문화재단이 홈페이지와 인스타그램에 올린 온라인 캠페인 홍보 문구는 다음과 같다. "첫 도전과 새로운 취미를 시작하는 '○린이' 인증 사진을 올려달라." "첫 도전을 시작하는 우리는 모두 어린이다. 어린이가 따뜻한 관심 속에서 자랄 수 있게 사랑과 응원을 보내달라."

'○린이'는 특정 분야의 초보를 일컫는 신조어다. 주식을 처음 시작하면 '주린이', 요리가 서툰 이를 '요린이'라고 부르는 식이다. 이 표현이 적절하지 않다는 지적과 항의가 꾸준했지만, 일간지를 포함한 방송 매체, 상품명 등에 무분별하게 사용됐다. 그러더니 이제는 공공기관까지 진출했다. 해당 캠페인은 하루 만에 항의를 받아 중지됐다. '○린이'라는 표현이 어린이를 지우는 아동 혐오 표현이므로 사용을 지양하자던 이들의 우려처럼, 서울문화재단의 '○린이' 캠페인은 어린이 대상이 아니다. 선물 중에는 마사지 기구 3종, 커피 기프티콘 등이 있다. 세상 어딘가에는 마사지 기구를 갖고 싶어 하고 커피를 좋아하는 어린이가 있겠지만, 그렇다고 이 캠페인이 아동 배제적이라는 사실은 변하지 않는다.

초보라는 정확한 용어가 있음에도 '어린이'라는 표현에 '서툴고 미숙한 초보'라는 뜻을 입혀 의미를 침해하고, 이제는 어린이날까지 빼앗으려 들다니. 어른은 364일이 자기의 날인데도. '인생이 내 맘 같지 않고, 나도 내 나이는 처음이라서 막막하고 무섭기만 한데, 364일이 나의 날이라니?! 이 글은 쓰레기야!' 울컥했다면 자자, 진정하자. 어른이 힘들지 않다는 뜻이 아니다. 팍팍한 세상에서, 어린이처럼 누가 나를 보호하고 귀여워해 주며, 좀 서툴러도 괜찮다고 봐줬으면 하는 욕망은 누구에게나 있다.

문제는 두 가지다. 첫 번째, 우리 사회가 그렇게 어린이를 보호하고 귀여워하며, 충분한 관용을 베푸는가? 노 키즈존이 창궐하고, '맘충' '민폐' '민식이법이 양산한 피해자(운전자)' 같은 표현과 인식이 공기처럼 퍼진 현실을 보면 할 말이 없다. 당장 우리의 어린 시절을 떠올려보자. 초상권 같은 여러 권리를 자연스럽게 박탈당하고, 대부분의 물건 높이와 크기가 나에게 맞지 않으며, 개인의 성향 따위 무시하고 재롱을 부리라고 무대에 올려놓던 세계를. 날 선 일상 속 마주친 어른의 호의와 배려가 얼마나 달콤하고 따뜻했는지, 그게 얼마나 드물고 귀한 것이면 이렇게 오랜 시간이 흐른 뒤에도 잊을 수 없는지.

아동 혐오는 최근에야 불거진 문제 같지만, 사실 우리 사회는 언제나 아동을 배제하고 멸시했다. 소파 방정환이 '어린이'라는 표현을 처음 쓴 1910년대, 어린이날을 제정한 1923년에 어린이는 어른의 소유물이자 인격이 없는 존재로 여겨졌다. 내가 학교에 다녔던 1990년대에도 교사가 여덟 살 짜리를 바닥에 쓰러질 정도로 때리는 게 흔했으니 100여 년 전에는 오죽했을까. 어린이라는 단어는 젊은이, 늙은이처럼 독립된 개인을 지칭하며, 엄연히 존재하지만 무시당하던 작은 인간을 발견했다. 오랜 시행착오 끝에, 우리는 작고 어린 존재에게도 감정과 인격과 존엄이 있다는 사실을 서서히 알아가는 중이다. 그 크기와 무게는 어른보다 체구가 작거나 살아온 시간이 짧다고 해서 작거나 가볍지 않다.

모든 규격이 어른에게 맞춰진 세계에서, 어린이는 미숙해 보일 수 있다. 하지만 어른의 관점에서 그렇게 평가하는 것일 뿐 절대적인 사실이 아니다. 어린이의 세계에서 어린이는 치열하고 견실하게 살아간다. 초보처럼 그 자체로 미숙함을 뜻하는 단어를 '○린이'로 갈음해 어린이의 의미 자체를 폄하할 수 없다. 서툰 것은 어린 것이 아니다. 언어는 정확해야 한다. 어린이는 주식이나 골프, 코인을 하지 않는다. 또한 '첫 도전을 시작하는 우리는 모두 어린이'라며 어리다는 특성에서 오는 차이점을 지워버리면, 정작 보호해야 할 어린이의 자리에 어른이 꾸역꾸역 비집고 들어가는 참사가 발생한다. 이것이 두 번째 문제점이다.

사실 어린이가 어른을 돌보거나, '아이답지 않게' 어른스럽게 그려지는 것은 오랜 문제점이다. 아역 대부분은 어른들의 모순을 간파하고 천진난만함을 무기로 '사이다'를 날리거나, 부모를 더 배려하는 '기특한' 모습으로 등장한다. 영화 〈곡성〉(2016)의 딸은 아버지의 일터로 속옷을 가져다주며 아내가 할 법한 잔소리를 하고 혀를 찬다. 〈품위있는 그녀〉(JTBC, 2017)의 딸은 아빠의 불륜 사실을 알아채고 한심해하며, 이혼하게 된 엄마를 위로한다. 〈착한 마녀전〉(SBS, 2018)의 딸은 엄마를 함부로 대하는 친척들에게 반발하며 엄마의 비밀을 지켜준다. 모두 초등학교 저학년이다. 〈슬기로운 의사생활〉(tvN, 2020)에서 5세 아동은 의사라서 바쁘고 이혼해서 외로운 아빠를 이해하고 배려하며 한 번도 투정 부린 적 없다는 놀라운 설정의 소유자다. 투정을 안 부려요? 다섯 살이요?! 어른과 아동의 구도에서 언제나 어른의 사정과 고난이 두드러지고, 더 중요하게 다뤄진다. 가뜩이나 힘든 어른을 더 힘들게 하지 않는 어린이만이 사랑스럽게 그려진다. 〈동백꽃 필 무렵〉(KBS, 2019)에서도 엄마를 지키려 하는 초등학생 아들이 나온다. 다만 〈동백꽃 필 무렵〉에서는 어른들이 문제점을 인지하는 장면이 여러 차례 나온다. "너무 빨리 크지 마. 안 그래도 돼." "필구야 너 왜 이렇게 자꾸 커… 왜 이렇게 눈치가 빤해 애가." 이렇게 안타까워하는 대사는 드라마 속 아동의 성숙함이 일반적이지 않으며 이는 어른들의 잘못임을 분명히 한다.

서사에서 캐릭터는 역할이 있다. 아동도 마찬가지다. 그러니 어느 정도의 드라마적 허용은 필요하다. 그러나 미디어가 '손 안 가고, 어른의 사정을 헤아려주는 기특한' 아동 캐릭터만을 반복적으로 송출한다면, 이러한 경향이 드라마나 영화 같은 픽션을 넘어 육아 리얼리티 같은 장르까지 확장된다면 어린이에 대한 이해도는 떨어질 수밖에 없다. 어린이를 쉽게 미디어에 출연시키고 이용하면서, 정작 발달 단계에 따른 가능/불가능한 범위나 어린이를 대할 때 어른이 알아야 하는 정보를 충분히 제공하는가? 타고나길 성숙하고 어른스러운 어린이가 등장한다 해도, 적절한 수준의 보호와 돌봄을 제공해야 하며 그에게 어른을 돌볼 의무는 없음을 명시하는가?

육아 예능과 SNS를 통해 어린이를 귀여운 이미지로 소비하면서, 동시에 노 키즈 존에 찬성하는 것이 2020년대의 아동 혐오다. 아동 학대 사건에는 분통을 터뜨리지만, 어른을 '○린이'라고 부르며 어린이의 몫을 빼앗는다. 욕하거나 때리지 않으면 차별이나 혐오라고 생각하지 못하는 경우가 많다. 나는 귀여운 ○○이의 랜선 삼촌/이모인데! 그냥 재미있고 귀여워서 '○린이'라는 표현을 쓴 것뿐인데!

하지 말자. 어린이의 취약한 특성에서는 다 벗어난 어른이, 어리고 약하기에 받는 보호와 관용을 탐내면 추하다. 요즘에는 '○린이'에서 한술 더 떠 '신생아'에서 따온 '○생아'가 등장했다고 한다. 역시, 하지 말자. 내가 나를 소중히 여기고 존중하는 것과 다른 약자의 언어를 빼앗으면서까지 자신을 귀엽게 포장하는 것은 별개다. 오늘 하루도 수고했다고 어른끼리 서로 격려해 주고, 초보의 어색함은 알아서 극복하면 된다. 방정환이 100년 전에 이미 지침을 만들어 놨다. 어린이를 내려다보지 말고 올려다봐 주고, 존댓말을 쓰고, 책망할 때는 성만 내지 말고 자세하게 타이르고….
그러니까, 언젠가 어린이였던 내가 간절히 바랐던 딱 그만큼의 존중과 배려 말이다.

남자가 여자 같을 때

코로나19 때문에 근 몇 년간 교육 과정이 온라인으로 대체됐다. 코로나19 상황에서 대학에 진학한 20학번은 OT도, MT도, '벚꽃 엔딩'을 누릴 봄도 없이 여름 방학을 맞이했다. 최근에는 많이 줄어드는 추세지만, 이렇게 특수한 상황이 아니었다면 어딘가에서 또 장기자랑이나 축제라는 명목으로 여장대회가 열렸을 것이다. 꼭 대학 행사가 아니더라도 우리는 어딘가에서 꼭 한 번씩은 '여장' 이벤트를 맞닥뜨린다. 그것은 대개 벌칙의 형태이며, 오락을 목표로 하기에 웃기려고 든다. 신인 남자 아이돌의 첫 콘서트에는 여장하고 걸그룹 댄스를 커버하는 무대 구성이 빠지지 않는다. 남자 아이돌의 '여자 아이돌 춤·노래 희화화'는 K팝 신에서 툭하면 불거지는 문제다. 반면 '남장'은 여장만큼 흔한 이벤트가 아니다. 남장까지는 아니더라도 바지 정장처럼 남자 의상으로 여겨지는 것을 입을 때, 목적은 웃음이 아니라 '멋'이다. 왜 남성의 여성화만이 웃음거리가 될까? 한 걸그룹이 유닛 활동을 시작하면서, 챌린지Challenge를 시작한 적 있다. '챌린지'는 공통의 주제로 자신만의 사진이나 동영상을 만들어 참여하는 것으로, 디지털 문화에서 유행의 생성과 확산에 매우 중요한 역할을 한다. 특히 가수의 노래와 안무를 다른 사람이 커버하는 챌린지는 자연스럽게 곡의 친밀도를 높이고 대중의 참여를 유도해 이슈를 만든다. 걸그룹 소속사는 같은 계열 회사에 소속된 개그맨의 챌린지 영상을 올리며 참여를 독려했다. 챌린지 영상 속 남자 개그맨은 걸그룹의 무대 의상과 헤어 스타일을 따라 하고 커버 댄스를 춘다. 이에 대한 반응을 기사로 요약하면 다음과 같다. "폭소를 자아낸다" "치명적 뱃살" "치명적인 포즈 사이로 코믹스러운 몸짓을 선보이는 모습".

이런 영상을 공식 계정이 올렸다는 점에서 소속 연예인에 대한 존중이 부족하다는 생각이 든다. 해당 걸그룹의 안무는 고난도로, 오래 활동한 멤버들마저 익히는 데 오래 걸렸다고 한다. 챌린지용으로 쉽게 만들었지만, 개그맨은 이 안무를 틀리지 않고 해낸다. 그런데도 이 영상은 웃긴 것으로 소비됐다. 남자가 '여장'을 하고, 오로지 남자 연예인만이 드러낼 수 있는 뱃살을 훤히 드러내고, '여자처럼' 춤추기 때문에. 영상의 포인트는 이제 안무가 아니다. 이 영상은 오랫동안 우리 사회가 오락으로 소비해온 여장 남자에 대한 여성 혐오적, 트랜스 혐오적 코드를 건드린다.

젠더Gender는 여성과 남성의 관계가 사회적으로 조직되는 방식이다. 흔히 생물학적 차이가 여성과 남성의 성Sex을 결정한다고 믿지만, 몸을 규율하며 성에 따라 다르게 의미를 부여하는 사회·문화적 구조가 존재한다. 젠더는 "신체의 문화적 기호화"이자 수행하고 연행하는 것이다. 또한, 다른 역사적 맥락 속에서 늘 가변적이고 모순적으로 성립한다. 남성성과 여성성의 정의는 사회의 물질 기반, 언어, 문화, 역사 등에 따라 계속해서 바뀐다. 여자는 태어나는 것이 아니라 만들어진다는 말처럼 태어나서 몸을 싸는 포대기의 색깔부터 개인의 젠더 수행에 영향을 미친다. 머리가 짧은 아기들도 입은 옷과 소지품으로 성별을 유추할 수 있다. 그렇게 자라서 상대의 성별을 판단할 때는 사회·문화적으로 주입된 기준을 따른다.

이러한 여성성과 남성성 연출에는 의상과 메이크업, 말투와 태도 같은 요소들이 개입하며 각기 다르게 작동한다. 여성성은 신데렐라의 구두 같다. 구두에 맞지 않으면, 여성이 아니라고 판단되는 대상이 여성성을 연기하면, 세상은 그것을 적극적으로 조롱하고 멸시한다. 심지어 법적 여성일지라도 '보기에' 충분히 여자 같지 않으면 이러한 비난을 피할 수 없다. 반면 남성성은 아이언맨의 슈트 같다. 강화의 속성으로 일단 입으면, 평균 이상의 평가와 대우가 뒤따른다. 천명관의 『고래』(문학동네, 2004)에는 남성 의복을 입으면서부터 카리스마 있게 행동하며 사업 관계에서 우위를 차지하는 여성 인물이 나온다.

여성성이 열등하고, 남성성이 우월해서가 아니다. 무엇이 우월하고 열등한지 나누고 배치하는 권력 때문이다. 가부장제 사회에서 여성성은 남성성의 대립항對立項으로서 존재한다. 남성성은 그 자체로 주체의 특권이자 권력의 경로이기 때문에 남성성의 훼손 혹은 결핍은 병리적이거나 열등함을 의미한다. 여성성 혹은 여성화는 '남성성의 결핍'으로 여겨진다. 남성을 '년'으로 부르는 것이 제일 효과적인 욕설이듯, 그것은 남성 주체에게 가능한 최대의 몰락이다. 그러다 보니 수행된 여성성을 연기하는 남성은 보통 양자택일의 갈림길에 선다. 비非남성이 되거나, 비非여성이 되거나. 잘하면, 남성이 아니다. '게이 같다'라거나, '끼를 부린다'는 말이 남성 아닌 주체를 공격한다. 그렇기에 그들은 여성성을 연기하면서도 여성이 아니기를 택한다. 걸그룹의 춤과 노래를 과장하거나 이상하게 따라 함으로써 자신은 '이런' 것이 안 어울리는 '남자'라는 알리바이를 확보하는 것이다. 슬랩스틱Slapstick처럼 보이니까 웃기다고 생각하고 웃는 사람이 있다. 마르지 않는 샘물인 '여성 희화화' 떡밥이다.

앞서 언급한 개그맨 영상의 경우 여자 아이돌이라면 결코 드러낼 수 없는 뱃살이 선명한 남성성의 기표로 기능한다. 걸그룹의 무대가 완벽할수록, 개그맨이 안무를 잘할수록, 영상은 원본과의 괴리로 더욱 웃긴 것이 된다. 당연하게도 안무는 웃기지 않고, 걸그룹 멤버는 웃기려고 퍼포먼스 하지 않았는데 말이다.

뱃살이 있으면 커버도 못하는가? 핵심은 그게 아니다. 뱃살이 있는 여성이 이를 드러내고 춤을 추는 것은 전혀 맥락이 다르다. 동영상 플랫폼 틱톡에는 다양한 체형의 사람이 저마다의 방식으로 즐기는 챌린지 영상이 넘쳐난다. 중요한 것은 의도와 맥락이며 재미와 희화화는 다르다. 그 영상에서 선명한 것은 걸그룹 멤버의 퍼포먼스나 해당 곡에 대한 관심보다, 이렇게도 웃길 수 있는 자신에게 도취한 자의식이다. 이러한 욕심은 원곡자들이 공들여 빚은 퍼포먼스의 오라Aura를 가격한다.

춤과 노래, 연기와 같은 퍼포먼스는 몰입이 가장 중요하다. 어떤 퍼포먼스는 그 순간에만 고조되는 특별한 공기와 분위기 속으로 연행자와 관람자를 데려간다. 현실과 유리되기도 하고, 과장되기도 하고, 극적으로 요동치기도 한다. 그것을 전체적인 맥락에서 떼어놓으면 독특해 보일 수밖에 없다. 드라마 속 세계관과 쌓아 올린 감정선에 녹아든 김희애의 연기를 예능 세트장에서 흉내 냈을 때 우스꽝스럽게 느껴지는 이유는 그 때문이다. 그런데, 그렇다고 해서, 웃음의 소재로 가져다 쓰는 것이 옳을까? 그러한 영역에 이른 연행자의 재능과 노력, 관람자가 느낀 매혹, 연행자와 관람자가 공유한 감각을 짓밟으면서?

몰입은 만들기 어렵고 섬세하기에 한 번 깨지면 복구하기 어렵다. 꼭 여성성 희화화가 아니더라도 사례는 많다. 효린이 퍼포먼스에 열중하다가 순간적으로 찍힌 사진을 방송이 반복적으로 끌어올리고 퍼뜨린 것, 김영철이 김희애의 연기를 코미디 소재로 삼은 것, 전현무가 샤이니의 '루시퍼'로 예능에서 톡톡히 재미를 본 것 등, 법적으로는 문제가 없더라도, 무례한 행동이라는 것을 알아야 한다.

대부분의 여성이 남자를 연기하거나 남자 아이돌의 춤을 출 때는 이러한 문제가 일어나지 않는다. 물론 가장 큰 이유는 남성성이 존재 그 자체로 권력이자 기본값이기 때문이다. 그러나 태도의 차이도 있다. 여성이 남성성을 연기할 때는 다른 성별의 수행을 다양한 스펙트럼의 체험으로 인식하고 진지하게 임한다. 그러나 남성들에게 여성성 연기는 언제나 '벌칙'이거나 웃음거리로 전락하는 행위다.

최근 몇 년 동안 꾸준히 대학 내 여장 이벤트와 여돌 희화화에 대한 문제 제기가 이어지면서 조금씩 상황이 바뀌고 있다. 중학교 수련회에서 열린 여장대회를 보고 박장대소하던 나도 이제 무엇이 문제인지 안다. 낙관은 아니지만, 이 변화의 자장 속에서 성별 규범을 넘어서는 더욱 다양한 시도와 가능성이 열릴 것이다.

참고 문헌

크리스티나 폰 브라운·잉에 슈테판, 『젠더연구』, 탁선미 외 역, 나남, 2002년.

갯마을 차차차

'사람 냄새'로 서울깍쟁이 길들이기?!

〈갯마을 차차차〉(2021)는 신민아(윤혜진 역), 김선호(홍반장 역) 주연의 tvN 드라마다. 2004년 영화 〈어디선가 누군가에 무슨 일이 생기면 틀림없이 나타난다 홍반장〉을 원작으로 한다. "현실주의 치과의사 윤혜진과 만능 백수 홍반장이 짠 내 사람 내음 가득한 바다 마을 공진에서 벌이는 티키타카 로맨스를 그린 드라마"라는 공식 설명처럼, 힐링과 로맨스가 잘 어우러졌다는 평가를 받으며 인기리에 방영했다. 그러나 삐빅삐빅, 또 레이더가 작동한다. 아니 근데. 이 드라마, '착하고 순한 맛'을 표방하고 있지만, 사실은 꽤 문제적이다. 포브스가 선정하진 않았으나 위험한 4글자 중 하나, '사람 냄새'. 아니 근데… 아니 근데?!

〈갯마을 차차차〉 속 세계는 '끈끈하고 선량한 공동체'를 전제로 한다. 이를 바탕으로 윤혜진이라는 서울 깍쟁이 길들이기의 서사가 작동한다. 서울에서 양심 진료를 추구하다 미운털이 박혀 취업이 힘들어진 혜진은 가족과의 추억이 있는 지역 공진에서 치과를 개원한다. 그곳에서 못하는 게 없는 홍반장을 만나 사랑에 빠진다. 드라마 초반은 혜진의 좌충우돌 공진 적응기가 큰 비중을 차지한다. 서로 다른 문화를 누리던 이들이 공존하면 자연스럽게 충돌이 발생한다. 그런데 유독 혜진의 성격이 깍쟁이, 도시적이고 개인주의적인 것, 야멸차고 이기적인 것 정도로 그려진다. 처음 공진에 온 혜진은 레깅스 차림으로 조깅을 해 입방아에 오른다. 내복만 입고 뛴다며 들썩이는 마을 사람들의 반응에 윤혜진은 운동복이라고 응수하지만 홍반장은 어르신들에게도 적응할 시간이 필요하다며 설득한다. 마을 사람들에게는 누구도 타인의 옷차림에 이러쿵저러쿵 말을 얹는 것은 무례하다고 알려주지 않는다. 교정 대상은 언제나 혜진이다.

화기애애한 분위기를 살짝만 들춰보면, 공진은 불법 촬영과 소문이 난무하는 곳이다. 마을 사람들끼리의 단톡방이 있고, 남숙은 툭하면 마을 사람들을 몰래 찍어 단톡방에 사진을 뿌린다. 혜진은 홍반장과 아무 사이가 아닐 때도, 지PD가 등장했을 때도 스캔들의 주인공이 된다. 여성에게 평판, 특히 성적인 소문은 치명적이다. 게다가 남숙은 더 싸게 치료할 방법이 있다며 혜진의 환자들을 불법 시술로 빼돌린다. 혜진이 불쾌함을 표시하면서 두 사람은 충돌한다. 그러자 다른 사람이 개입해 남숙의 아픈 과거를 늘어놓는다. 남숙은 어린 딸을 병으로 잃었다. 마을 사람들은 그 뒤로 남숙이 더 기죽지 않기를 바라는 마음에 남숙이 아무리 마을을 헤집고 다녀도 관대하게 군다. 그 사실은 남숙의 불법 촬영과 사생활 침해, 허위 사실 유포와 무관하다. 정당화할 수도 없다. 그러나 혜진은 이 이야기를 들은 이상, 다른 사람들'처럼' 남숙을 관대하게 대해야 한다. 그래야 사람 냄새 나는 공진 주민이다. 혜진이 호소하는 피해와 불쾌함은 예민한 서울 깍쟁이라서 그렇지만, '우리'의 진실을 알면 달라질 것이라는 믿음. 가스라이팅이 별건가? 이런 게 가스라이팅이다.

마을 사람들과 혜진의 관계는 상호 작용이 아니며 평등하지 않다. 지역 장사는 다 그렇다는 명목으로, 혜진은 마을 사람들이 원하는 방식대로 떡을 돌리고 반상회에 간식을 제공한다. 혜진은 의사로서의 능력보다 싹싹한 여성으로 인정받을 때 공동체에 편입할 수 있다. 혜진과 사랑을 확인한 후 홍반장은 "네가 많이 변했다"라고 말한다. 이 대사는 외부인이었던 혜진이 성공적으로 '공진화'됐다는 평가이기도 하다. 혜진이 긍정적(이라고 평가받는 방향)으로 변화하는 동안 공진 사람들은 변하지 않는다. 유일하게 외부인으로 인해 바뀐 것이 있다면, 그들을 극진하게 대접한 지PD가 세련되게 바꿔놓은 입맛 정도?

〈갯마을 차차차〉에서 공진은 아름다운 풍광이 배경인 '힐링 공간'으로 낭만화된다. 공진은 평화로우며 사람들은 마냥 순박하다. 전형적으로 지역과 주변을 타자화하는 방식이다. 범죄, 나쁜 것, 낯선 것은 언제나 '외부의 것'으로 구성된다. 하물며 성 소수자조차 외부인이다!

스토리 전개상 두 번의 중요한 범죄가 일어나는데, 범인 또한 모두 외부인이다. 한 명은 선량한 마을 사람들과 구별되는 지역 유지의 아들, 한 명은 출소 후 이곳저곳 떠돌다가 우연히 공진으로 흘러든 전과자. 마을 사람들은 범죄에 경악하고 그를 즉시 축출해야 한다고 입을 모은다. 혜진은 밤길에 뒤에서 인기척을 느끼고 달아나는데, 상대가 마을 주민이라는 점이 드러나자 이 장면은 혜진이 과민하게 반응한 '해프닝' 정도로 처리된다. 성범죄는 아는 사이에서 더 빈번하게 일어난다는 현실은 공진이라는 지역을 성역으로 지키고자 지워진다.

이러한 재현은 지역에서 벌어지는 범죄의 구조적 특수성과 실체를 은폐한다. 사실 현실에서 제일 위험한 것은 홍반장 같은 인물이다. 토착민이고, 모두가 그를 믿는다. 혜진과 홍반장이 싸우면 금방 소문이 퍼지고, 마을 사람들은 홍반장 편을 든다. 홍반장은 폭행 사건에 휘말려 유치장에 들어가도, 아는 경찰과 친근하게 대화하고 옷을 빌려 입는다는 구실로 유치장에서 나갈 수 있는 사람이다. 만약 이런 사람이 가해자라면? 생각만 해도 등골이 오싹하다. 사람은 다면적이고 입체적이며 관계는 각도에 따라 바뀐다. 일부에게는 지극히 선량하고 필요한 존재가 누구에게나 그렇다는 보장은 어디 있을까? 성범죄는 권력의 문제다. 친밀함 또한 권력으로 작동한다. 영화 〈김복남 살인사건의 전말〉(2010)에서는 고립된 섬에서 일어나는 마을 사람들의 조직적인 성폭력이 나온다. 기껏 경찰에 신고해도 다 아는 사람들끼리라서 '좋게 좋게' 넘어간다. 복남은 외부인 여성에게도 성범죄를 저지르려는 남자에게 "서울 여자는 그런 거 안 참아"라고 말한다. 이 대사가 암시하는 것, 서울 여자는 끈끈하게 정으로 얽히지 않은, 결탁하지 않은 공권력을 신뢰하기에 폭력을 고발할 수 있는 존재다. 복남은 그렇지 못했고 결국 사적 복수를 감행한다. 웹툰이자 동명의 영화로도 각색된 〈이끼〉(2010) 역시 폐쇄적인 공동체가 어떻게 폭력을 조장하고 은폐하는지 섬뜩하게 묘사했다.

혜진과 홍반장의 감정선은 여성 대상 성범죄를 통해 강화된다. 생존과 직결되는 범죄는 사랑을 강화하는 이벤트로 배치되고, 친밀한 남성이 있는 여성만이 적극적으로 보호받는다. 첫 번째 성추행 사건에서 홍반장이 가해자를 응징한다. 피해자인 미선에게는 경찰 은철이 명함을 주며 다음부터 그런 일이 있을 때 절대 혼자 참지 말라고 조언한다. 둘은 '썸 타는' 사이다. 두 번째 가택 침입 사건에서 홍반장은 혜진 대신 칼을 맞는다. 혜진에게 고백하러 달려오던 지PD는 뒤늦게 현장에 도착함으로써, 혜진을 구할 기회를 놓침으로써 삼각관계에서의 패배가 확정된다. 이 드라마에서 여성 대상 범죄는 자격 있는 남자친구, 즉 여성을 지킬 수 있는 남성을 가리는 심사로 기능한다. 사실 대부분의 미디어가 이런 방식을 선택한다. 홍반장은 혜진을 위해 적극적으로 통장에게 어필해서 고장 난 가로등을 고친다. 원래는 누구나 누릴 수 있는 행정 복지지만, 공진의 여성은 홍반장 같은 남성의 보호가 있어야만 제대로 된 수혜자가 된다. 남성 보호자가 없는 초희가 우연히 마을 사람에게 구조된 후

별다른 조치 없이 방치되는 것과 대조적이다.

여성 대상 범죄는 당사자가 아닌 인물들에게도 철저하게 타자화된다. 범죄가 일어날 때마다 미선과 혜진은 서로 얼싸안고 운다. 여성들은 친구들과 헤어질 때마다 조심히 들어가라, 집에 들어가면 연락해라 같은 인사를 나눈다. 서로가 얼마나 쉽게 위험에 노출되는지 알고, 그런 일이 일어났을 때 자기 일처럼 공감하며 고통을 느끼기 때문이다. 그러나 미선과 혜진이 자신의 잘못이 아님에도 곁에 있어주지 못해 미안하다며 자책할 때 은철과 홍반장은 이를 이상한 행동, 유난스러운 과장 정도로 여기는 태도를 유지한다. 두 남자가 두 여자를 이해 안 된다는 표정으로 볼 때, 정말이지… 지압판 위에서 차차차를 추게 하고 싶었다.

사람은 사회적 동물이고 더불어 살아가는 존재이다. 상호작용과 배려, 오지랖과 완벽하게 분리 불가능한 관심은 어느 정도 필수적이다. 그래서 〈갯마을 차차차〉는 공동체의 순기능과 '정'이라는 키워드를 적극적으로 끌어들였을 것이다. 그러나 공기 좋고 물 좋은 '시골'도 결국 사람 사는 곳이며 욕망과 갈등, 범죄와 권모술수가 있다는 당연한 사실을 간과한다. 세상 어디에도, '무해하고' '안전하기만 한' 곳은 없다. 무작정 현재를 비판하고 과거나 지역을 낭만화하기보다, 멀리서 바라볼 때 아름다운 평화가 과연 누구의 것인지, 무엇을 은폐함으로써 획득되는지, 누구를 해치고 무엇을 배제하는지, 잃어버렸다고 생각하는 공동체의 미덕은 누구의 기억인지 등을 섬세하게 헤아려 볼 때다.

공범인 남성은 어디로?
…낙태죄를 폐지하라

내가 다닌 중학교는 미션 스쿨이었다. 지금 생각하면 아동 학대다. 어두컴컴한 강당에 중학교 1, 2학년을 모아놓고 임신 중단(낙태)이 얼마나 끔찍한지 설파하는 비디오를 틀었다. 조작된 것이 분명한 비디오 속 내용은 잔인하고 충격적이었다. 또 다른 이벤트는 순결 서약식이었다. 순결 사탕을 먹고, 사비를 내서 맞춘 순결 반지를 끼고, 'True love is waiting' 같은 플래카드가 걸린 곳에서 전교생이 혼전 순결을 외쳤다. 지금 보면 이경미 감독의 영화에 나올 법한 블랙 코미디지만 그 당시에는 정통 학원물이자 비극적인 드라마였다. 화장실에서 임신 테스트기가 발견되고 누군가는 친구들에게 다급하게 돈을 빌리러 다니는 동안, 학교에서는 그런 '똥볼'이나 찼다. 20년이 지난 지금, 낙태죄를 수호하려는 한국 사회에서 그 음침한 미션 스쿨 강당의 냄새가 난다.

2019년 4월, 헌법재판소는 형법상 낙태죄에 대해 헌법불합치 결정을 내렸다. 2020년 10월 6일, "정부가 7일 '낙태죄'에 대한 형법·모자보건법 개정안을 입법 예고한다"는 내용이 보도됐다. 낙태죄를 유지하되 임신 14주까지의 임신 중단은 처벌하지 않는단다. 여성들이 꾸준히 요구했으며 법무부 양성평등 정책위원회가 권고한 '헌재가 제시한 수준 이상의 임신 중단 비범죄화'가 아니다. '14주 이전까지만' 무죄이고, 그 이후의 임신 중단은 여전히 유죄라는 것이다. 사사오입도 아니고 이게 뭐지? 『배틀 그라운드: 낙태죄를 둘러싼 성과 재생산의 정치』(성과재생산포럼 기획, 백영경 외 11인, 후마니타스, 2018)를 집어 들었다. 이 글에서는 책의 기준에 따라 낙태와 임신 중절, 임신 중지라는 용어를 서로 다른 의미에서 사용한다.

'낙태죄'는 1953년부터 있었으나, 2010년부터 사회 문제로 떠올랐다. 프로라이프 의사회가 불법 낙태 단속을 사법

당국에 요구하며 임신 중절을 시술하는 병원을 고발하면서 '낙태 정국'을 맞았다. 그 이전까지 임신 중절은 문화적 금기일지언정 불법이라는 인식은 없었다. 그도 그럴 것이, 한국 사회는 공공연한 임신 중절을 통해 인구를 조절해왔기 때문이다. 둘도 많다는 인구 정책 슬로건 아래, 제한된 기회 안에서 남아를 출산해야 하는 여성은 성별 감별 임신 중절로 내몰렸다. 이때 여성의 자기 결정권은 지금과 정확히 반대의 형태로, '임신 중절을 하지 않을 자유'를 빼앗기며 침해당한다. 1987년, 1988년, 1990년은 남아 선호 사상과 호랑이띠, 용띠, 백말띠 여자는 드세다는 한국적 미신의 합작으로 대대적인 성별 감별 낙태가 이루어진 해이다. 성별을 감별할 수 있을 만큼 자란 태아는 당연히 14주 이상이다. 피임 교육이나 도구가 지금보다 열악할 때이니 계획에 없는 임신 중단은 일상적으로 이루어졌다. 가부장제가 필요할 때, 정상 가족 안에서 기존의 질서를 유지하는 방편으로서, 임신 중절은 조장되고 묵인됐다. 나는 2017년, 인터넷에서 무작위로 모집해서 '88 용띠 여자 서른 살 파티'를 열었다. 익명의 88년생들이 모여 아들이 아니어서 죽을 뻔했으나 어찌어찌 태어나 서른 살이 된 서로를 축하했다.

2010년 이후 임신 중절이 필요한 여성은 법의 테두리 바깥으로 밀려났다. 시술할 곳을 찾기 어려워지고, 비용이 폭등하고, 안전을 보장할 수 없는 가짜 약이 유통되고, 시술을 빌미로 의사가 성폭력을 저지르고, 의료 사고가 발생해도 불법 시술을 받은 여성의 과실이 인정되는 상황이 된 것이다. 〈파도 위의 여성들Vessel〉(2014)은 네덜란드 산부인과 의사 레베카 곰퍼츠가 시작한 프로젝트 이름이자 이 과정을 찍은 다큐멘터리이다. 레베카는 낙태가 법으로 금지된 국가에서 열악한 불법 시술에 노출된 여성을 자신의 배에 태운다. 낙태죄가 없는 네덜란드 국적의 레베카가 탄 배는 국제법에 따라 낙태가 가능한 공간이 된다. 레베카의 프로젝트는 임신 당사자 여성에게 결정권을 돌려주는 것이다. 그렇다. 낙태죄 논의에서 번번이 뒷전으로 밀리는 여성의 기본권 말이다.

최현정은 「낙태와 헌법 논쟁」(『배틀 그라운드』)에서 낙태죄를 법적으로 검토한다. 형법 제27장 낙태죄는 총 다섯 가지 유형을 포함한다. 자기낙태죄(여성을 처벌한다), 업무상동의낙태죄(의사도 처벌한다), 동의낙태죄(의사 등이 아닌 사람이 낙태 수술을 한 경우 처벌한다), 부동의낙태죄(당사자 부탁이나 승인 없이 낙태한 경우 의사인지 아닌지와 무관하게 처벌한다), 낙태치사상죄(수술을 받던 여성이 상해를 입거나 사망하면 더 무겁게 처벌한다). '낙태죄 폐지'는 자기낙태와 함께 동의낙태, 업무상동의낙태의 비범죄화까지 포함하는 것이다. 여기서 알 수 있듯 남성의 책임은 어디에도 없다. 햇볕을 쬐고 잉태한 신화 속 주인공도 아니건만, 여성과 의사가 처벌받는 사이 단 한 명의 공범이 빠져나간다. 다른 죄와 달리, 사생활이자 의료 기밀에 해당하는 임신 중절 시술 사실을 아는 사람은 제한적이다. 수사 기관이 알아낼 방법도 없다. 그러니 낙태죄를 신고하는 사람 또한 '혼자 안전한' 공범이며 대부분 보복성이다.

이 지점에서 낙태죄의 또 다른 모순이 물에 뜨는 기름처럼 선명해진다. 낙태죄의 목적은 여성이나 태아의 생명권을 보호하는 것이 아니다. 여성의 몸을 통제하고 처벌하려는 목적뿐이다. 국가는 임신과 출산으로 여성이 침해당할 기본권이나 정상 가족 바깥에서 태어난 아이의 권리를 보장하지 않는다. 최현정은 같은 글에서 자기낙태죄가 여성의 기본권을 다양한 층위에서 침해하는 양상을 짚어낸다. "임신과 출산 과정에 내재하는 특별한 희생을 강요당하지 않을 자유"인 자기운명결정권뿐, 근로의 권리(자발적으로든 비자발적으로든 임신과 출산은 여성이 노동을 중단하는 큰 이유이다), 교육받을 권리(임신한 청소년은 즉각 학교에서 퇴출당한다), 혼인과 가족생활에 관한 권리(임신이 결혼의 계기가 되는 경우), 국가의 모성 보호 의무 및 국민의 보건권(건강에 영향을 미치기에)과도 얽힌다. 이외에도 신체의 자유, 재산권, 성적 자기 결정권, 사생활의 비밀과 자유에 대한 제한, 평등권, 혼인과 가족생활에 있어서의 성평등 원칙과도 관련 있다. 헌법에는 생명권 규정이 없고 법 체계상 태아는 '사람'이 아니다. 태아가 사람이 되는 시기나 범위는 법마다 다르다. 실제로 낙태 시술에서 내가 중학교 때 봤던 비디오처럼 태아가 인간의 형체를 갖춘 경우도 드물다. 그런데도 임신 중단을 살인과 비교하고, 여성의 기본권과 태아의 생명권을 저울에 올리려는 폭력은 칼날 같다.

평생 원치 않는 임신으로 자신의 인생이 송두리째 흔들릴 위험이 없는 몸만이 낙태죄를 원한다. 국회의 성비를 생각하면 더더욱 그렇다. 낙태죄는 이러한 몸들의 못된 심보, 여성에게 두려움과 죄책감을 주입하여 이들이 '함부로 몸을 굴리지 않'도록 하며, '그럼에도' 감히 임신을 한 이들은 혹독한 대가를 치러 마땅하다는 심리를 근간으로 한다. '낙태 남용'이 우려되어 폐지할 수 없다는 진부한 반대 의견 역시 여성을 한 명의 인격체로 보지 못하는 빈약한 머리에서 나온다. 시술 혹은 수술을 겪는 것은 여성의 몸이다. 어떤 형태로든 건강에 부담을 주기에 가장 피하고 싶은 최후의 방어선이다.

임신 중단이 비범죄화되면 다들 피임 없이 섹스하고, 미용실 가듯이 낙태할 것 같습니까? 수술이 안 먹으면 손해인

공짜 과자인가요? 사람들이 왜 보험금까지 탈 수 있는 교통 사고를 뻥뻥 당하지 않고 조심조심 차를 피하게요?

영화감독 이길보라는 『배틀 그라운드』 추천사에서 임신 중단을 경험한 몸을 "엮여 있는 몸들"이라고 호명한다. '같은 전선에서 정상성 이데올로기에 저항하는 몸'이라는 의미에서 임신 가능한 몸은 연결된다. 이 연결망 속에서 낙태죄 시위 참가자들과 함께 배를 두드리며 외쳤다. "야, 이건 내 거야! 국가는 나대지 마라!" 유교 문화가 뿌리내린 여성 혐오 사회에서, 낙태죄 폐지는 끝이 아니라 시작이다. 그다음은 공기처럼 퍼진 사회적 낙인과 편견, 여성의 성을 통제하려는 무수한 문화 규범과 싸워야 하니 바쁘다 바빠, 현대 여성! 노 키즈 존 규제, 아동 성착취물 소지자 및 제작자 처벌, 아동 학대 근절, 어린이집 및 유치원 충원, 임신·출산으로 인한 경력 단절 해결…. 여성과 아동을 위해서 해결해야 할 과제가 산더미다. 이런 현실에서도 아이를 낳아 기르는 사람과 태어난 아이는 세포보다 훨씬 많은 것이 절실하다. 임신 중단 여부는 몸의 당사자에게 돌려주고, 더 나은 세상을 만드는 데 투신할 일이다.

우리들의 블루스

원치 않은 임신에도 죄책감·사랑의 결실이라니

tvN 드라마 〈우리들의 블루스〉(2022)는 청소년 임신 소재를 다루었다. 아버지들끼리 철천지원수이자 학교에서는 전교 1, 2등의 경쟁자인 영주(노윤서 역)와 현(배현성 역)이 주인공이다. 영주는 어머니가 일찍 도망가는 바람에 끈끈한 공동체 육아 속에서 자랐다. 가는 곳마다 자신을 모르는 곳 없는 제주도가 지긋지긋한 영주는 서울대 의대를 노리며 '인서울', 정확히는 '탈제주'를 꿈꾼다. 그런 영주가 현과의 관계에서 임신하면서 이야기는 시작된다.

한국 사회에서 결혼하지 않은 여성의 임신은 여러모로 여성에게 무척 위협적인 사건이다. 특히 경제력이 없고 의료 서비스를 이용할 때 부모 동의가 필요한 청소년은 훨씬 더 촘촘한 억압과 위험에 노출된다. 영주가 임신 중단 비용을 마련하려고 방문한 금은방 주인은 부모의 허락을 볼모로 부당하게 값을 깎는다. 산부인과 의사는 반말을 하면서 병명도 제대로 알려주지 않는다. 왜 반말하느냐는 영주의 항변에 의사는 "그러게 피임을 잘했어야지 학생!"이라고 말한다. 피임을 못하면 존중받을 자격도 없는가? 이 장면은 우리 사회가 '정숙하지 못한 여성'에게 얼마나 자연스럽게 기본권을 박탈해 왔는지 드러낸다.

사실 드라마는 내내 영주에게 폭력적이다. 한국에서 보편적인 공교육을 받고 자란 여성이라면 영주가 임신 중단을 결정하고 간 병원에서 태아의 심장 박동 소리를 듣고 울부짖는 장면에서 어떤 기시감을 느꼈을 것이다. 숱한 성교육 비디오, 드라마, 소설, 영화에서 반복된 그 정서와 연출은 영주가 제주도에 대해 느끼는 감정보다 훨씬 지긋지긋하다. 진료를 받으러 온 환자가 자신의 선택 때문에 패닉에 빠져 울음을 터뜨리는데, 의사는 어떤 대처나 사과도 하지 않고 아련하게 바라만 보고 있다. 마치 그런 반응을 기대했다는 듯이, 네 죄를 네가 알렸다라는 듯이. 기이하다. 처음부터 서사에서 의사가 아니라, 영주의 죄책감을 자극하는 처벌자의 역할로 세팅됐음을 알 수 있다. 이를 청소년 임신부가 처한 '차갑고 냉혹한 현실'을 보여주는 작품의 핍진성이라고 착각하면 안 된다. 오랫동안 낙태죄를 유지했고, 여성 청소년의 섹슈얼리티를 엄격하게 단속한 사회에서 살아온 시청자는 누구보다 현실을 잘 알고 있다. 드라마를 통해 굳이 목격할 필요가 없다. 그런데도 영주가 산부인과에서 겪는 고통과 수모는 오히려 '몸 간수 제대로 못한' 어린 여자가 응징당하기를 원하는 욕구를 충족시킬 뿐이다.

영주에게는 순정적인 남자친구 현이 있다. 적극적으로 임신 중단 비용을 모으고, 영주의 선택을 존중하겠다고 말한다. 그러나 현이야말로 선량한 얼굴을 하고 손에는 장미꽃을 든 채, 영주의 발을 걸어 넘어뜨리는 존재다. 임신 중단을 집요하고도 간접적으로 방해하기 때문이다. 예를 들면 임신 중단은 주수 문제 때문에 시간 싸움인데, 천천히 좋은 병원을 알아보고 계속 생각해 보자며 영주를 지연시키려 한다. 임신 중단에서 제일 걱정되는 것은 여자친구의 몸이라고 인터넷에 글을 올리지만, 출산의 위험은 생각하지 않는다. 기어이 아기 용품 파는 매장 앞에서 감성에 취해 영주에게 전화를 걸고, "그 애, 내 아기기도 하잖아"라고 울먹거린다. 영주는 "아기라는 말 쓰지 마. 나만 독한 년 만들지

마. 죄책감 갖게 하지 마"라고 말한다. 사랑하고 존중하는 것처럼 작동하는 통제는 부드럽고 교묘해서, 당하는 사람이 상대에게 저항하기보다 자기 자신을 공격하게 만든다. 영주가 임신 중단을 하고도 잘 산다는 선배 이야기를 하자, "그 선배한텐 나 같은 남자가 없었을걸? 너한텐 내가 있잖아"라고 대답하는 현은 충격적이다. 여자의 임신 중단을 당사자가 어떤 삶을 살지를 결정하는 문제가 아니라, '여자와 아이를 받아들여 주는' 남자의 문제로 인식하는 대사를 2022년에 들어야 한다니!

그러나 드라마에서 현은 처음부터 끝까지 좋은 사람으로만 그려진다. 사랑은 한때라고 말하는 차가운 영주와 순정적인 현이 반복적으로 등장한다. 현은 임신 중단 시술을 하면서 '모든 것이 없었던 일이 된다'라고 말하는 의사를 상상하거나, 임신 중단을 하러 가는 영주를 쫓아가며 영주의 안전이 아니라 자신들의 행복했던 연애를 떠올린다. 드라마가 태아를 영주와 현의 사랑의 결실로 묘사하고, 이를 없애려는 영주를 비난한다는 것을 알 수 있다. 악의적이기까지 한 연출이다. 영주를 둘러싼 모든 환경이 영주가 임신 중단을 선택하지 못하도록 몰아간다. 그리고 마침내 버스 사고에서 영주가 모성애를 '각성'하고, 스스로 임신부임을 선언하게 한다. 넷플릭스에서 자막을 설정하고 보면 이 장면에서 깔리는 음악은 심지어 '홍미로운 음악'이다. 원치 않는 임신을 하고, 갑작스러운 돌발 상황 때문에 자신의 상태를 사람들 앞에서 강제로 밝혀야 하는 10대 여성 청소년이, 나는 전혀 홍미롭지 않다.

이제 영주는 갑자기 비가 쏟아지자 손으로 자신의 배를 가려 비를 막아주는 '엄마'가 된다. 태아를 완전히 인격화하여, 기존의 모성 프레임을 그대로 답습하는 행위이다. 임신이라는 사건이 성별에 따라 얼마나 불평등하게 작동하는지, 개인의 선택을 집요하게 회유하는 것은 폭력이 아닌지 같은 질문을 제기할 틈도 없이 사랑으로 봉합되는 것이 휴머니즘 서사 특유의 MSG다. 이 장면을 지나가다 목격한 마을의 일원 은희는 영주의 산부인과 방문을 임신과 연결 지어 유추한다. 그러나 "설마 저 아기들이"라는 대사로, 청소년의 섹슈얼리티를 곧장 타자화한다. 물론 영주와 같은 이유로 임신 중단을 포기하고 출산을 결심한 청소년도 분명 존재한다. 그 선택이나 감정이 진부하다고 비난하는 게 아니다. 문제는 결혼하지 않은 여성이 임신하고, 출산을 선택할 때 가장 강력한 동기인 '죄책감'의 프레임이다. 임신 소재가 등장한 청소년 장편 소설 다섯 편을 분석한 안점옥의 연구 「청소년 장편 소설의 임신 갈등 서사 연구」는 '임신은 생명을 잉태하는 것'이니 반드시 출산을 해야 한다는 당위적 결말을 지적한다. 분석 대상 소설에서 임신 중단을 선택한 여성들은 자살하거나, 작가가 배 속 태아에게 발언권을 줘서 죄책감과 공포를 주입한다. 아이를 출산한 비혼모는 나와도, 임신 중단하고도 '잘' 살아가는 이야기는 없다. 낡은 관점과 감수성이 다양한 미디어에서의 청소년 임신을 제한적으로 선별하여 보여준다. "임신 중단과 출산 중에 어떤 결정이 옳다는 당위성을 떠나 다양한 해결 방식을 보여주는 용기 있고 솔직한 문제작이 필요하다"는 연구자의 문제의식은 매우 타당하다.

2022년 3월 방송을 시작한 MBN 예능 〈고딩엄빠〉는 제목 그대로, '어린 나이에 부모가 된 10대 엄마, 아빠'가 등장한다. 방영 전부터 청소년 임신을 조장·미화한다는 논란이 있었다. 실존 인물을 조명하고 편견을 거두자고 말하는 것이 곧장 그 삶을 조장하거나 미화하진 않는다. 중요한 것은 인물과 상황을 그려내는 시선이다. 아직 프로그램이 출연자들의 일상을 흥미진진한 구경거리이자 기특한 애들로 취급한다는 인상을 떨치기 어렵다. '고딩엄빠'의 현실은 녹록지 않다. 이들이 처한 어려운 환경은, 사회가 '배 속의 태아'만 생명으로 중시하고 태어난 이후로는 철저히 방치한다는 것을 증명한다. 고군분투하며 양육하는 고딩엄빠를 응원하면서도, 미디어가 청소년 양육자를 재현할 때 이들을 기특해하지 않기를 바란다. 계획 없는 임신에서 출산을 선택한 여성을 '생명을 지키기로' 결정했다고 칭송하면, 자연스레 임신 중단은 '생명을 지키지 못'한 행위로 배치되기 때문이다. 칭찬은 평가와 인정을 전제로 하는 것이고 임신과 출산은 개인이 자신의 삶을 꾸리는 선택이다. 어려운 환경에서도 아이를 보호하려는 양육자의 노력은 사회가 제도적 지원으로 잘 지지하고, 이들이 차별받지 않는 사회·문화적 환경을 만들어나가며 존중하면 될 일이다. 국가의 재생산 이데올로기 관점에서 바라보는 '실적'의 차원이면 모를까, 개인의 임신과 출산, 양육은 칭찬의 대상이 아니다.

한국 사회는 강력한 정상·비정상 가족 이분법, 순결 이데올로기, 오랫동안 인공 임신 중단을 '죄'로 규정한 사회·문화적 배경, 모성애의 절대화가 철벽처럼 버티고 있다. 여성의 자기 결정권을 위해 임신 중단권을 획득하려는 길고 치열한 싸움이 있었다. 한편에서는 섹슈얼리티가 은폐되는 청소년과 임신 중단 문제에서 죄책감을 주입하는 각종 메시지로 고통받는 여성이 존재한다. 미디어에서 재현하는 청소년의 섹슈얼리티, 임신, 출산, 자기 결정권이 좀 더 다양해질 필요가 있다. 함부로 훈계하거나 비난하지 않으면서, 경악하거나 기특해하지 않으면서. '임신 중단을 하고도 잘 살아가는 선배'를 '…카더라'라는 대사 속 풍문이 아니라, 이기적이고 문란하며 충격적인 과거를 가진 독한 여자가 아니라 다양한 욕망과 서사를 지녔으며 작품 속에서 충분히 수용되는 인물로 만나고 싶다.

참고 문헌

안점옥, 「청소년 장편소설의 임신 갈등 서사 연구」, 『아동청소년 문학 연구』 제27호, 2020.

누가 나이 들지도, 다치지도, 지치지도 않는 가상의 인물을 원하는가

2020년 12월 9일, Mnet에서 〈AI음악 프로젝트 다시 한번〉(이하 〈다시 한번〉) 방송을 시작했다. "대중이 그리워하는 아티스트들의 발자취를 더듬어 보고, 그들의 목소리를 복원해 새로운 무대를 선보이는 것"이 기획 의도다. 프로그램은 고인의 음성 자료를 바탕으로 한 목소리 복원뿐만 아니라 페이스 에디팅 기술로 얼굴과 동작까지 재현한다. 1화에서는 그룹 '거북이'의 래퍼이자 프로듀서인 고(故) 터틀맨(본명 임성훈)을, 2화에서는 고(故) 김현식을 소환했다. 2021년 1월 SBS의 신년 특집 4부작이었던 〈세기의 대결! AI vs 인간〉 첫 편은 모창 AI다. 1996년 세상을 떠난 김광석의 목소리가 2002년 발표된 김범수의 노래 '보고 싶다'를 부른다. 사람들은 감동하거나 경악하거나 얼떨떨해한다. 2022년 3월 JTBC는 대선 중계 방송에서 역대 대통령을 AI로 복구하여 방송에 내보내는 무리한 시도를 하기도 했다. 바둑기사 이세돌과 알파고가 대결할 때까지만 해도 비일상적이고 흥미로운 이벤트 정도로 여겼던 인공 지능은 이렇게 불쑥 우리 삶에 비집고 들어왔다. 그리움이나 친밀성 같은 '감정'을 공략하면서, 현실과 밀접하게 연동된 형태로.

"에스파는 나야/둘이 될 수 없어"라는 SM엔터테인먼트의 걸그룹 '에스파aespa'의 데뷔곡 '블랙 맘바Black Mamba' 가사는 인터넷에서 수많은 패러디를 양산했다. 에스파의 세계관은 현실 세계의 멤버와 가상 세계의 아바타가 함께 존재하고, 이들이 중간 지대인 디지털 세계에서 만나는 것이다. 멤버 개인을 본떠서 만든 아바타 '아이'(예를 들면 멤버 카리나의 아바타는 '아이카리나'다)가 또 다른 자아라는 설정이다. 에스파는 현실의 멤버 4명과 가상 아이돌 4명이 함께 활동하는 4인조이자 8인조인 그룹인데, 개인과 아바타가 결국 다른 층위의 한사람이기에 궁극적으로는 4인조인 셈이다.

낯선 개념과 세계관으로 보이지만, 일본 문화에 익숙한

독자는 이해하기 쉬울 것이다. 2007년 데뷔한 하츠네 미쿠初音ミク는 대표적인 가상 아이돌이다. 크립톤 퓨처 미디어사의 음성 합성 소프트웨어 보컬로이드의 캐릭터인 하츠네 미쿠는 10년 넘게 웬만한 아이돌보다 큰 인기를 누리는 중이다. 홀로그램으로 콘서트를 열고, 각종 광고에 출연한다. 한국에도 사이버 가수 계보가 있다. 1997년 데뷔 직후 큰 인기를 얻었던 국내 1호 남성 사이버 가수 '아담', 1호 여성 사이버 가수 '류시아', 청소년 사이버 가수 '사이다'…. 2001년 스타맥스미디어가 결성한 5인조 그룹 '나스카Nazca'는 컴퓨터 그래픽으로 형상화한 사이버 가수 '나스카'와 함께 6인조 그룹으로 활동하는 콘셉트로, 에스파와 유사하다. 대부분 기술의 한계와 대중의 냉담한 반응에 부딪혀 오래 활동하지 못했다.

성공적인 사례는 2018년 데뷔해 활동 중인 K/DA이다. 게임 〈League of Legends〉(리그 오브 레전드, 약칭 'LoL')의 캐릭터 기반 가상 아이돌인 K/DA는 게임 내에서 K팝 걸그룹이 콘셉트다. 각각의 캐릭터가 한국의 걸그룹 (G)I-DLE 멤버인 소연과 미연, 매디슨 비어, 자이라 번스와 특성과 목소리를 공유한다. 실제 아이돌의 행동, 표정이 모션 캡처로 가상 아이돌과 연결되고 가상 아이돌은 무대에서 게임 스킬을 재현하거나 구미호 꼬리 같은 외형을 그대로 드러낸다. 이 상호 작용 속에서 현실은 구체적으로 가상화되고, 가상은 절묘하게 현실화된다. 2018년 월드 챔피언십 결승전 무대에서는 증강 현실을 이용, K/DA가 등장해 실제 가수들과 합동 공연을 했다. 무대를 실제로 볼 때 무대에 있는 '인간'은 4명이지만 화면에서 보이는 퍼포먼스를 하는 가수는 8명이다. 무슨 말인지 이해가 잘 안 된다면 백문불여일견, 유튜브에 '2018 K/DA'를 검색해 보길.

K/DA와 에스파는 새로운 층위의 가상 아이돌이다. 실존 인물이 없어야 '가상'이지만, 아바타는 본체인 실존 인물과 연결되면서 현실과 가상의 경계를 가로지른다. NC소프트의 K팝 엔터테인먼트 플랫폼 '유니버스UNIVERSE'는 이렇게 흐릿해지는 경계를 좀 더 일상적으로 활용하고자 한다. 공식 소개를 인용하면, 유니버스는 "AI 음성 합성, 모션 캡처, 캐릭터 스캔 등 IT(정보기술)와 엔터테인먼트 콘텐츠를 결합"한 서비스를 제공한다. 유니버스에서는 아티스트의 실제 목소리를 활용해 개발한 AI 보이스와 통화하거나, 행동이나 표정을 본뜬 모션 캡처와 보디 스캔으로 만든 아바타를 꾸밀 수 있다. 이러한 음성이나 아바타는 하츠네 미쿠나 보컬로이드처럼 완전한 가상은 아니다. 그러나 팬과 실제 아이돌이 형성한 친밀감, 실제 아이돌의 특성이라는 현실

이 인공 지능과 결합한다는 점에서 넓은 의미의 가상 아이돌이다.

AI 아이돌에는 우려가 뒤따른다. 2020년 11월 8일 『경향신문』 기사는 AI 아이돌을 둘러싼 다양한 윤리적 문제점을 지적했다. 에스파의 아바타가 여성의 신체를 관습적으로 물화하고 과도하게 성적 대상화하는 문법을 따랐다거나, 인공 지능이 악용될 때 아티스트를 보호하거나 법적으로 처벌할 근거가 빈약하다는 점이 그것이다. 〈다시 한번〉의 기술은 그리운 대상을 복원하지만, 원하는 대로 편집하고 왜곡할 수도 있다. 실제로 딥페이크Deepfake 영상 중 96%가 포르노 영상이고, 피해자의 25%가 한국 여성 연예인이라고 한다. 그러나 이에 대한 기획사의 대처나 법적 규제는 전무한 수준이다. 실제 아이돌이 팀을 이탈하거나 계약이 종료됐을 때 아바타와 데이터에 대한 권리는 어떻게 되는지, 본인의 의지와 무관한 인공 지능의 발언이나 퍼포먼스로 피해를 볼 때 어떻게 관리할지 등의 문제 또한 공백이다.

1990년대 후반부터 2000년대 초반을 강타한 천계영의 만화 『오디션』에는 네 명의 천재 소년으로 이루어진 재활용

밴드가 전설의 아이돌 '유니콘'과 경연하는 에피소드가 있다. 인기 절정일 때 돌연 은퇴를 선언하고 사라졌던 유니콘은, 외형과 음성을 그대로 간직한 사이버 가수로 돌아온다. 유니콘의 진실은 이렇다. 기획자는 처음부터 아이돌을 키우려는 목적으로 세 명의 아기를 입양하고, 아이돌의 신비한 이미지와 통일성을 위해 이마에 뿔을 이식한 후 얼굴을 똑같이 성형한다. 그러나 심각한 수술 후유증으로 유니콘은 오래 활동하지 못하고 은퇴해야 했다. 인간의 부상과 불완전함을 경험한 유니콘의 기획자는 나이 들지도, 다치지도, 지치지도 않는 가상 아이돌을 시도한다.

유니콘 기획자의 욕망은 지금, 여기 가상 아이돌을 원하는 기획자의 목적과 일치한다. 천계영은 사이버 가수의 기획 의도를 정확히 꿰뚫어 본 것이다. 아이돌로 경영은 하고 싶지만 인적 자원에 따르는 위험 부담을 짊어지기는 싫다. 꿈을 볼모로 착취와 폭력을 정당화하고, 아이돌의 열악한 노동 환경이나 이들에게 강요되는 육체적·감정적 노동에는 무관심하다. 인간은 변수가 많고 복잡하며 어렵지만, 가상 아이돌은 철저한 통제가 가능하다. 보호와 개선보다는 가상 아이돌로 대체하는 게 더 쉽고 효율적으로 보인다. 이렇게나 혁신적인, 이렇게나 4차 혁명적인, 이렇게나 미래 지향적인! 자신은 머리카락 한 올 내놓을 필요 없이 남의 데이터베이스로 시험하는 기획자들의 잔뜩 신난 콧김이 느껴지는 것 같다. 본격적으로 가상 아이돌의 공을 쏘아 올린 SM엔터테인먼트가 소속 가수를 잇달아 잃은 적 있으며 팬들이 기획사의 관리 소홀을 책망하기도 했단 사실은 의미심장하다.

『오디션』에는 사망한 송송그룹의 전 회장이 아바타로 등장해서 오디션을 진행한다. 아버지를 이렇게라도 보니 좋지 않냐는 질문에, 딸 송명자는 "돌아가신 것이 더 실감이 날 뿐"이라고 말한다. 〈다시 한번〉에서 움직이는 터틀맨을 본 가족들의 심정 역시 복잡하다. 사이버 가수 유니콘은, 유니콘의 노래를 편곡해 연주한 재활용 밴드에게 패배한다. 기획자는 유니콘을 불러놓고 "너희가 졌다"라고 말한다. 세 명의 유니콘은 답한다. "그건 우리들이 아니었어요. 처음부터 우리는… 우리가 아니었어요." 선택권이 없었던 유니콘의 대사는 지금 이 가상 아이돌과 인공 지능 열풍에 경종을 울린다. 성큼성큼 앞서 나가는 기술과 시장을 선점하려는 부산함 앞에서, 주저앉은 채 통행을 방해하며 묻고 싶다.

가상을 쿠션 삼아 취약한 현실의 대상을 불확실성에 노출하는 것이 (안전장치도 없이) 옳은 일인가? 산 사람의 욕망은 행사할 수 없는 고인의 의사보다 우선시되는가? 우리에게 실제 대상이 말하지 않은 것, 행하지 않은 것을 듣고 볼 권리가 있는가? 늙거나 병들지 않는 불변의 속성이 더 우월하고, 언제 어디서든 연결되는 접근성이 '발전'인가?

설강화

시대에 휘말린 청춘의 사랑, 이 하나를 위해 너무나 많은 것이

드라마 〈설강화〉가 2021년 12월 JTBC와 디즈니플러스에서 방영을 시작했다. 배우 정해인과 걸그룹 '블랙핑크'의 멤버 지수가 주연을, 유현미 작가와 조현탁 PD가 극본과 연출을 맡았다. 한편, 이 드라마의 방영 중지를 요청하는 국민청원에는 당월 12월 21일 기준 32만 명 이상이 서명했다. 시청자들이 불매 운동을 벌이면서 광고주들도 줄줄이 제작 지원을 철회했다. 〈설강화〉는 당해 3월, 시놉시스 공개 때도 방영 중지 청원이 올라와 20만 명 이상이 동의한 전적이 있다. 도대체 무슨 일이길래 드라마 하나에 두 번이

나 방영 중지 청원이 올라오고, 많은 이들이 동의했을까?

〈설강화〉 논란을 거칠게 요약하면 민주화 운동 폄훼(역사 왜곡)와 군부 미화다. 드라마의 시공간적 배경은 1987년 서울, 대선 정국이다. 남파공작원 임수호(정해인 역)는 안기부에 쫓기다가 피투성이가 되어 여대 기숙사에 뛰어든다. 임수호를 운동권 학생으로 오해한 은영로(지수 역)가 그를 숨겨주면서 두 사람은 사랑에 빠지는데…. 당시 안기부가 민주화 운동을 하던 사람들에게 간첩 누명을 씌워 잡아들였고, 국가폭력 희생자가 실존하는 현실에서 이러한 스토리는 심각한 역사 왜곡이라는 비판이 일었다. 드라마는 허구이고, 창작물에는 표현의 자유가 있으며, 지금껏 무수한 영화와 드라마가 역사를 기반으로 상상의 나래를 펼쳤다. 그런데 유독 〈설강화〉가 논란인 이유는 이 드라마가 교묘하게 선을 흐리고 정교하게 악의적이기 때문이다.

〈설강화〉는 현실의 많은 맥락을 차용하고, 가치 판단을 애매하게 뒤섞고, 권력자의 논리가 진실인 세계관을 만들었다. 예를 들면 이런 식이다. 여자 주인공 영로의 원래 이름은 '영초'였다. 실존하는 민주화 운동가 천영초의 이름과 같다. 굳이, 굳~이. 영초라는 인물이 안기부 부장의 딸이고 간첩과 사랑에 빠진다는 설정이 민주화 운동의 역사를 지우려는 시도가 아니냐는 비판이 일자 이름이 수정됐지만, 현실 기반의 허구를 다루는 제작진의 감각을 의심하게 되는 부분이다. 영로가 다니는 호수여대는 당시 민주화 운동이 한창이었던 이화여대가 모델인데, 학교 기숙사는 순수하고 고귀한 여대생들이 머무는 낭만적인 공간으로 그려진다. 괴짜 캐릭터 한두 명 정도가 민주화 운동에 참여한다. 현실과 유리된 온실 같은 여대는 여성은 사회 문제에 관심 없다는 편견을 강화한다. 임수호가 베를린 출신 명문대 대학원생 신분을 쓴다는 설정은 '동백림 간첩 조작 사건', 임수호가 접근하고 교류하는 야당 총재 한이섭 역할 또한 당시 야당 소속이었던 김영삼·김대중 전 대통령을 연상시킨다. 이렇게 〈설강화〉는 현실의 소재를 가져오면서도, 모든 것은 드라마라며 적극적으로 탈정치화한다.

JTBC는 민주화 운동 폄훼라는 지적에 대해 "간첩이 민주화 운동을 주도한다는 내용은 어디에도 없다"고 해명했다. 이후 각종 온라인 커뮤니티에 설강화와 관련된 유언비어를 유포할 경우 법적 대응하겠다는 성명서를 보내기도 했다. 중요한 것은 임수호가 극 중에서 민주화 운동에 투신하는 기여도가 아니다. 남파공작원 임수호가 학생 신분으로 남한 사회에 잠입했고 학생으로 받아들여진다는 설정 자체다. 임수호가 사람들로부터 도움을 받을 수 있는 것은 운동권 학생들에 대한 탄압이 실존하기 때문이다. 영로는 오빠가 데모하다가 잡혀갔던 기억 때문에 번번이 임수호를 돕는다. 그런데 진짜 간첩을, 그것도 학생으로 위장시켜서 심는다? 〈설강화〉는 이렇게 말하는 셈이다. "운동권 학생 중에는 (실제로) 위장한 간첩이 있었다. 임수호의 고난과 운동권 학생의 고난은 영로처럼 '멋모르는' 선량한 시민이 구별하기 힘들다. 안기부는 이를 찾아낼 의무가 있으며 추적은 정당하다." 임수호가 도망치는 장면 위에 민중가요인 '솔아 솔아 푸르른 솔아'가 삽입된 연출은 안기부의 관점을 재현하는 것에 가깝다.

'그럴 만했다'는 당위가 주어지는 순간 가해와 폭력은 슬그머니 논쟁의 영역으로 이동한다. '큰일을 하다 보면 그럴 수 있는' 절차상 잘못 정도로 심각성이 축소된다. 〈설강화〉 시놉시스 공개 당시 큰 비판을 받았던 이유 중 하나는 또 다른 남자 주인공이자 안기부 요원인 이강무(장승조 역)를 '대쪽 같다'고 표현했기 때문이다. 조작과 폭력을 일삼는 기관에서 높은 위치에 오른 이가 대쪽 같다는 것은 곧 그 기관의 규범에 충실하다는 뜻이다. 온갖 끔찍한 고문 기술을 개발하고 일삼았던 이근안이 "당시 시대 상황에선 고문이 애국이었다"고 말한 것과 통하는 지점이다. JTBC는 그가 간첩을 만들어내는 안기부에 환멸을 느껴 해외 파트에 간 것을 대쪽 같다고 표현했다고 하지만, 글쎄? 동백림 간첩 조작 사건이 있었던 나라에서 안기부 직원의 근무처는 조작의 피해자가 국내에 있냐 외국에 있냐를 가를 뿐이다.

이강무는 중요 등장인물이고 애절한 멜로의 당사자다. 시청자들의 호감을 사야 하는 인물이다. 현대적 감수성에서 이강무는 '꽤' 폭력적이긴 하다. 그래서 안기부 미화가 아니라는 주장도 더러 보인다. 하지만 등장할 때마다 꽃이 떨어지고 선행을 해야만 미화가 아니다. 그 시절 안기부가 그 정도로 묘사된다는 것부터가 폭력을 수용 가능한 범위로 조물조물 무쳐서 입에 쏙 넣어주는 미화의 손맛이거든요. 입에 좀 맞으신지? '진짜 간첩'이라는 설정이 있는 한, 이강무의 폭력성은 철저한 프로 의식 혹은 좀 거친 매력 정도로 허용된다. 이러한 관용은 군인 출신 정치인 인물에게도 적용된다. 군인이 사람을 죽이던 시절, 육사 핵심 사조직에까지 소속된 이들은 어떤 인물일까? 인물 묘사를 보자. "두둑한 배짱과 담력을 가졌다", "호랑이 장군이라 불릴 만큼 기백 또한 대단", "한국대에 편입해 국문학을 전공했을 정도로 시 좋아하고 유순하고 섬세"하단다. 권력을 매력적으로 연출하고, 공감하거나 이해할 여지를 만들어준다. 〈설강화〉의 이런 정성은 '정치의 미학화'로도 독해할 수 있다.

철학자 발터 벤야민은 "특정 이데올로기의 선전 선동을 위하여 미적이고 감성적인 수단을 동원하는 파시즘의 전략"을 '정치의 미학화(심미화)'라고 명명했다. 대표적인 예시가 바로 레니 리펜슈탈이 만든 〈의지의 승리Triumph Des Willens〉(1934)라는 다큐멘터리다. 독일의 뉘른베르크에서 열린 나치 전당대회를 기록한 이 영화는 예술적으로 탁월한 완성도를 뽐낸다. 감각적이고 매혹적인 연출과 이미지는 대중을 사로잡았고 나치즘을 효과적으로 선전했다. 미학이란 단순히 아름답게 가장한다는 의미만은 아니다. '정치의 미학화'는 정치적인 것을 어떤 감각적 지각의 형태로 조직하는 것을 뜻한다. 우리가 흔히 보는 선거철에 서민의 손을 잡거나 재난 지역에 가서 눈물짓는 정치인의 모습도 정치의 미학화에 해당한다. 독재자가 자신이 정한 목표를 위해 학살을 일삼을 때조차, 카리스마와 결단력으로 연출되면 미학화될 수 있다. 요즘 말로 하면 '정꾸'(정치 꾸미기)다. 〈설강화〉는 언뜻 보면 드라마라는 허구의 예술이 정치적 도구가 된 것 같다.

벤야민적으로 말하자면 이 드라마는 정치의 미학화 사례이다. 독재 시절 권력자도 멋있을 수 있고, 일방적 가해자로 보이는 국가기관에도 그럴 만한 사정이 있었다(진짜 간첩이 있었으니까)는 정치적 메시지가 너무 뚜렷하다. 허구를 허구로만 볼 수 없는 이유다. 그리고 배우들의 비주얼과 자본이 투입된 연출은 설레고 애틋한 사랑 이야기로 이 위험한 욕망을 중화하려 한다.

〈설강화〉는 대놓고 악이 선이라고 말하진 않는다. 미화가 아니고 사랑 이야기라는 해명은 나름 진심일 것이다. 그러나 그 시절 폭력의 주체가 퍼뜨렸던 이야기가 진실로 작동하는 세계관을 만들고, '알고 보면' '그렇게까지' '악은 아니라고' 말하고 싶은 설정이 곳곳에서 드러난다. 이한열 열사 측은 "광주항쟁을 포함한 민주화 운동은 독재자가 시민을 학살하고, 권력을 잡은 것에 대해 대항하는 저항 운동으로 이것을 북한과 스토리상 연관을 짓는 것 자체가 역사 왜곡이자 모욕"이라는 견해를 밝혔다. 이에 주연 배우의 팬덤이 이한열열사기념관에 항의한 것은 사태의 심각성을 고스란히 보여준다. 다른 한편에서는 시청자들이 한류를 겨냥한 〈설강화〉의 문제점을 영어로 번역해 알리고, "미화된 나치와 유대인 여성의 로맨스"라는 비유로 외국인의 이해를 도우며, 불매 리스트를 작성해 광고주를 압박한다. 정치의 미학화에 대항하는 '예술의 정치화'라고 할 수 있다. 이는 예술이 사회와 정치적 상황을 고려하고, 실제적인 삶과 밀접하게 상호 작용해야 한다는 의미다.

예술에 표현의 자유가 있다면 대중 역시 예술의 정치적 의미를 비판적으로 검토할 자유가 있다. 〈설강화〉는 알아야 한다. 세상에는 결코 예쁘게 꾸며서는 안 되는 사건이 있고, 서사를 주지 말아야 할 가해가 있다. 지금도 국가폭력 사건은 현재 진행형이고, 어떤 이들은 여전히 민주화 운동을 북한의 공작이라고 굳게 믿는다. 비극적인 시대상에 휘말린 청춘들의 사랑 하나를 표현하고자, 너무 많은 것을 오염시켰다.

우리는 모두 보통의 존재

3

특별하지 않아 특별한

'그' 연애만이 정답이라는 착각

〈돌싱글즈3〉 〈하트시그널2〉 〈러브캐처2〉 〈연애의 맛3〉 〈연애의 참견3〉 〈환승연애2〉 〈솔로지옥〉…. 뒤에 붙는 숫자가 보여주듯 인기에 힘입어 시리즈로 제작 중인 연애 관찰 토크쇼들이다. 관찰 토크쇼는 관찰 예능에 관찰자적, 매개자적, 조언자적 역할을 하는 패널이 개입하는 형태를 말한다. 패널은 시청자와 유대감을 형성하고, 시청자에게 정서적 밀착을 유도하는 매개자 역할을 한다. 액자식 구성처럼, 연애하고 관계 맺는 프로그램 출연자들이 있다. 이들이 찍은 영상을 패널들이 스튜디오에서 지켜보며 코멘트하고 리액션하는 구성이다. 패널은 삼인칭 관찰자 시점처럼 각자의 행동을 해석하고, 평가하며, 과몰입한다. 여기에는 패널 개인의 가치관과 연애관, 그리고 사회적으로 통용되는 '바람직한' 연애 규범이 반영된다. 그러다 보니 패널 사이에서도 의견 차이가 발생해서 옥신각신하기도 한다. 이 과정을 통해 시청자는 암묵적으로 연애의 성 각본과 태도를 학습하게 된다. 이성애는 매우 복잡하고 다층적인 성 역할과 연애 각본, 암묵적인 규칙 등이 촘촘하게 교차하는 그물이다. 그리고 연애 관찰 토크쇼는 우리 사회가 추구하는 '정상적 연애'를 끊임없이 생산하고 검토하는 장이다. 출연자의 언행을 보고 반응하는 패널의 대사를 통해 이것이 어떻게 구성되는지 알 수 있다.

"○○○ 왜 저래?" "□□□ 씨는 멘트 장인이에요." "△△△ 씨는 남자의 마음을 아네…."

관찰 예능은 대본 없는 자유로운 포맷으로 보이지만, 편집과 해석을 거친다. 그 안에 들어간 사람들, 출연자와 패널은 관찰 토크쇼라는 세계관 안에서 그 문법에 따른다. 시청자는 익숙하고 편안한 레퍼토리를 선호하게 된다. 예를 들면, 같은 수의 이성 남녀가 출연하고 이성애적 감정 교류를 나누며 '썸'이 연애로 이어지는 것을 자연스러운 과정으로 여긴다. 출연자의 나이에 따라 썸에서 결혼으로 이어지기도 하고, 성 각본에 따라 바람직한 연인상/배우자상이 제시된다. 관찰자(패널)의 시선에 따라 출연자의 행동이 규정되기도 한다. 〈하트 시그널2〉에서는 여성 출연자가 몸을 꼬는 것을 보고 이를 '배배 시그널'이라고 부른다. 패널은 이를 무의식적인 마음의 표현으로 해석하는데, 이러한 과정을 거쳐 보편적으로 읽어낼 수 있는 행위(한때 '그린 라이트'로도 불렸다)가 교과서처럼 공식화된다. 선명하게 드러나는 연애의 '문화적 각본'인 리액션이 좋은 여자 출연자를 패널들은 긍정적으로 평가한다. 그것은 여자들이 귀에 딱지가 앉도록 듣는, 남자들의 기를 살려줘야 한다는 가르침과도 맞닿아 있다. 남성 출연자에게는 남성성을 효과적으로 어필하기 위해 팔굽혀 펴기, 볼링 치기, 떡메 치기 같은 과제가 주어진다. 그러나 친밀한 감정을 쌓아가는 단계에서 얻을 수 있는 조언이나 정보는 '여자는 남자에게 공감을 바란다' '여자는 늘 여자가 되고 싶다, 아껴주길 바란다' 같은 성별 고정관념을 강화하는 주입식 문장뿐이다.

연애 시장에서 환영받는 역할을 제대로 해내지 못하면, 패널에게 부정적인 평가를 받는다. 일반인 출연자라도 과도하게 공격받는다. 기본적인 예의를 갖추지 못해 무례하게 행동한 경우를 제외하고, 적절하지 못한 행동을 한다고 여겨지는 사람들 말이다. 이들은 모태 솔로, 표현이 서툴거나 많이 외로운 사람, 숙맥, 넌씨눈, 어장 관리 등으로 불린다. 그런데 이 '적절하지 않음'은 당연하게도 수치나 규칙이 있는 게 아니라서 매우 자의적인 해석에 기반한다. 사회학자 에바 일루즈는 명명하기와 정의하기는 담론과 이데올로기 영역에서 근본적인 사유 절차라고 말한다. 어떤 명칭을 붙이는지에 따라 다양한 문화적 레퍼토리와 연결된다는 것이다. 이 명명하기와 정의하기를 거치면, 명칭에 따라 같은 경험에도 서로 다른 의미와 결과가 나타난다. 허용되는 행동과 금지되는 행동의 경계가 발생하는 것이다. 미숙한 출연자가 웃음거리가 되는 장면은 '이렇게 되지 않으려면' 연애를 학습하고 거기에 맞춰서 행동해야 한다는 메시지를 보는 사람들에게 전달한다.

신자유주의의 맥락에서, 연애 및 만남의 과정은 사회가 정한 연애 규범에 맞추어 가는 과정이다. 개인은 '자기 계발' 및 '자아 프로젝트'를 통해, 즉 연애에 맞는 노력을 통해 자신을 사회적 기준에 맞추어야 한다. 이를 따르지 못하면 조롱당하고 연애 시장에서 부적절한 전형으로 낙인찍혀 추방된다. 사랑을 둘러싼 개인은 그 자신을 사회적 규격에 맞춰야 하는 일종의 과제이자 의무를 부여받는다. 〈나는 솔로〉의 한 출연자는 수려한 외모와 화려한 스펙인데도 모태 솔로라고 밝힌 후 어마어마한 화제의 중심이 됐다. 이후 이 출연자의 모든 언행은 '그래서 연애를 못 했다'거나, '역시 좀 특이하다'는 식으로 통했다. 여러 남성에게 선택을 받고도 최종 선택을 하지 않은 여성은 "그냥 놀러 나왔다" "진지하게 임하지 않았다"라며 비난받기도 한다. 연애 시장에서 여성이 자신을 좋아하는 남성에게 '응답하지 않는 것', '제3자가 보기에 충분히 진심으로 대하지 않는 것' 또한 나쁜 행동으로 규정된다. 이것이 미디어 권력과 결탁하면 '정상적 연애'와 '바람직한 연애 스킬'로 기능한다. 연애 관찰 토크쇼는 어떻게 연애를 시작하고 어떻게 끝날 것인지, 그 과정을 남들은 어떻게 보고, 누가 더 많은 지지를 받고, 보편적으로 이럴 때는 누구 잘못인지 하나하나 간섭하고 레퍼토리를 만들려고 한다. 이렇게 생산된 연애 규범은 우리 사회의 연애 상을 보여준다기보다는 특정한 방향으로 끌어가는 역할을 한다.

현대 사회에서 연애는 불확실한 세상에서 정서적으로 강력한 '내 편'을 찾는 것이다. 전통적인 가족 사회도, 평생직장 개념도 사라진 시대에서 나의 고유성과 가치를 확인해주는 것은 '나를 사랑하는 너'이다. 문제는 연애하라고 떠미는 사회에서 정작 개인의 성향 차이나 연애라는 친밀한 관계 안에 내재하는 폭력, 구조적 불평등은 말하지 않는다. 이를 고려하면서 충분히 소통하고 공감하는 방법 또한 연애의 스킬만큼 적극적으로 유통되지 않았다. 그러던 차에 연애를 시작하고 싶은 사람뿐만 아니라, 헤어진/헤어질 위기의 연인들이 등장하는 연애 관찰 토크쇼 또한 쏟아지기 시작했다. 〈체인지 데이즈〉 〈환승연애〉 〈돌싱글즈〉 〈연애의 참견〉 등등. 모두 시즌을 거듭하여 제작될 정도로 큰 인기를 끌었다. 〈체인지 데이즈〉는 헤어질 위기의 연인들이 등장해서 파트너를 바꿔 데이트하는 프로그램이다. 이들은 주로 소통에 어려움을 겪는다. 그러나 낯선 사람과의 데이트에서는 곧잘 좋은 모습을 보여준다. 매력을 어필하는 방법이나 호감을 사는 방법은 어디서든 쉽게 접하고 배울 수 있기 때문이다. 〈체인지 데이즈〉의 출연자들은 연인이 자신에게 하는 것과 다른 태도로 데이트 상대를 대하자 괴로워한다. 지속적인 관계 속에 있는 상대를 존중하며 갈등을 해결하고 협의하는 방법보다, 사냥하듯 매력을 어필하는 기술만을 가르치는 연애의 풍조와 무관하지 않다.

또 하나 흥미로운 점은 독점 연애의 위계와 권리의 범위에 대한 의문이다. 일단 사귀기로 하면 개인의 의사와 무관하게 연인에게 '나'의 권리가 일부 넘어간다. 신체 접촉이 동의 없이 이루어지고, 언행이나 선택권(옷차림이나 친구 관계)을 통제하는 것이 사랑의 표현처럼 여겨진다. 질투하지 않으면 충분히 사랑하지 않는다는 날조가 질투와 통제 욕구를 자연스러운 것으로 배치한다. 자연스러운 것일까? 학습되고 강화되는 게 아닐까? 당장 드라마만 봐도, 다른 남자와 얽히는 여자 주인공을 보고 거칠어지는 남자 주인공이 빠지지 않고 등장한다. 사랑하면 질투하고 통제하는 것이 당연하다는 믿음은 쉽게 통제형 데이트 폭력으로 번진다. '사랑해서 그래'라는 말은 마법의 문장 같다. 〈체인지 데이즈〉 구상 단계에서 예능적 재미를 극대화하는 지점이 바로 이 질투와 통제일 것이다. 혼자 전전긍긍할 뿐 아니라 데이트를 즐기고 온 상대를 비난하거나, 옷을 덮어줬다거나 차 문을 열어준 행동을 해명하라고 요구하기도 한다. 비독점적 다자연애 에세이 『두 명의 애인과 삽니다』(낮은산, 2020)를 펴낸 홍승은 작가는 독점 연애의 폭력성을 비판하며, 비독점 연애를 통해 서로를 존중하고 자유롭게 하는 윤리를 고민한다. '다자연애는 난잡하다'라는 편견과 정반대다. 오히려 독점 연애가 너무 많은 권력을 연애와 개인에게 위임하는 것은 아닌지, 의심해 볼 때다.

미디어 속 사랑 이야기는 우리의 일상생활에 알게 모르게 스며 들어와 경험이나 인식에 영향을 미친다. 타인과의 관계는 원래 어려운 법이다. 연애라는 막연하고 낯선 어둠 속에서 깜박이는 방향 지시등을 본다면 무작정 따라가기보다 잠깐 멈춰서, 그것이 이끄는 방향이 어디인지, 내가 가고 싶은 쪽이 맞는지 생각할 여유가 필요하다.

투핫

진정한 사랑을 찾아 나를 찾다

스무 살이 되자마자, 청소년이었던 내 주변을 둘러싸고 있던 울타리가 한꺼번에 무너졌다. 내 이름이 찍힌 체크카드 한 장과 신분증을 들고 어리둥절한 얼굴로 소위 '세상'에 나왔다. 몇 개월 전까지 연애하면 발라당 까진 애가 되어 교무실에 불려가는 신분이었는데, 이제는 새내기답게 적당히 수준이 맞는 남자와 연애를 해야 한다고 했다. 그리고 너무나 자연스럽게 나의 선택지에서 CC를 삭제했다. 내가 여대를 다녔기 때문에. (그러거나 말거나, 당연히 여대에도 CC가 득실득실하다.) 연애 시장에 뛰어든 햇병아리에게 많은 조언이 쏟아졌다. 그중 하나는 스킨십에 대한 것이었다. 그때는 2007년이었지만 유교걸이 들을 수 있는 충고는 그런 것들이었다. "스킨십은 후진이 없어. 최대한 늦게 하는 게 좋아." "널 진짜 사랑한다면 참을 거야." 동시에 그런 딜레마가 있었다. "섹스를 꺼리는 건 네가 아직 해방되지 못했기 때문이야." 미국 하이틴 드라마나 일본 만화에는 빨리 성 경험을 해서 '처녀 딱지'를 떼려고 안절부절못하는 청소년이 나왔다. 왜냐하면, 성 경험이 없는 건 쿨하지 못하니까. 성적으로 자유분방해야 매력적이라는 압박과 그래도 '걸레'가 되면 안 된다는 엄중한 가르침이 양쪽에서 동시에 고함을 질러댔다. 아, 이러지도 저러지도 못하는 유교 환장 쌈바!

2013~2015년 JTBC 프로그램 〈마녀사냥〉이 큰 인기를 끌면서, 한국 사회에서 쉬쉬하던 '혼전 성관계'는 공개적인 대화 소재가 됐다. 수많은 사연에서 일관되게 관찰된 경향 하나는, '성적 쾌락'과 '진정성'을 둘러싼 갈등이었다. 날 사랑하지 않으니까 이렇게 쉽게 스킨십을 할까? 아니면 날 너무 좋아해서 참을 수 없나? 인터넷에는 그런 '짤'도 있다. 옷을 벗기려 하는 남자 밑에는 성욕, 입혀주는 남자 밑에는 사랑이라고 쓰여 있다. 성적인 접촉을 유예하면서 '지켜주겠다'라고 말하는 남자는 오랫동안 로맨틱하게 소비됐다. 지

키긴 뭘 지켜, 지구방위대냐? 이런 식의 감수성이 이해가 안 되는 건 아니었다. 연애는 자유롭고 평등해야 하지만, 상대가 '나'를 성적으로 이용하는 건 아닐까 늘 조마조마하니까. "넌 나 이러려고 만나?"라는 대사가 함축하는 지옥. 극단적인 경우, 피임에 실패라도 하면 순식간에 '나'는 피해자가 될 수도 있다! 그래서 항상 성적 욕망과 진정한 사랑은 링 위에 오르고, 내면에서 치열한 맞짱을 뜬다. 〈투 핫〉은 이러한 갈등을 리얼리티 프로그램으로 끌고 온다.

〈투 핫〉의 원제는 '투 핫 투 핸들Too Hot to handle', 넷플릭스에서 볼 수 있으며 나라를 옮겨가며 여러 시즌에 걸쳐 제작 중이다. 호화롭고 아름다운 휴양지에 매력적인 남녀가 모인다. 많고 많은 짝짓기 예능이 있는데, 〈투 핫〉만의 특징은 바로 '섹스 금지'다. 네? 유교인들은 눈을 의심한다. 이 '매운맛' 커플 매칭 프로그램은 당연히 청소년 관람 불가. 넷플릭스 사용자들로부터 "시청 기록에서 삭제해달라"는 요청이 빗발친다는 재미있는 썰이 있다.

〈투 핫〉의 규칙은 단순하다. 열흘간 리조트에서 휴양을 즐기며 사랑을 찾을 것. 그러나 손잡기, 껴안기 이상의 스킨십이나 섹스는 금지된다. 규칙을 어기면 전체 상금이 깎인다. 연애 리얼리티의 출연자들이 손만 잡아도 시청자와 패널이 비명을 지르는 한국인에게는 도대체 스킨십을 참는 게 뭐가 그렇게 어렵냐 싶지만…, 이들은 전세계에서 뽑힌 가장 섹스를 좋아하는 사람들이다. 시도 때도 없이 규칙을 어긴다. 키스 한 번에 3000달러가 날아가고, 섹스 한 번에 2만 달러가 날아가는데도. 오늘조차 아닌 지금 이 순간만 사는 듯하다.

'사귄다'라는 개념 또한 한국과 다르다. 사귀기 전의 데이트나 탐색 단계에 섹스까지 포함되는 문화 차이를 인지해야 〈투 핫〉의 모든 과정이 이해가 간다. 실제로 호감이 있는 이성끼리 한 침대를 쓰고, 온갖 질투와 심리전을 다 벌이면서도, 별의별 스킨십을 다 하고도 "내 여자친구가 되어줄래?"는 가장 마지막 단계다. 사귀어야 상대에게 스킨십을 허용하는 것이 일반적인 한국에서, 연인 선언은 시작이다. '오늘부터 1일'. 반면 〈투 핫〉을 촬영하는 나라에서 연인 선언은 아주 진지하고 무거운 것이다. 이런 문화에 익숙한 친구는 억울해하며 되묻기도 했다. "어떻게 섹스도 안 해보고 사귀어? 어떨 줄 알고?" 〈투 핫〉 시즌 2를 예로 들면, 마빈과 멀린다 그리고 캠과 에밀리는 프로그램 막바지에 이르러 정식으로 사귀기 시작한다. 연애나 커플, 성적 개방의 기준이 다른 데서 오는 문화 충격도 신선하고, 출연자 개개인의 매력도 넘친다. 인공 지능인 '라나'가 금기 사항을 하나씩 공개하며 출연진을 옥죄거나, 몰래 스킨십한 커플을 공개 처형(?)하는 방식도 자극적이다.

그런데 보다 보면, 〈투 핫〉 제작진이 '낭만적 사랑', 그리고 그 진정성에 상당히 진심이라는 생각이 든다. 프로그램의 정체도 숨긴 채 멋진 곳에서 짜릿함을 즐기고 싶은 출연자를 모아놓고, 지금까지 자극에만 충실했던 자신을 되돌아보도록 한다. 호감을 느낀 상대와 즉각적인 성적 만족을 즐기기보다, 내면의 대화를 하며 서로를 이해하라고 요구한다. 프로그램 중간중간에는 워크숍이 있다. 내용은 알차다. 심리 상담 같기도 하고 자아 찾기 같기도 하다. 출연자들은 자신의 몸을 탐색하며 성감대를 찾고, 부정적인 자아상과 긍정적인 자아상을 그리고, 자신의 감정을 돌보고 자존감을 점검하는 법을 배운다. 자신의 신체에 말을 거는가 하면, '재갈'을 문 채 상대의 말을 들으며 소통에서 '경청'하는 법을 배운다. 이 과정에서 어떤 출연자는 자신이 낮은 자존감을 성적인 보상으로 채우려 했음을 깨닫기도 하고, 누구에게도 말한 적 없는 과거의 상처를 입 밖에 내기도 한다. 〈투 핫〉은 자극적인 설정에 비해 매우 신중하고 진지하게 출연자의 성장과 변화를 끌어낸다.

의문이 생긴다. 성애를 배제해야, 참을 수 있어야 '진정한 사랑'일까? 진정한 사랑과 성애는 이렇게 충돌하거나, 양자택일의 구도일 수밖에 없나? 새로운 자극을 찾는 즐거움은 지속적이고 안정적인 연애보다 저급한가? 〈투 핫〉은 지금까지 성적 자극에만 몰두했던 출연자가 나오기에, 성애와 정신적 사랑 사이의 균형을 맞추려는 시도로 볼 수도 있다. 실제로 언제나 많은 사람과 한꺼번에 짧은 만남을 가졌던 캠은, 자신을 사랑하는 에밀리를 존중하기 위해 바뀌기로 한다. 에밀리가 캠과의 지속적인 관계를 원하기에. 캠이 어린 시절의 상처를 이유로 깊은 관계를 피해 왔기에. 그렇다고 해서 성적인 욕구를 참는 것이 진정한 사랑을 보장하진 않는다. '진정한 사랑'은 언제나 이것이 상실됐다는 향수 속에서 호명되고, 실패하는 추구 속에서만 존재하는 무언가이다. 이상이라는 게 그렇다. 성애와 섞여도, 물질적인 욕구와 섞여도, 다른 이해타산과 섞여도 늘 금방 오염된다. 그런데 타인의 육체, 경제적 조건, 함께 나눌 수 있는 교감과 자극을 뛰어넘어 순수하게 그 자체로 존재하는 '사랑'이라는 건 도대체 무엇인가? 이것이 진정성의 딜레마다. 절대적인 정의를 충족하는 순수한 원형의 사랑을 찾기보다 자신에게 맞는 형태의 사랑을 추구하는 것이 훨씬 현실적이고 바람직하다.

한편, 우리 사회에는 유성애만을 정상으로 여기는 이데

올로기가 존재한다. 성적 욕구는 자연스럽고 당연하고, 이를 반드시 타인을 통해 해소해야 한다는 굳건한 신화. 유성애를 정상으로 설정하는 세상은 남녀가 하룻밤을 함께 보냈는데도 아무 일이 없다면 단번에 남자='고자'(라는 차별적 표현), 여자='매력 없음'이라는 프레임을 뒤집어 씌운다. 할 수 있는 상황이 되면 반드시 해야 한다. 하지 않으면 뭔가 문제가 있다는 인식은 이성 간의 관계를 성적으로만 소비한다. 또한 적극적으로 성적 접촉을 하지 않으면 '고자' '문제 있는 남자'라는 구도는 남성들에게 성적 행위로 남성성을 입증하라고 압박한다. 이는 결국 동의 없는 성관계를 자연스럽게 여기는 강간 문화로도 이어진다. '모텔까지 따라왔으면/밤에 불렀는데 왔으면/단둘이 술을 마셨으면' 성관계에 암묵적으로 동의한 것 아니냐는, 잘못된 인식 말이다. 성욕은 통념과 달리 인간의 필수 욕구도 아니고, 성관계는 동등한 개인이 동의와 합의를 통해 도달해야 하는 관계다. 세상에는 타인에게 성적 욕구를 느끼지 않는 무성애자도 있고, 낭만적 사랑의 감정을 느끼지 않는 무로맨틱 정체성도 있다.

유성애자들이 잔뜩 나오는 〈투 핫〉은 유성애와 사랑의 상관관계를 생각하게 한다는 점에서 흥미롭다. 성적 자극이 곳곳에 널려 있고, 또 적극적으로 즐기라고 요구하는 세상에서 가장 중요한 것은 결국 자신의 중심을 찾는 일이다. 나다운 사랑, 내가 편안한 선택, 즉 선택과 거부 모두가 보장되는 성적 자기 결정권 말이다. 진정한 사랑의 감별이나 성관계를 언제, 누구와 어떻게 할 것인가의 문제의 답은 자신만이 내릴 수 있다.

하이에나

직장 내 로맨스요?
시킨 적 없는데요?

"일로 만난 게 아니었다면, 우리 사이 좀 달라졌을까요?"

SBS 드라마 〈하이에나〉의 마지막 회. 정금자(김혜수 역)에게 호감을 보이던 케빈 정(김재철 역)은 이해관계가 충돌하자 아련한 눈빛으로 묻는다. 정금자는 케빈 정의 악수를 받으며 대답한다.

"그나마 일로 만났으니까, 당신을 만나준 거예요."

그 순간 정금자는, 기분에도 코라는 게 있다면, 나에게로 와서 박하 향이 됐다. 직장 내 로맨스 농도 과다로 꽉 막힌

코가 뻥 뚫리는 기분?! 정금자와 케빈 정은 협업 관계로 만났다. 한국 생활이 낯설다는 케빈 정의 요청에 따라 정금자는 그의 아들이 초등학교에 등록할 때 동행하기도 한다. 정금자의 캐릭터가 워낙 독보적이다 보니 이 행동을 단순한 호의로 분류하기는 어렵지만 케빈 정의 태도는 전형적이다. 공적 시공간에서의 언행에 혼자 의미를 부여하는 것. 업무상의 편의나 위력 관계가 제공하는 친절을 혼자서 '하트 시그널'로 해석하는 것.

가야 할 때가 언제인지를 알고 가야 아름다운 '서브남'은, 보통 주인공에게 선택받지 못해 퇴장한다. 연애 경쟁에서 탈락하는 구도라면, 문제의 원인은 그의 '주인공만큼 충분하지 않은 매력'에 있다. 그러나 정금자는 애초에 이것이 연애의 판이 아니었음을 명확히 한다. 정금자의 대사가 특별하게 느껴진 것은 지금까지 한국 드라마가 너무나 직장 내 로맨스와 혼자 착각하는 남자 캐릭터에 관대했던 까닭이다. 삼각관계'조차' 되지 못한다고 명확히 선언할 때, 정금자는 연애나 이성적 호감과 무관하게 노동하고 사고하고 행동하는 인간이라는 사실이 드러난다. 정금자는 필요에 따라 관계를 맺고 의미 없는 다정함을 베풀고, 때로는 용의주도하게 사람을 이용하기도 한다. 일하는 여성은, 인간은 누구나 그렇다. 정금자의 대사를 들어야 하는 것은 일하는 여성들이 마주치는 세상의 모든 케빈 정이다.

미디어 속 직장 내 로맨스는 성공 신화만을 다룬 자기 계발서 같다. 드라마의 주인공들은 맺어지고 현실의 연예인 커플은 동료나 선후배로 만나 결혼에 골인한 서사를 전시한다. 실패한 연애, 그리하여 로맨스가 '직장'을 위협한 사례, 누군가는 연애라고 착각하고 누군가는 아니라고 절규하는 불균형, 권력관계가 개입한 연애는 성희롱과 구별하기 어렵다는 특수성은 감춰진다. CC처럼 사내 연애는 위험하다는 말이 도시 전설로 떠돌 뿐 구체적으로 왜 위험한지, 어떻게 그 위험을 막을 수 있는지 이야기하지 않는다. 2015년에 나온 무타 가에즈의 『부장님, 그건 성희롱입니다』(박선영 외 공역, 나름북스)의 원제는 "부장님, 그 연애는 성희롱입니다"이다. '부장님'에게는 연애, 직원에게는 '성희롱'인 이 낙차가 일하는 여성을 위협한다. 기존의 로맨스 코미디 공식을 깨뜨리면서 큰 인기를 끌었던 웹소설 원작의 〈김비서가 왜 그럴까〉(tvN, 2018)를 보는 내내 나는 조마조마했다. 부사장이 혼자 사는 비서의 집에 찾아오고, 게스트 룸에서 자고 가라고 제안하는 장면은 배우들의 아름다운 외양으로도 커버가 안 될 만큼 현실의 폭력과 너무나 가까웠다.

케빈 정은 억울할지도 모르겠다. 그는 '그나마' 젠틀하게 구애했고 현재 싱글이며 정금자는 그와 동등한 위치의 법률 전문가다. 그러나 대부분의 여성은 정금자처럼 '멋지게' 대응할 수 없으며 현실은 훨씬 더 남루하고 가혹하다. 20대 중후반, 반짝이는 눈으로 노동 시장에 진출했던 친구들이 나를 대나무숲 삼아 달려왔다. 시키지도 않은 연애 토핑을 친구의 피자에 얹어버린 상대는 동기부터 사수, 상사까지 다양했다. 생계와 직결되는 만큼 아무리 말발 좋던 친구라도 '사이다'를 날리기 어려웠다. 더군다나 상대는 자기가 뭘 잘못했는지 끝까지 몰랐다. 연애는 그렇다. 다 좋은 것이라고 생각하기 때문에, "저 이거 안 시켰어요!" 하고 항의해도 상대는 사과는커녕 "서비스입니다. 많이 드렸어요" 하고 눈을 찡긋댄다. 저기요, 네가 얹어준 오이 때문에 누가 토하고 있는데요, 지금! 사전에 낌새를 감지하고 피하거나 분위기가 불편해지지 않도록 관리하는 에너지는 오롯이 여성의 몫이다. 관계가 끝났을 때의 평판 역시 여성에게 훨씬 더 치명적이다. 아차 하는 순간 줄에서 미끄러지면, 〈미생〉인 줄 알았는데 나도 모르는 사이 〈부부의 세계〉에 강제 출연 당할지도 모른다. 이러한 감정 노동이나 위협은 수치화되지 않는다.

당장 미디어에서 직장 내 로맨스의 현실(절망) 편을 방영하거나, 주인공들이 일만 열심히 하면 해결될까? 그런 것은 아무도 보려고 하지 않을 것이다. 재미가 없기 때문이다. 연애 안 한다고 해서 그것이 더 잘 만든 작품이라는 보장도 없다. 중요한 것은 연애의 첨가 여부가 아니라 작품의 시선과 메시지다. 어떤 장르든 짝짓기에 몰두한다는 비판은 쉽지만, 장르적 특수성을 간과해서는 안 된다. 드라마에는 드라마에 필요한 문법과 극적 구성이 있고, 인간의 욕망과 상호작용한다. 연애는 그중 동서고금을 막론한 스테디셀러다. 배우 공효진도 힘들 땐 그냥 물에 타서 먹는다는 MSG처럼 배신하지 않는 맛!

연애는 인물을 입체적으로 만들고 갈등 구조를 짜기에 적합하며 보는 사람의 감정에 쉽게 침투한다. 웰메이드로 칭송받았던 드라마들도 연애의 비중이 작거나 중심이 아닐지언정, 아예 없지는 않았다. 중요한 것은 연애의 첨가 여부가 아니라 작품 안에서 형성하는 의미나 메시지니까. 게다가 일정한 시공간에서 인물들이 서사를 만들려면 직장 내 로맨스는 불가피하다. 이야기 속 등장인물은 전염병이 창궐해도 물리적 거리 두기를 할 수 없다(〈킹덤〉을 보라). 쉴 새 없이 부딪치고 진득하게 얽혀야 한다. 그래야 그 과정에서 특별함이 피어난다. 드라마에서 우리는 접점이라고는 없는 두 사람이 퇴근 후 소개팅으로 만나 주로 카톡을 하고 주말에 데이트하는 장면을 기대하지 않는다.

〈하이에나〉에도 직장 내 로맨스는 있다. 정금자와 같은 변호사 사무소에서 일하는 또 다른 주인공 윤희재(주지훈 역)는 훨씬 더 많이 공과 사의 경계를 넘나들며 정금자와 얽힌다. 그래서인지 여러 가지 쿠션이 있다. 정금자는 연상이고 관계의 주도권을 쥐고 있으며 동료로 만났다가 이후 윤희재가 정금자의 사무소에 들어간다. 정금자가 일하는 중임을 상기시키며 선을 넘지 말라고 경고하면 윤희재도 뜨거운 가슴을 누르고 물러선다. 사랑이 만병통치약이 아니기에 다른 드라마와 달리 윤희재는 정금자를 지켜줄 수 없다. 칼 앞에서도 정금자는 맨손으로 홀로 맞선다. 윤희재의 사랑은 그런 정금자를 걱정하고 살피다가 병원에 데려가고, 그만 다쳤으면 좋겠다고 위로하는 데까지다. 윤희재가 주고 싶을 때가 아니라 정금자가 필요로 할 때, 윤희재의 호의는 받아들여진다. 일하는 금자 씨는 사랑'도' 하지만, 일은 확실히, 사랑은 할랑말랑 하면서 오히려 재미를 극대화한다. 여러 지점에서 작가의 고민이 보인다.

아쉬운 부분도 분명 있다. 그러나 흠잡을 데 없이 올바른 드라마를 보고 싶다는 게 아니다. 그런 건 도덕 교과서지 드라마가 아니다. 야구장에 가서 저 사람들은 왜 저렇게 의미 없는 공 하나에 일희일비하냐고 묻지 않듯이. 솔직히 〈하이에나〉에서도 윤희재가 정금자에게 빠져 물불 안 가리고 뛰어들 때, 두 사람이 진상 커플의 도식을 과장되게 '연기'할 때… 재미있었다. 인간은 불완전하고, 때로 이상하거나 합리적이지 않은 것에도 끌린다. 사랑에 빠져 눈이 뒤집히는 이야기? 맛있다. 매일 카페인을 수액처럼 빨며 출근하는 사람들에게, 동료가 상사가 특별한 로맨스 대상이 되는 판타지는 드라마가 선사하는 최고의 위안일 수도 있다. 그렇기 때문에 더더욱 그 즐거움을 즐길 수 있는, 섬세한 구별과 접근이 필요하다. 야구를 보면서도 치어리더의 활용 방식이나 노동 환경을 지적하고 개선을 요구할 수 있듯이. 현실의 폭력을 인지하고, 그것과 차별화되는 한 끗을 만드는 새로운 해석과 감각 말이다.

미디어 속 퀴어는 안녕하십니까?

2022년 기준 '9년 전', 나는 독립잡지 「계간홀로: 연애하지 않을 자유」를 창간했다. 당시 잡지는 무가지였는데, 농담으로 "솔로는 무료, 커플은 1000원 내세요"라고 말하면서 나눠줬다. 얼마 후 잡지를 공짜로 받은 친구가 커밍아웃했다. 연애 중이었다. 나는 최저가로 찍어 만지는 족족 손에 검댕이 묻어나는 내 잡지로 팍팍 치고 싶었다. 무엇을? 내 이마를. 우리 사회의 편협한 연애 담론을 비판하겠다고 잡지를 낸 주제에 나는 아주 전형적인 실수를 했다. 친구를 이성애자로 전제하고, 주변에서 남자친구 있냐고 물을 때 없다고 대답하거나 SNS에 연애의 흔적이 없다는 이유로 친구를 '솔로'로 판단한 것이다. 연애 권하는 사회에서 성 소수자의 연애는 쉽게 비가시화된다. 잘 보이지 않으니 곧잘 없는 것 취급당한다. 성 소수자나 그들의 연애는 가시화만으로도 논란과 징계 대상이 되기 일쑤다. 몇 가지 이슈를 보자.

SBS는 그룹 퀸의 리드 보컬 프레디 머큐리의 삶을 담은 음악 영화 〈보헤미안 랩소디〉(2018)를 설 특선 영화로 편성하여 방영했다. 이 과정에서, 프레디 머큐리(라미 말렉 역)와 그의 연인 짐 허턴(아론 맥쿠스커 역)이 입 맞추는 장면 등 머큐리의 키스신이 2회 삭제됐다. 배경 속 남자 보조 출연자 간 키스신 1회 또한 모자이크 처리됐다. 비판이 일자 SBS는 "지상파에서 15세 이상 시청가로 방송하는 설 특선 영화라는 점을 고려한 편집일 뿐 다른 의도는 없었다"고 해명했다. 그러나 프레디 머큐리와 제인 오스틴(루시 보인턴 역)의 키스 장면은 그대로 나갔다. 기준은 성적 접촉의 강도가 아니라 성별인가? 하지만 〈시크릿 가든〉(SBS, 2010)의 코믹한 남·남 키스신은 살아남았다. 이 삭제는 〈선암여고 탐정단〉(JTBC, 2015)이 극 중 여고생끼리의 키스신으로 방송통신심의위원회로부터 중징계인 '경고'를 받은 사건을 떠올리게 한다. 당시 심의위원들은 "우리 사회의 인식이 동성애를 인정은 하되 권장하지는 않는다"는 이유를 댔다. 징계를 주는 게 동성애를 인정하지 않는 행위잖아요? 현실에도 있는 성 소수자를 미디어에서 보여주는 게 권장인가요? 〈펜트하우스〉의 살인과 불륜과 폭행은 권장해서 그대로 내보내나요?

안철수(당시 국민의당 예비후보·현 국회의원)는 제3지대 서울시장 후보 단일화를 위한 텔레비전 토론회에서 퀴어 축제에 대해 "차별에 반대하는 건 당연, 개인들의 인권은 존중돼야 마땅"하다면서도 "그런 것들을 거부할 수 있는 권리도 존중받아야" 한다고 말했다. 그러면서 시 외곽 지역에서 열리는 미국 샌프란시스코의 퀴어 축제를 예로 들었다. 퀴어 축제는 변두리에서나 열려야 한다는 것이다. 이 발언이 성 소수자에 대한 혐오를 조장한다는 비판이 일자 안철수는 CBS 라디오 〈김현정의 뉴스쇼〉에서 퀴어 축제의 신체 노출이나 성적 표현 수위가 높은 경우를 예로 들며, '아동이나 청소년'을 보호하려는 목적이었다고 해명했다. 기만이다. 소수자의 삶은 유해 매체가 아니다. 보호해야 할 대상이라고 선 그어놓은 아동과 청소년 중 성 소수자가 없으리라는 자신은 또 어디서 나오는지 궁금하다. 아니 안 궁금해.

'요즘에는 그래도' 미디어에 소수자가 많이 등장하지 않냐는 질문, 좋다. 그중 특히 보수적인 텔레비전 드라마의 소수자 재현을 짚어보려고 한다. 분명 예전보다 자주 보이는 것 같긴 한데, 그렇다고 정말 무슨 PPL 상품처럼 잘 '보이기만' 하면 OK가 아니니까.

동성 간 사랑이 드라마에 등장한 첫 사례는 1995년 단막극 〈두 여자의 사랑〉(MBC)과 〈째즈〉(SBS)이다. 일방적인 짝사랑이나, 성 정체성을 깨닫고 괴로워하는 내용이 주였다. 2003년 〈완전한 사랑〉(SBS)에서 승조(홍석천 역)라는 캐릭터는 여성 시청자의 '쿨한 게이 친구 판타지'를 자극했다. 당시 소수자를 친근하고 긍정적으로 그렸다는 호평을 받았지만, 지금의 관점으로는 이색적인 볼거리 정도로 다뤄졌다는 점이 아쉽다. 〈시크릿 가든〉에서 썬(이종석 역)은 좋아하던 오스카(윤상현 역)가 윤슬(김사랑 역)과 맺어지자 떠난다. 〈응답하라 1997〉(tvN, 2012)에서 호야(이호원 역)가 연기한 '준희'는 단짝 친구인 윤제(서인국 역)를 좋아하지만 윤제가 시원(정은지 역)을 좋아하자 마음을 포기한다. 〈굿 와이프〉(tvN, 2016)에서 김단(나나 역)은 원작에서 양성애자고, 극 중에서도 양성애자라는 암시가 잠깐 등장한다(침대에 벗고 누워 있는 여자의 뒷모습). 제작진은 이에 대해 확실히 답하지 않았다. 일본 원작을 리메이크한 〈심야 식당〉(SBS, 2015)은 원작에 꽤 중요한 비중으로 나오는 게이 캐릭터가 사라졌다. 〈힘쎈여자 도봉순〉(JTBC, 2017)의 오돌뼈(김원해 역)는 민혁(박형식 역)을 짝사랑하며 봉순(박보영 역)을 질투한다. 〈런 온〉(JTBC, 2020)

에서는 예준(김동영 역)이 20년 지기 친구 영화(강태오 역)를 짝사랑한다. 하지만 영화에게도 단아(수영 역)라는 여자친구가 있다. 그리하여, 이성애 전선 이상 없다.

이쯤 되면 모르는 척하기 힘들 정도로 경향이 뚜렷하다. 다양성의 알리바이처럼 등장은 하는데 언제나 주변부의 인물이거나 '해프닝'으로만 존재한다. 혹은 동성의 구애를 받으면서도 무례하게 대처하지 않는, 남자 주인공의 매력을 부각하기 위한 장치로 이용된다. 징계를 피하는 선 안에서 쓰려다가 발생하는 딜레마가 아닌가 싶다. 옴니버스 드라마 〈더 러버〉(Mnet, 2015)에 짧게 등장한 커플을 제외하면, 소수자가 서사의 배경이 아니라 중심으로 등장하는 드라마는 〈인생은 아름다워〉(SBS, 2010)가 유일한 수준이었다. 그로부터 짧지 않은 시간이 흐른 후에야 드라마 〈마인〉(tvN, 2021)이 방영됐다.

〈인생은 아름다워〉에서 태섭(송창의 역)과 경수(이상우 역)는 처음 만나 부딪치다가 결혼하기까지, 여느 커플과 같은 과정을 거치고 해피엔딩을 맞이한다. 그러나 방영 내내 잡음이 끊이지 않았다. 적극적인 혐오자들의 공격과 보수적인 제작 환경이 김수현이라는 걸출한 스타 작가조차 옥죄었다. 태섭과 경수의 언약식 장면은 결국 삭제됐다. 이에 대해 김수현 작가는 당시 자신의 트위터에 “기어이 잘라내라는 방송사의 요구에 이어 잘라낸다는 통고를 받았다”고 쓰며 분노했다. 키스신은 보수 단체들의 강력 반발로 무산됐고, 시청자 게시판은 방영할 때마다 수천 개의 게시물로 뒤덮였다. 김수현이어서 가능했으나 김수현이어도 안 되는 것이다. 10년이 지났지만, 드라마 보조작가로 짧게 일했던 경력으로도 실감할 만큼 현재 상황도 크게 달라지지 않았다.

〈철인왕후〉(tvN, 2020~2021)는 그래서인지 좀 더 교묘한 전략을 택한다. 불의의 사고로, 현대 남성 봉환(최진혁 역)은 조선 시대 중전 소용(신혜선 역)의 몸에 빙의한다. 자신을 남자라고 정체화한 봉환이 처음 생리를 경험하는 장면이나, 의복과 성 역할을 어색해하는 장면은 FTM 트랜스젠더(여성에서 남성으로 성전환) 서사로도 읽을 수 있다. 봉환은 중전 소용의 몸으로 왕의 후궁들에게 추파를 던진다. 그런데 이 ‘겉 중전 속 봉환’, 줄여서 ‘겉중속봉’은 자신의 남편 철종(김정현 역)에게 끌리기 시작한다. 마침내 이들은 사랑에 빠지고 합방해 임신도 한다. 겉중속봉은 트랜스젠더, 양성애자, 동성애자, 범성애자일 수도 있다. 그러나 결말에서 봉환의 영혼이 현대로 돌아오면서 드라마는 완전한 이성애로 끝난다. 시청자 사이에서도 의견이 분분했는데, 중간부터 봉환과 소용의 감정이 동기화됐기에 동성애가 아니라는 의견이

다수였다. 어차피 결말은 이성애기에 남자 행세를 하는 은찬(윤은혜 역)에게 끌리는 한결(공유 역)의 고뇌를, 안전하고 즐겁게 동성애 '코드'로 소비했던 〈커피 프린스〉(MBC, 2007)가 떠오른다.

누군가는 소수자 재현이 이 정도면 충분하다고 말할지도 모른다. 자기가 이입할 스토리가 많은 사람은 특히. 그러나 어떤 삶이, 미디어에서 그냥 눈에 띄는 것만으로는 부족하다. 뜬금없이 타 먹는 홍삼이나 울면서 타는 휠보드 같은 '상품'이 아니라 서사와 존엄과 입체성을 지닌 존재니까. 주변부에 있을 때는 관용을 베풀다가 나와 같은 권리를 누린다고 생각하면 좀 불편해서 치워버리고 싶다면 그건 차별과 혐오가 맞다. 아무리 차별과 혐오는 나쁘다고 배웠고, 나는 그런 사람이 아니라고 생각해도. 현실에서는 누구도 결백할 수 없다. '나'는 그다지 대단하지 않고, 나의 소수자성이나 인격과 무관하게 종종 또는 생각보다 자주 '그런 사람'이 될 수 있음을 받아들이자. 미디어에 등장하는 소수자를 보며 세상이 바뀌었고, 다양성을 존중한다고 굳게 믿는 순간에도 말이다. 별개로, 쉽지 않은 제작 환경에서 고군분투하는 창작자 또한 많다. 당장 눈에 차지 않더라도, 한 발이라도 다른 방향으로 디딘 이가 보인다면 비난보다는 응원과 지지를 보내달라고 부탁하고 싶다.

지금 '너'에게 가고 있어

한 사람의 세계는 필연적으로 편협하다. 우리는 물리적 한계가 뚜렷한 몸에 기거하며 경험이 선을 그어놓은 범위 안에서 살아간다. 니체의 말처럼 인간은 유리잔에 빠져 그 안에서 보고 느끼는 세상이 전부라고 생각하는 파리다. 그래, 우물 안 개구리, 그거. 하지만 서로의 우물과 하늘을 공유할 때, 울타리를 조금씩 무너뜨릴 수 있다. 서로의 세계를 확장하며, 당연하다고 여긴 관습과 폭력을 넘어설 수 있다. 나는 우리 사회가 승인하는 '정상성'에 발을 디딘 이성애자이기에 여러 특권을 누리지만, 우리 사회의 정상 연애 담론에 문제를 제기하는 작업을 하고 있다. 이 문제의식은 내가 맞닥뜨린 세계의 조각들이, 나와 관계 맺는 이들이 나에게 선물처럼 준 것이다. 사랑하는 친구의 커밍아웃, 여대에 입학해 캠퍼스에 들어선 순간 허공에 나부끼던 커다란 현수막("레즈비언 신입생 여러분을 환영합니다"), 그 다양한 용기에 빚지며 나는 삐거덕삐거덕 배웠다. 지금도 종종 실수하며 배워가는 중이다. 세상이 멋대로 구획 지어놓은 정상과 비정상의 경계를 오가며, 서로에게 이르는 '길' 위에서.

〈너에게 가는 길〉(2021)은 성 소수자 부모 모임에서 활동하는 '나비'와 '비비안', 그들의 자녀 한결과 예준의 이야기를 담은 다큐멘터리 영화이다. 네이버 영화 소개는 다음과 같다. "알고 싶어 너의 세상. 34년 차 소방 공무원 '나비'와 27년 차 항공 승무원 '비비안', 단 한 번도 상상해 본 적 없는 내 아이의 커밍아웃 이후 오늘도 한 걸음 다가가는 중인 현재 진행형 그녀들의 뜨거운 이야기." 여성주의 미디어 공동체이자 성적 소수 문화 환경을 위한 성적 소수 문화 인권연대 '연분홍치마'의 10번째 작품이자 연분홍치마의 활동가인 변규리 감독의 2번째 장편영화다. 성 소수자 부모 모임은 2014년 시작됐고, 매달 둘째 주 토요일에 정기 모임을 가진다.

"보면서도 0.0001%도 상상해 본 적이 없어요." 예고편에서 비비안은 게이 아들의 커밍아웃에 대해 이렇게 말한다. "트랜스젠더면 이게 뭐지? 생각을 하니까 머릿속이 복잡했던 건 사실이죠." FTM 트랜스젠더 아들 한결의 커밍아웃을 받은 나비도 낯선 용어 앞에 어리둥절하긴 마찬가지다. 세상은 어떤 정보를 과잉 공급한다. 이성애, 결혼, '여자답게', 출산의 행복, 각종 육아 정보…. 그래서 세상의 많은 부모는 낳은 직후 아기가 손가락만 꿈틀해도 가슴이 뛴다. '우리 애가 영재일지도 몰라!' 반면 어떤 정보는 철저히 차단해 낯설고 이상한 것으로 만든다. 임신과 출산 단계에서 '우리 애가 성 소수자일지도 몰라'라는 생각을 하는 부모는 거의 없다. 성 소수자가 엄연히 존재함에도. 정상성과 행복을 단단하게 연결 짓는 사회에서, 내 아이의 커밍아웃은 예상 범위에 없는 가능성이다. 부모에게 하는 커밍아웃은 그래서 가장 어렵다고들 한다. '나'가 '나'로 존재하는 것이 사랑하는 이의 행복을 침해한다고? 분명히 무언가 잘못됐다.

나비와 비비안도 처음에는 당황한다. 사회생활 '짬밥'이 찰 만큼 찬 두 사람이지만, 이럴 때는 어떻게 해야 한다는 안내서도 없다. 막막해하던 두 사람은 성 소수자 부모 모임에 나가고, 퀴어 축제에 참가하고, 아들의 애인과 만나거나(비비안) 성별 정정 과정에 함께하면서(나비) 연대를 경험하고 변화한다.

비비안은 제작 비하인드 영상에서 커밍아웃을 받은 것이 큰 선물이라고 말한다. “내가 받을 자격이 된다는 뜻이니까.” 예준 또한 이 커밍아웃이 부모를 향한 신뢰와 사랑이 바탕이 되어 이루어졌음을 밝힌다. 퀴어 축제에서 혐오 세력과 마주한 나비의 담담한 표정과 내레이션은 압도적이다. “이런 세상에서 애들이 살고 있단 말이야?” 다르다는 이유만으로 누군가는 누군가의 존재를 눈앞에서 부정하고, 정의라고 생각하며 폭행한다. 나비는 투사가 될 수밖에 없었다고 고백한다. 내가 알던 세상이 사랑하는 나의 아이에게 안전하지 않다는 사실을 깨닫는 순간 많은 것이 요동친다.

처음 퀴어 축제에서 ‘성 소수자 부모 모임’ 깃발을 마주했을 때 놀랐던 기억이 생생하다. 자식의 커밍아웃은 가족에게 비극적인 사건이고, 관계는 깨질 수밖에 없으며, 그래서 성 소수자는 가족에게서 고립되어 불행할 것이라는 이미지가 유통되는 현실에서 활동가들은 환하게 웃으며 참가자들을 안아주고 있었다. 생각해 보면 이상한 일이다. ‘좋은 부모’는 이래야 한다는 정보와 의무가 넘치다 못해, 조금만 삐끗하면 자신이 ‘나쁜 엄마’라는 죄책감에 시달리게 하는 사회에서 부모가 성 소수자 자식을 외면하고 탄압하는 것은 당연한 전개인 양 군다. 그러나 강인하고 쿨한 소방 공무원

나비나, 파트너와 평등한 관계를 맺으며 아들의 연애를 미소 띤 채 바라보는 비비안의 모습은 빈약한 상상력이 구축해 놓은 '커밍아웃 후 비극적인 슬픔에 빠진 부모'에 갇히지 않는다. 묵직한 유머를 구사하며 울타리 밖으로 빠져나와 약동한다. 나비는 〈너에게 가는 길〉의 GV에서 부모님께 언제 커밍아웃을 하면 좋겠냐는 질문에 이렇게 답했다. "부모님보다 자신이 준비됐을 때 해라. 그리고 안 받아주는 나쁜 부모도 있다."

누군가의 삶은 쉽게 내 이해의 규격을 초과한다. 그럴 수밖에 없다. 내가 뭐라고? 타인은 '고작' 나에게 이해받으려고 존재하지 않는다. 내가 이해할 수 없다거나, 잘 모르겠다는 것은 혐오와 차별의 근거가 될 수 없다. 나 역시 누군가에게 낯선 존재이다. 사회가 정한 정상성 테두리 안에 있다고 안심하면서 남을 공격하는 이들은 알아야 한다. 지금 정상이라고 여겨지는 것은 언제 변화할지 모른다. 시대는 바뀌고 규범은 변화한다. 흑인이 버스에 타면 끌어 내리고, 여성이 투표할 수 없었고, 기독교가 불법이었으며, 학교에서 아이를 때리는 것이 당연하던 시대를 돌아보면서 어떤 생각이 드는가? 정상과 비정상의 기준은 매우 유동적이고 불안정하다. 타인에 대한 사랑과 존중 없이 '나'가 다수이자 옳다는 신념은 폭력을 휘두르는 칼이다. 나는 아무것도 아님을 인정하자. 고작 내가 개인의 삶과 존재를 반대할 자격이 없다.

받아들인다는 것은 샅샅이 알고 이해한다는 뜻이 아니다. 나비조차도 아들 한결의 성적 정체성에 관해 이야기할 때 구구단 외듯 한다. "제 아이는 바이 젠더, 팬 로맨틱 에이섹슈얼이랍니다. 구체적으로 모르겠지만 아무튼 그렇답니다." 잘 모르겠다고 말하며 웃어버리지만, 나비는 한결의 선택을 존중한다. 사랑하고 지지한다. 이해 없이도 인정하고 공존할 수 있다. 김현경의 책 『사람, 장소, 환대』(문학과 지성사, 2015)에는 이런 구절이 나온다. "정체성에 대한 인정은 특정한 서사 내용("나는 레즈비언이다")에 대한 인정이 아니라, 서사의 편집권에 대한 인정이다. 우리는 정체성 운동에 대해 많은 지식을 갖지 못했더라도 그저 귀를 기울이고 끄덕이는 행위를 통해 그러한 인정을 표현할 수 있다("네가 레즈비언인지 아닌지는 중요하지 않다. 네가 오늘은 레즈비언이라고 고백하고 내일은 그것을 부인해도 상관없다. 나는 너에 대해서 가장 잘 말할 수 있는 사람이 너 자신임을 인정한다"). 나비는 한결의 법적 성별 정정 판결 과정에 함께하며, 그냥 여자를 좋아하는 여자로 살면 안 되냐고 정체성을 '지정'하려는 판사에게 반발한다. "정정하느냐 마느냐를 결정해야지. 왜 레즈비언으로 살라 말라 해."

누군가에게는 당연히 주어지는 삶의 편집권이, 누군가에게는 존재 전체를 걸고 싸워야 하는 투쟁의 영역에 걸려 있다. 그것을 빼앗으려는 자 누구인가. 타인의 삶에 편집권을 행사할 수 있다고 믿으며 혐오를 일삼는 자는 누구인가. 변규리 감독은 제목의 '너'가 다양한 함의를 품는다고 말한다. '너'라는 지칭은 성 소수자 당사자, 나비와 비비안에게는 한결과 예준 같은 자식, 성 소수자 이슈에 대해 같이 이야기할 수 있는 동료 시민일 수도 있다. 알록달록한 깃발을 흔들며 당신에게 다가가는 영화는 포스터의 산뜻하고 따뜻한 에너지가 고스란히 담겨 있다. 그렇게 서로에게 다가가며, 속속들이 알지 못하더라도 사랑하고 존중하면서 공존할 수 있다.

시맨틱 에러

나는 빠질게, 너네 둘이 연애해 줘

〈시맨틱 에러〉(2022)는 왓챠의 첫 번째 오리지널 드라마이자 BL이다. '저수리' 작가가 쓴 동명의 소설이 원작이며, 워낙 인기가 많아서 웹툰과 드라마 CD로도 만들어진 작품을 각색한 것이다. BL은 Boy's Love의 줄임 말로, 단어 그대로 남성 캐릭터 간의 로맨스 혹은 성애 관계를 다루는 콘텐츠이다. 그렇다. 〈시맨틱 에러〉의 두 주인공은 남자다. 활발하고 매력적이지만 성질이 조금 더러운 미대생 장재영과 철저한 루틴과 원칙에 따라서 행동하는 공대생 추상우가 '팀플 잔혹사'로 만나 서로에게 최악의 인상을 남긴다.

누군가는 남자끼리의 연애에 낯설어하지만, 누군가는 인물 설정만 들어도 입맛을 다신다. 이럴 때 쓰는 말이 있다. "맛있다. 구매~!" 둘은 역시나, 사랑에 빠진다. 원작은 '19세 미만 관람 불가'인 '19금'으로 수위가 높지만, 드라마로 옮기는 과정에서 12세 관람가로 수위를 조절했다. 〈시맨틱 에러〉는 공개 직후 왓챠 TOP 10에서 1위를 기록했고, 7화가 공개되기 전에는 접속자가 너무 몰리는 바람에 정부 기관으로부터 디도스 공격을 받는 게 아니냐는 연락을 받을 만큼 큰 인기를 끌었다. 방영 기간 동안, 온갖 장르의 타임라인이 '시에러 앓이'로 통합된다는 우스갯소리가 있을 정도였다. 어찌 보면 클리셰라고도 할 수 있는 로맨스가 이토록 화제인 이유를 제대로 이해하고, 지금까지 '음지 문화'로 여겨졌던 BL의 대중화가 앞으로 쏘아 올릴 변화를 탐색하기 위해 BL이라는 장르 자체부터 짚고 넘어가 보자.

미조구치 아키코는 저서 『BL 진화론: 보이즈 러브가 사회를 움직인다』(김효진 역, 길찾기, 2018)에서 BL을, 여성의 욕망이 투영된 남성 캐릭터들이 운명 같은 사랑에 빠지는 작품이라고 정의한다. 가부장제 사회에서 여성에게 부과된 역할로부터 벗어나 남성 캐릭터에 이입해 자유롭게 사랑과 섹스를 즐길 수 있다는 것이다. 성별이 다르기 때문에 현실 도피가 가능한 장르인 것이다. BL의 종주국(?)은 일

본으로, 1960년대의 미소년 만화와 1970년대 동인지 문화가 기반이 되었다. BL이라는 단어가 자리 잡기 전에는 '야오이'라는 표현이 더 많이 쓰였다. 아마추어 동인지가 남성 간 섹스 묘사에 집중하면서 야마나시やまなし(주제 없음)·오치나시おちなし(결말 없음)·이미나시いみなし(의미 없음)라고 자조하는 앞 글자를 딴 것이 유래다. 유래했다. BL과 야오이는 구별하는 일본의 경우 뿌리인 '소년애'는 1960년대~1970년대 '미소년 만화'를 BL 창성기로 일본은 지금도 BL과 야오이라는 단어를 차별점을 두고 구별하여 쓰고 있으나, 여기서는 BL로 통일하여 사용한다. 어원에서 알 수 있듯이 초기의 BL은 '여성들의 포르노그라피' 같은 이미지가 강했으나, 시간의 흐름과 독자층의 선호에 따라 점차 다양화됐다. 삽입하는 역할을 공攻, 흡입하는 역할을 수受로 표기하는데 이들은 어느 정도 남성적, 여성적 각본을 따르는 경향이 있다.

우리나라의 경우, 1990년대의 PC 통신 커뮤니티를 중심으로 BL 문화가 확산됐다. 아이돌 팬덤이 좋아하는 가수를 커플링하여 팬픽Fanfiction이나 '썰'을 쓰는 것은 또래 문화의 통과 의례고, 〈왕의 남자〉(2005)처럼 동성애 코드를 차용한 영화가 1000만 관객을 넘는 환경 속에서도 BL은 여전히 폐쇄적인 커뮤니티에서 은밀하게 생산·유통됐다. 최근 5년 사이 레진코믹스나 리디북스 등 다양한 웹 플랫폼이 동인

단위로 생산되던 BL 작품을 적극적으로 상업화하면서 BL 시장의 규모가 나날이 커지는 중이다. 나름대로 역사와 전통이 있는 장르지만 이렇게 오랫동안 쉬쉬했던 데에는 여러 이유가 있다. 한국 사회의 동성애 터부시, 당사자가 아닌 여성이 남성 동성애를 소비하는 것에 대한 낯섦, 성적 금기 등등. 주로 여성들이 생산하고 여성들이 소비한다는 점에서 장르 자체가 폄하됐다는 분석 또한 일리가 있다. 하지만 〈시맨틱 에러〉라는 실험은 큰 성공을 거뒀다. 이제 잘 만든 BL은 기존의 충성도 높은 소비자뿐 아니라, 아예 이 장르를 모르던 독자마저 사로잡을 수 있다는 것을 증명한 셈이다.

BL은 성 소수자의 삶을 다루는 '퀴어 문화 콘텐츠'와는 결이 다른 판타지의 영역이다. 이성애 드라마라고 해도 회사 생활이나 캠퍼스 생활이 완전히 현실과 같지 않고, 현실에 있기를 바라는 염원을 담은 설정이 난무하듯 BL도 마찬가지다. BL은 퀴어 콘텐츠와 달리 성별이나 성 정체성이 큰 장벽으로 등장하지 않는 세계관이 특징이다. 〈시맨틱 에러〉의 장재영과 추상우 역시, 상대가 남자라는 사실이나 (남자를 처음 좋아하게 됐으나) 자신의 성 지향성을 재정체화하는 것에 거리낌이 없다. 두 사람에게 가장 중요한 것은 성격 차이고, 주변 사람들 역시 이들의 연애를 자연스럽게 받아들인다. 1990년대~2000년대 초반의 BL이나 팬픽이 사회적 금기 때문에 동성 연인이 파국을 맞는 경우가 많았음과 대비되는 설정이다. 이러한 변화에는 두 가지 해석이 가능하다. BL을 소비하는 현대의 여성 독자가 동성애를 더 이상 '사랑을 방해하는 강력한 금기'로 받아들이지 않거나, 판타지인 연애 서사에서까지 현실적인 제약이나 차별을 보고 싶지 않다는 욕망을 반영한 것이다. 후자의 경우, 현존하는 퀴어를 타자화하고 안전하고 편리한 형태로 가공된 동성애만을 소비한다는 비판을 피할 수 없다. 그러나 한편으로는 성별이 전혀 연애의 걸림돌이 되지 않는 세계관이 지속적으로 창작되고 유통되는 것 또한 필요하다. 창작물은 현실을 반영하기도 하지만, 이를 소비한 사람이 다시 현실을 재편하는 데 참여하기 때문이다.

BL을 소비하는 이유는 선행 연구를 종합하면 다섯 가지로 압축할 수 있다. 첫 번째는 가부장적인 위계질서에 대한 도전, 두 번째는 기존 로맨스물에서는 얻을 수 없는 재미, 세 번째는 BL이 여성들을 위한 포르노그래피로 기능한다는 주장이다. 네 번째는 두 주인공 모두에게 감정 이입을 취사선택할 수 있다는 장점, 그리고 다섯 번째는 새로운 누군가로 변신하고자 하는 욕구로 정리한다. 이 중 로맨스의 다양성이라는 측면이 〈시맨틱 에러〉의 인기를 설명하기에 적합해 보인다. BL은 남녀의 차별적 구도가 원초적으로 존재하지 않는 판타지적 로맨스 세계관이다. 전통적으로 로맨스물에서는 남성이 주도권을 쥐며, 남성과 여성이라는 이분법적 사고와 성별 권력에 따른 위계를 벗어나기 어렵다는 한계가 있지만, BL은 그런 점에서 자유롭다. 만약 〈시맨틱 에러〉가 이성애 로맨스였다면, 장재영(남)이 추상우(여)의 옆집으로까지 이사 오며 골탕 먹이는 장면에서 여성 독자는 공포를 느꼈을 것이다. 반대로, 추상우가 남자였더라도 장재영(여)에게 당한 괴롭힘에 반격하는 과정에서 심리적인 불편함이 생길 수 있다. 그러나 〈시맨틱 에러〉는 '두 남자'의 이야기이기 때문에 성별로 인한 불평등이 두려움이나 폭력으로 번질 가능성이 (비교적) 낮고, 심리적 거리감을 통해 안전함을 확보할 수 있다. 게다가 자유롭게 감정이입을 취사선택할 수 있다는 점은 로맨스에서 더 많은 선택권을 쥐는 일이다. 독자는 장재영에게 이입해서 추상우를 귀여워할 수도 있고, 추상우에게 이입해서 장재영에게 설렐 수도 있다. 여성이 없는 로맨스이기에, 아예 감정 이입 없는 감상도 가능하다.

BL에서의 '공-수' 구도가 기존의 젠더 규범을 반영하고, 재생산하여 강화한다는 비판은 꾸준히 제기됐으며 부분적으로 타당하다. 〈시맨틱 에러〉에서도 공 역할에 해당하는 장재영이 추상우보다 키가 크고, 관계에 더 적극적이며, 위기에 처한 추상우를 구해준다. 의심할 나위 없이 공은 수보다 '남성적이다'. 그럴 때면 이성애를 학습하며 자란 탓이 아닐까 자기 검열을 하게 된다. 동시에 이렇게도 생각할 수 있다. "우리는 '로맨틱할 수 있는' 모든 것이 '이성애'의 특권이라고 학습한 게 아닐까? 그래서 동성애가 이성애를 '모방'한다고 착각하는 것은 아닐까?" 이성애와 젠더 규범이 압도적인 사회에서, BL에서 그러한 양상이 드러난다고 해서 곧장 이를 BL의 문제나 한계로 받아들일 필요는 없다는 말이다. BL의 인기 키워드 중 하나인 '떡대수'는 수의 덩치가 공보다 훨씬 크고 우락부락한 경우를 일컫는다. 상대적으로 여성적인 인물이 수를 한다는 고정관념을 깨고, BL 주인공이 체현하는 젠더 규범과 남성성/여성성을 생각하게 한다. 첫 한국산 BL 드라마 〈너의 시선이 머무는 곳에〉(W-STORY, 2020)를 제작한 더블유스토리의 박인애 대표는 매거진 '아이즈ize'와의 인터뷰에서 "BL은 여성스러움 남성스러움에 갇힌 '스러움'에 얽매이지 않는 자유로운 사랑의 이야기"라고 설명하기도 했다.

〈시맨틱 에러〉의 인기에 힘입어 현재 많은 BL 드라마가 제작 중이다. BL의 대중화에 성공한 일본의 경우에는, 게이 커플이 'BL'이 아닌 장르에 자연스럽게 등장한다(물론 여기에는 일부 지역에서 결혼과 동등한 것으로 명시되어 있는 파트너십 증명서를 발급하는 제도의 역할이 크다). 한국에서도 이제 본격적으로 BL의 대중화가 첫 삽을 뜬 건지도 모르겠다. '남사친'과 '여사친'만 경계하는 고리타분한 구도를 깨고 더 많은 사랑 이야기를 볼 수 있기를 기대한다. 후발 주자들이 숙지했으면 하는 것. 〈시맨틱 에러〉의 성공에는, 드라마의 완성도 외의 비하인드가 있다. 바로 주연 배우들의 케미와 작품에 대한 태도다. 박서함과 박재찬은 모두 아이돌 경험이 있는데, 두 사람은 드라마를 찍기 전 이미 음악 방송에서 만난 적 있었다. 드라마 촬영 후 각별하게 친해진 일화는 드라마에 더욱 과몰입하게 한다. 두 사람은 특히나 산뜻하고 편견 없는 태도로 연기에 임하며, 작품과 배역에 빠져든 감정을 스스럼없이 드러냈다. 인물 간의 감정선을 고려한 배우가 원래는 없었던 키스신을 제안하기도 했다. 이는 작품과 배역을 좋아하는 시청자들의 몰입 경험을 보존하면서, 동시에 작품 바깥에서 실제 배우를 대상으로 한 2차 창작 덕질로 이어지는 시너지를 냈다. 그리고 동성애 연기를 어떻게든 비정상적인 경험으로 구성하려는 인터뷰 질문에서 자연스럽게 빠져나간다.

결국 질문은 되돌아온다. '진짜' 이상한 것은 무엇일까? 세상에는 사람과 사랑이 이렇게 많은데, 왜 우리는 서로 다른 성별만이 사랑하는 이야기가 자연스럽다고 배웠을까? 어째서 동성애 연기에는 꼭 배우를 이성애자로 전제한 후, '내가 진짜 동성애자는 아니며 그 경험이 불쾌했다'라는 대답을 유도하듯 질문할까? 성 정체성이나 지향성과 무관하게, 다른 성별의 사랑 이야기에 몰입하는 것은 왜 문제라고 여겨질까? 아. 오늘 밤도 리디북스에 충전이 스치운다.

참고 문헌

김소원, 「BL만 화의 탈 19금과 대중화 전략: 여성 독자 심리와 일본 사례 분석을 중심으로」, 『인문콘텐츠』 제63호, 인문콘텐츠학회, 2021.

이토록 쉽게 불평등해지는, '아내'라는 위치

명절을 맞이하는 감정은 개인차와 세대 차가 아주 크다. 여전히 사회의 큰 틀에서는 명절을 전통적 색감과 명암으로 표현하고 싶어 한다. 따뜻한, 풍성한, 반가운, 가족의 사랑을 확인하는, 행복한 등등. 공중파를 틀면 나오는 장면 말이다.

하지만 디테일에서는 어쩔 수 없는 현실이 호주머니 속 송곳처럼 삐져나온다. 명절 노동, 고부 갈등, 각종 감정 싸움, 대학·취업·결혼 잔소리 3종 세트 등등. 가족이 여럿 모이면 다양한 상이 차려진다. 밥상, 다과상, 술상, 그중 최고는 밉상이라. 밉상 질량 보존 법칙에 따라, 100개의 가정에는 (최소) 100명의 밉상이 있다. 양상도 다양하다. 밥이 다 차려질 때까지 TV 앞에서 손 하나 까딱 않거나, 숟가락을 놓기 무섭게 누군가에게 커피와 과일을 주문하는 밉상 집에 언제 가냐? 아, 우리 집에서 살지 참…. "더도 말고 덜도 말고 한가위만 같아라"라는 말은 더 이상 덕담이나 소원이 아니다. 팀 버튼이 한국인이었다면 〈크리스마스의 악몽〉보다 〈추석의 악몽〉을 먼저 기획했다는 데 올해 먹을 꿀 송편을 건다. 경상도 장남의 딸로서 죽어라 송편 빚던 과거를 청산하고, 3000원 주고 사 올 예정이다.

코로나19로 인한 팬데믹 시대, 명절 문화나 풍경도 많이 달라졌다. 우리는 되도록 덜 만나야 한다. 이 기간에 일하지 않는 이들은 이동과 만남보다는 '집콕'으로 시간을 보낼 것이다. 그동안 또 부지런히 먹고 마시고 싸고 자면서 집을 더럽힐 것이다. 직접 치우거나, 누군가가 치워주는 걸 당연히 여기거나, 누군가의 뒤치다꺼리를 하며 살아가는 일상. 연휴에 보기 좋은 명절 맞춤 영화를 틀었다. 전통적 성 역할이 뒤바뀌어 남편이 밥하고, 아내가 일하는 다큐멘터리 영화다. 박강아름 감독의 〈박강아름 결혼하다〉(2019).

영화의 주인공 박강아름과 남편 성만은 프랑스에서 결혼 생활을 한다. 미술을 공부하고 싶은 박강아름이 프러포

즈할 때부터 함께 프랑스에 가자고 설득했다. 불어를 할 줄 아는 박강아름이 유학과 경제 활동, 행정 업무를 맡는다. 한국에서 요리하고 글 쓰던 성만은 아는 사람 한 명 없는 곳에서 전업주부가 되어 박강아름을 '내조'한다. 성별을 빼고 보면, 구도 자체는 매우 익숙하다. '큰일을 하려고' 공부하거나 일하는 미래의 ○○○, 그를 헌신적으로 뒷바라지하는 배우자 혹은 애인. 하지만 성별을 빼고 볼 수 없다. 압도적으로, 뒷바라지는 여성의 몫이다. '헌신하다 헌신짝 된다'라는 말이 경고하는 대상은 언제나 여성이며 조강지처는 있어도 조강지부는 없다. 영화에는 박강아름과 성만을 본 지인이 "아, 남편도 (유학을 따라) 와줄 수 있구나. 그런 건 생각 못했다"라는 발언이 나온다. 아내의 유학에 '따라와 준' 남편. 어떤 익숙함은 성별만 바꿔도 덜컹거리기 시작한다.

영화 초반, 자기소개를 해달라는 박강아름의 말에 성만은 대답한다. "나는 이 집의 식모예요. 밥 차려야 되는데." 이름을 묻자 되묻는다. "식모가 이름이 어디 있어요?" 어라? 낯선 남자에게서 익숙한 향기가 난다. 이거 '우리네 어머니'들이 자주 구사하는 자조 개그 아닙니까? 경제권이 없는 성만은 그냥 토마토 대신 비싼 체리토마토를 샀다고 추궁당하고, 커피도 허락을 받고 마신다. "자기랑 싸운 다음에 빡

쳐가지고, 내가. 씨, 훙청망청 나도 돈 쓸 거야. 그러고 여기 와서 훙청망청 쓴 게 아이스커피 3유로짜리 마신 거." 부부에게는 아기도 있다. 아무리 역할이 역전돼도 아기는 대신 낳아줄 수 없으니, 사회가 알려주지 않는 임신부의 50가지 고통을 뚫고 박강아름은 출산했다. 박강아름은 '바깥일'을 하느라 분주하니 육아는 성만의 몫이다. 매일 도시락 두 개를 싸며 육아하던 성만은 '주부 우울증'에 걸린다. 사회적 고립과 경력 단절, 독박 육아, 독박 가사라는 강렬한 볼링공에 볼링핀처럼 쓰러지는 성만이. 집에서 노는 여자로 취급받다 미쳐가는 '82년생 김지영'과 겹친다.

그런 성만을 위해 박강아름은 〈카모메 식당〉(2006)에서 착안, 일주일에 한 팀만 예약을 받아 음식을 판매하는 '외길 식당'을 연다. 처음에는 이 외길 식당이 영화의 아이템이었다고 한다. 그러나 촬영분이 쌓이면서 박강아름은 자신이 전형적인 가부장처럼 굴고 있음을 발견한다. 용감하고 솔직한 영화는 방향을 튼다. 이런 역전은 지금까지 우리가 무엇을 당연하게 여겼는지 되돌아보게 한다. 영화를 해석할 프리즘은 여러 개다. 이 글에서는 성 역할과 젠더화된 가사노동을 좀 더 집중해서 다루고자 한다. 이성애 결혼 위주로 분석한다는 뜻이다. 영화에서 인상적인 장면은 보편적인 관습과 충돌할 때 불쑥 두드러진다. 집에서 일하는 박강아름이 아이의 울음소리에도 미동조차 없이 자기 일을 하거나, 아이가 아플 때조차 잠깐 '돕고' 다시 자신의 자리로 돌아오는 모습이 그렇다. 전형적인 '남편'의 행동이다. 성만이 김치를 담그면서 아기에게 혼잣말처럼 레시피를 설명하거나 멍하니 텔레비전을 보는 얼굴이 그렇다. 사회관계가 단절된 채 가사 노동에만 전념해야 하는 '아내'의 모습이다. 부엌 상태를 지적받자 성만이 "그럼 네가 24시간 해보라"고 불만을 토로하고, 박강아름이 "나도 도와주잖아"라고 말하는 부분에서는 푸스스 웃어버렸다.

애너벨 크랩은 저서 『아내 가뭄』(황금진 역, 정희진 해제, 동양북스, 2016)에서는 아내 노동을 이렇게 지적한다. "전통적으로 아내란 집 안 여기저기 쌓여가는 무급 노동을 더 많이 하려고 유급 노동을 그만둔 사람이다. (…) '아내'는 남자일 수도 있고 여자일 수도 있다. 아내가 남자든 여자든 중요한 것은 아내는 끝내주게 좋은 직업적 자산이라는 점이다." "나는 아내가 있는 사람이 부러웠다. 그것도 아주 간절히. (…) 그런데 왜 현실의 나는 집요하게 내 코에 시리얼을 집어넣는 애한테 시선을 떼지 못한 채 글을 써야 할까? 에잇, 나도 아내가 필요하다. (…) 아내가 있다는 것은 야근을 하고 싶을 때 할 수 있다는 의미다."

그렇다. 박강아름은 '아내'를 가졌다! 그렇기에 가부장이 될 수 있다. 여자인데도? 여자인데도. 차려주는 사람이 있기에 집에 들어오자마자 "밥은?" 하고 묻고, 돌보는 사람이 있기에 아이가 아프든 말든 자기 일에만 몰두할 수 있다. 성별이 아니라, 위치와 수행성이 그러한 관계와 역할을 만든다.

누구나 아내 노동을 할 수 있다. 여자라서가 아니라, 엄마라서가 아니라. 특정 성별이 아내로서 '적절하게' 기능해야 한다는 프레임이 있을 뿐이다. 그러나 애너벨 크랩 같은 저명한 학자의 분석이 아니더라도, 아내라는 직장에 남자 아내를 채용하기란 너무 힘들다는 것을 우리는 잘 안다. 생기긴 했지만, 남자의 육아 휴직은 여전히 여자의 육아 휴직보다 쓰기 어려운 무언가이다. 그에게 '아내 시간제' 직을 주는 것은 그의 성공을 가로막는 잘못된 선택처럼 여겨진다. "이 직장에는 성공에 이르는 데 참고할 만한 이정표, 즉 뚜렷한 방향 안내와 목표, 칭찬이나 보너스 혹은 둘 다 받게 해줄 만한 일의 업적 같은 게 그 어디에도 보이지 않는다. 보수를 받는 것도 아니다. 그 일을 통해 성과를 거둔다고 해도 한순간에 불과한 경우가 허다하고 그나마 얼마 못 가서 잊히고"(『아내 가뭄』) 말기 때문이다. 일상적으로 축적되는 경험과 관습 또한 영향을 끼친다. 우리 집에서는 자기가 먹은 그릇은 자기가 싱크대까지 꼭 갖다 놓아야 한다. 친척들이 모인 자리에서 남동생이 그렇게 하자 다들 동생을 '착하다'라고 칭찬했다. 당연히 할 일을 했는데 착하다고? 그건 여자애들에게 초등학생 때부터 어른 먹을 과일을 깎으라 시키면서도 해주지 않은 칭찬이었다 아, 그때 무슨 말을 듣긴 들었다. "시집가도 되겠네." 장난하나 진짜~!

이 책의 해제를 맡은 정희진은 이렇게 썼다. "『아내 가뭄』은 모두에게 아내가 필요하다는 이야기처럼 들리지만, 반대로 어느 누구도 '아내를 가질' 특권은 없다는 뜻이다." 차례를 지내지 않아도, 손님이 모이지 않아도 최소 단위의 가사 노동은 발생한다. 하다못해 배달을 시켜도 뒷정리와 분리배출, 최소한의 설거짓거리가 생긴다. 우리의 일상은 언제나 누군가 그것을 책임지기에 유지된다.

스무 살 이후 원가족과 떨어져 살기 시작하면서 친구들과 공유했던 화제 중 단연 1위는 '가사 노동의 지긋지긋함'이었다. 우리는 놀란 눈으로 이야기하곤 했다. "야, 어떻게 가만히만 있어도 집이 더러워지냐?" 태어나서 20년을 살면서 그걸 모르다니. 아내 노동에 빌붙은 결과다. 결혼한 친구들은 울분을 터뜨렸다. "나라도 집에 오면 누가 밥해놓고 청소해 놓으면 결혼하고 싶겠다. 근데 똑같이 결혼했는데 왜 이래?" 그건… 네가 남편 아닌 아내니까.

〈박강아름 결혼하다〉를 보며 우리의 일상을 떠받치는 가사 노동이 얼마나 당연하게 불평등한지 생각해 보자. 시리즈온이나 티빙에서 대여 및 시청이 가능하다. 결혼했든 결혼하지 않았든, 저마다 어떤 명절을 보내든. 가족 안에서 다양하게 굴절되고 난반사하는 '역할'에 의문을 품어봤다면 흥미진진할 것이다.

사이코지만 괜찮아

광공이 여자면 곤란한가요?

"담에 또 튕기면 그땐 납치할 거야!" "얼른 먹고 떨어져라? 너. 먹고 떨어질게. 문강태, 나 주라." "나랑 한번 잘래?" tvN 드라마 〈사이코지만 괜찮아〉(2020)에서 문강태(김수현 역)를 향한 고문영(서예지 역)의 대사는 남성 성희롱 논란에 휩싸이며 방송통신심의위원회에 민원이 접수됐다. 네이버 생활 법률 뉴스에서는 "고문영 같은 인물이 실제로 있다는 가정하에" 법적으로 어떤 문제가 있는지 알아보는 포스팅을 올렸다. 저런 말을 쏟아내는 남자가 실존하다 못해 넘쳐나는 현실에서, 성폭력과 구애 사이의 '각'을 재는 데 실패한 그 어떤 드라마도 이렇게 민첩한 대처를 끌어내지는 않았다. 그 민감한 감수성으로 본인 입단속부터 하면 참 좋을 것이다.

집착하고 들이대는 여자 주인공과 모두가 벌벌 기는 그이에게 유일하게 흔들리지 않는 캔디형 남자 주인공. 〈사이코지만 괜찮아〉는 독특한 캐릭터와 성 각본의 역전이 돋보이는 작품이다. 아니 근데, 고문영이… 광공이라고요? '광공'은 드라마 시청자들이 붙여준 고문영의 별명이다. tvN 공식 유튜브 채널과 엔터테인먼트 유튜브 채널 디글Diggle의 〈사이코지만 괜찮아〉 섬네일에도 '집착광공' '리디광공재질'이라는 단어가 버젓이 쓰인다.

개념부터 짚고 넘어가자. '리디'는 웹툰, 웹소설, 전자책과 만화를 볼 수 있는 플랫폼인 리디북스를 의미한다. '광공'은 남성 간의 사랑을 다루는 BL 장르의 캐릭터 유형으로, 대상에게 그야말로 미친 듯(狂) 집착하는 것이 특징이다. 즉, 리디광공은 '리디북스'에서 제공되는 BL 장르에서 자주 보이는 '집착형' 남자 주인공이다. BL이 아니라도, 우리가 지금까지 봐온 로맨스에서 남자 주인공은 대부분 광공의 면모를 띤다. 빼어난 외모와 경제력을 갖추었으나 진정한 사랑에 눈뜨기 전까지는 차갑고 고독하며 인간미라고는 없다. 커뮤니티와 SNS를 강타했던 '광공의 조건'을 살펴보면 조선 시대 세자빈 간택만큼이나 까다로운 관문이 기다린다. 광공은 널따란 집에 황량한 인테리어를 해놓고 혼자 살아야 한다. 포도당과 에비앙 생수가 주식이고, 추워도 전기장판이나 패딩을 사용할 수 없고, 두통은 돼도 복통은 안 된다. 버블티를 먹거나 코를 골면서 자도 광공 탈락이다. 인간이 하기 마련인 자연스러운 행동들이 광공에게는 허용되지 않는다. 얼어 죽어도 '멋'있어야 하니까!

이쯤 하면 눈치챘을 것이다. 광공은 여성의 욕망과 판타지를 극한까지 밀어 올린 일종의 물체이다. 성적 대상화는 주체가 대상을 성적인 목적의 도구로 물화하는 것으로, 인물의 개별성이나 존엄성, 맥락을 모두 삭제한다. 물화된 대상은 타자화되어 오로지 주체의 욕망에만 부응한다. 여성 독자들의 엄격하고 까다로운 기준을 적용하여, 그들이 보고 싶은 요소만을 부여하고 모든 인간적인 면을 탈각시키면? 주문하신 광공 나왔습니다~!

여성의 욕망과 판타지를 압축한 에센스인 광공 타이틀을 여주인공인 고문영이 땄다. 소위 '주체적이고' '쎈' 캐릭터는 많았지만 광공의 수준까지 이른 것은 처음이다. 광공답게 밥도 안 먹고 잠도 안 자는 고문영은 말한다. "내 눈에 예쁘면 탐이 나는 거고. 탐나면 가져야지. 돈 주고 사든, 몰래 쌔

비든. 억지로 빼앗든. 가지면 그만 아냐?" 상대를 물건처럼 여기는 고문영의 태도는 당연히 윤리적 측면에서 옳지 않다. 그런데도 고문영은 매력적이고 〈사이코지만 괜찮아〉는 인기를 끈다. 여성은 보기 좋은 떡을 만들고자 인간을 늘리고 자르고 조이는 폭력에서 언제나 대상이자 타자였다. 그러니 여성이 주체로서 적극적으로 누군가를 대상화하는 행위가 젠더 역전의 충격과 효과를 발휘하는 것이다. 여기에, 이 드라마가 로맨스 향유의 즐거움을 확장한다는 해석을 덧붙이고자 한다.

에바 일루즈는 『사랑은 왜 불안한가』(돌베개, 2014)에서 사회학자의 관점으로 세계적인 베스트셀러 『그레이의 50가지 그림자』를 분석한다. "불평등 또는 보호하는 남자와 이에 의존하는 여자가 맺는 관계는 서로의 역할을 '분명히' 이해하는 편안한 측면을 의심할 바 없이 자랑한다. 반대로 평등은 원래부터 혼란스럽다. 평등을 기본전제로 깔면 역할 분담이 제대로 이뤄질 수 없을 뿐만 아니라 끊임없는 갈등이 불거진다." 차별금지법도 없고 '포괄적 차별금지법 반대 서명'이 10만 명을 넘는 현실은 여전히 남루하다. 그러나 차마 '차별에 찬성한다'고 말할 수는 없어서 '차별금지법에 반대'한다는 애매한 이중 부정을 쓸 만큼, 평등이 옳다는 데에는 다들 원론적으로 동의한다. 그래서 평등은 원래 혼란스럽다는 고찰이 흥미롭다.

에바 일루즈에 따르면 각자의 욕구와 권리 의식을 강화하는 평등은, '강한 감정적 접착성'을 만들어주는 불평등에 비해 갈등을 빚는다. 또한 전통적으로 규정된 역할과 정체성이 있는 불평등과 달리, 이를 허물어 '소통'을 통해 협상해야 하는 평등은 번거롭고 귀찮다. 결국 협상과 선택에 지친 현대인이 로맨스에서 불평등을 갈망하게 된다는 것이다. 나는 아무것도 안 할 테니, 네가 알아서 날 사랑해서 매달리고 이 사랑을 유지해라. 광공과 집착이 맛있는 이유다.

사람과 사람이 친밀한 관계를 맺는 만큼 로맨스에는 당연히 협상과 소통이 필요하다. 우리가 살아가는 세상의 모든 관계가 그렇다. 그러나 인간에게 자유와 평등이라는 개념이 주어진 역사는 짧다. 한국 사회는 서로를 존중하며 대화하고, 시간과 비용이 따르더라도 합심하여 갈등을 해소하는 법을 모른다. 어디에서도 가르쳐 주지 않으며, 참고 자료도 부족하다. 물리적으로는 때리고, 위계로는 찍어 누르며, 감정적으로는 좋은 게 좋은 거라고 밀어붙인다. 이 방식은 빠르고 편리하며 '늘 그렇게 해온 것'이기까지 하다. 우리가 사는 세계는 절대 단순하지 않으며 필연적으로 울퉁불퉁하다. 걸리적거리는 것은 무엇이든 '나중에'로 밀어두고 매끈하게 질주해서는 안 된다. 판타지에서는 편리함의 달콤함을 꿈꿀지언정 현실에서는 이러한 수고와 번거로움을 기꺼이 감당해야 한다. 익숙해져야 한다.

그러나 『그레이의 50가지 그림자』의 흥행에 관하여, 보호받고픈 희망과 안정적 감정 결속을 이루고픈 갈망은 오늘날 많은 여성이 페미니즘에 갖는 반감을 반영한다는 에바 일루즈의 진단에는 동의하지 않는다. 불평등을 갈망하는 것은 현실과 분리된 판타지의 영역에서 편안함과 매혹을 즐기고 싶은 '유희'의 맥락에서 읽어야지 페미니즘에 반감을 느끼기 때문이 아니다. 인간의 욕망은 반드시 정치적으로 올바르거나 시대의 흐름을 따르지 않으니까. 평등한 존재로 살아가고자 투쟁하면서도, 압도적인 존재에게 휘둘리거나, 완전히 지배하고 싶다는 상상을 할 수 있다. 반대로, 불평등한 로맨스를 좋아한다고 해서 현실의 차별을 원하는 것도 아니다.

현실의 폭력이 너무 분명한데도 그 세계관에서 폭력이 아닌 양 다루어질 때, 그리하여 현실의 문제를 은폐할 때가 위험하다. 예를 들면, 드라마 〈김비서가 왜 그럴까〉는 비서가 혼자 사는 집에 부사장이 밤늦게 찾아오는 장면을 낭만적으로 연출했다. 위계에 의한 성폭력이 횡행하는 현실에서 이 장면은 불안하다. 반면 〈사이코지만 괜찮아〉는 젠더 역전을 통해 안전한 스노 돔Snowdome 속에서 판타지의 날개를 펼친다. 드라마에는 폭력적인 구애와 무리수가 난무하지만, 허구임이 명백하기에 마음 편히 즐길 수 있는 판이 깔린다. 시청자가 이입할 선택지도 넓어진다. 카리스마 넘치는 '광공'이 되어 사랑을 밀어붙이는 짜릿함을 맛볼 수 있고, 끌려가는 문강태가 되어 먹고살기 바쁜데 관계까지 머리 굴려야 하는 피로를 잊을 수도 있다. 너무한가 싶을 때쯤 실존하는 권력이 어느 정도 '매운맛'을 잡아준다. 고문영이 일방적으로 신체 접촉을 시도해도 문강태가 완력으로 이를 차단하는 식이다. 문강태에게는 통제권이 있고, 그래서 고문영의 행동이 덜 불편하다. 광공이 여자면 곤란한가요? 오히려 좋아.

현실과 단절된 허상의 재미는 9화에서 고문영이 차를 몰며 "나랑 1박 할래, 아님 같이 죽을래!"라고 소리 지를 때 극대화된다. 2004년 방영됐던 〈미안하다, 사랑한다〉(KBS)의 장면을 패러디한 것이다. 그 당시에는 로맨틱하게 연출됐으나 이제는 누구나 그것을 '데이트 폭력'이라고 인식한다. 고문영의 폭주는 캐릭터의 과장된 행동이자 극 중 에피소드에 머물고, 원작의 폭력성을 전복한다. 로맨스와 폭력을 뒤섞어 버리는 세상에서는 판타지를 즐기는 데도 안전장치가 필요하다. 이것은 정해진 시간 동안만 펼쳐지는 쇼Show고, 영화가 끝나고 나오는 "이 영화에 나온 동물들은 아무도 죽거나 다치지 않았다"라는 자막 같은 약속. 〈사이코지만 괜찮아〉는 그러한 합의를 바탕으로 독특하고 새로운 로맨스의 '맛'을 보여준다. 이 유희가 새로운 욕망의 발견과 관계의 확장까지 뻗어 나가기를, 기대한다.

응원할 수밖에 없는 자리들

4

힘내
그리고 해내

차별금지법,
지금 바로 여기

tvN 드라마 〈마인〉에서 한지용(이현욱 역)은 자신의 비밀을 알게 된 정서현(김서형 역)에게, '사실은 형수가 성 소수자라는 걸 알고 있다'고 말하면서 은근히 협박한다.

"우리, 비슷한 중량의 비밀을 공유했잖아요."

한지용은 자신의 아이를 낳아준 친모가 죽었다고 속인 후 아내인 서희수(이보영 역) 몰래 가정 교사로 위장해서 집에 들인 파렴치한이다. 그런데 자신의 행동과 정서현의 성적 지향을 '비슷한 중량'의 비밀이라고 저울에 올려 버린 셈이다. 한지용은 아버지가 첫째 며느리인 정서현도 후계자 후

보로 생각한다는 사실을 알고 약점을 이용하려 한다. 그 장면을 보며 생각했다. 한지용 네 이놈! 차별금지법이 있었다면 그딴 협박은 못했을 텐데…!

2021년 5월 24일, 차별금지법 제정을 위한 국민동의 청원이 시작됐다. 국민동의 청원 발의자는 2020년 11월 동아제약 신입 사원 채용 면접 과정에서 성차별 질문으로 피해를 당하고 이를 적극적으로 공론화하여 사과를 받아낸 당사자이다. 법률대리인인 김두나 변호사(공익인권변호사모임 희망을 만드는 법)는 "면접에서 성별을 이유로 힘없이 바스러지는 경험을 했고, 언제든 배척과 혐오의 대상이 될 수 있다는 것을 알게 됐다"며 청원 이유를 설명했다. 2007년부터 여러 차례 발의됐으나 번번이 실패로 끝난 차별금지법은 2020년 6월에도 장혜영 정의당 의원이 대표 발의했다. 오늘은 차별금지법이 무엇인지, 어떤 순간에 차별금지법이 필요한지 살펴본다. 덧붙여, 이 글은 오랫동안 차별금지법의 필요성을 주장해온 홍성수 숙명여자대학교 법학부 교수의 여러 글을 참고하고 인용하여 썼다.

성별, 장애, 나이, 언어, 출신 국가, 출신 민족, 인종, 국적, 피부색, 출신 지역, 용모 등 신체 조건, 혼인 여부, 임신 또는 출산, 가족 및 가구의 형태와 상황, 종교, 사상 또는 정치적 의견, 형의 효력이 실효된 전과, 성적 지향, 성별 정체성, 학력, 고용 형태, 병력 또는 건강 상태, 사회적 신분…. 차별이 될 수 있는 이유나 근거 또는 특성이다. 차별금지법은 이러한 사유에 따른 차별을 금지하는 법안으로, 총 네 가지 영역에 적용된다. 고용, 재화와 용역의 이용·공급, 교육, 행정 서비스가 그것이다. 일부 반대자들의 주장처럼 '혐오 표현'만으로 처벌하거나 일상을 규제하는 법이 아니다. 이 법의 핵심은 차별 행위가 발생했을 때 어떻게 중단시키고 피해를 구제할 것인지, 차별의 피해자를 어떻게 보호할 것인지에 있다. 차별 구제 또는 차별 시정이 목적이다. 또한 기업·대학 등 개별 조직에 차별 금지와 다양성 문제의 중요성을 환기하고, 각 조직이 스스로 정책을 수립하도록 유도하는 것, 즉 차별 '예방'이 중요한 법이다.

〈신입사관 구해령〉(MBC, 2019)은 조선 최초의 여사女史(기록을 맡아 관리하는 여성 사관)를 소재로 하고 있다. 이 드라마는 실록에 기록된 "채용에서의 성차별"에 착안해 기획됐다. 여사를 채용하자는 동지사 김안국의 제안에 중종은 "요즘 여인들은 글을 잘 몰라서…" "사관은 아무나 할 수 있는 일이 아니라서…"라는 핑계를 대며 빠져나갔다. 드라마는 '만약 그날 중종이 흔쾌히 신하들의 청을 받아들였다면'이라는 가정에서 출발하여 가상의 조선을 배경으로 하지만, 현실에서는 끝내 여성이 사관으로 활약할 수 있는 기회가 주어지지 않았다.

조선 시대까지 갈 것도 없다. 당장 동아제약 사건이 공론화된 것이 2021년의 일이다. 서울메트로는 2016년 철도 장비 운전 분야 무기계약직을 공개 채용하면서 여성 지원자의 면접 점수를 일괄 조정하여 원래 합격권이었던 여성 지원자 6명을 탈락시켰다. 2017년 주요 은행 공채에서 성차별, 출신 학교 차별을 했다는 사실이 드러났다. 아예 남녀의 합격선을 다르게 해놓기도 했고, 특정 학교 출신을 노골적으로 탈락시킨 예도 있었다. 채용 점수 조작 혐의로만 수백 건이 기소됐다. 2018년에는 여성 지원자 7명을 떨어뜨리기 위해 면접 점수를 조작한 박기동 전 가스안전공사 사장이 처벌받았다. 2020년 교육부의 종합 감사에서는 한국을 대표하는 사립 대학들이 출신 대학별로 점수를 차등 부여해 직원을 선발했다는 사실이 밝혀졌다. 대표적인 예로 채용에서의 성차별을 들었지만, 현실에서 차별은 여러 층위에서 다양하고 복잡하게 작동한다. '노 키즈 존'도, '히잡 착용 금지'도 내가 차별의 대상이 아니라고 해서 없는 게 아니다.

김지혜의 『선량한 차별주의자』(창비, 2019)에는 '평범한 사람이 가진 특권'에 대한 구절이 나온다. 일부만 가진 권력만 특권이 아니라, 일부만 배제하는 권리 또한 특권이다. 휠체어 이용자에게는 시외버스 탑승이, 성 소수자 커플에게는 결혼이, 질환자에게는 건강한 사람 위주로 구성된 노동 조건 등이 특권이 된다. 특권을 가진 사람은 차별을 덜 인식한다. 〈60일, 지정생존자〉(tvN, 2019)에 등장하는 레즈비언 감독은 차별금지법을 미루는 정치인에게 일갈한다.

"차별금지법은 특혜를 주는 법이 아니에요. 우리 같은 소수자들은 그 법이 있어야 비로소 보통 사람이 되는 거죠."

그런데, 나쁜 사람이 되고 싶어 하는 사람은 없다. 그래서 차별금지법 제정을 반대하는 이들도 '차별은 나쁘다'라는 명제에 반대하거나, '나는 차별주의자다'라고 말하지 않는다. 어떤 건 차별이 아니라고 주장하니 쟁점은 '어떤' 요소가 차별 금지의 사유가 되느냐 마느냐의 문제다.

2007년 법무부가 발의한 차별금지법안에는 성적 지향, 학력, 가족 형태 및 가족 상황, 병력, 출신 국가, 언어, 범죄 및 보호 처분의 전력 등이 삭제되어 있어서 비판받았다. 반대자들은 차별하려는 특성을 '차별해도 되는 것' '차별할 만한 것'으로 분류하고 차별금지법의 대상에서 탈락시킴으로써 자신의 정당성을 방어하고자 한다. '내가 차별하는 게 아니라, 그들이 잘못됐으니까' 자신은 올바른 행동을 하고 있다고 굳게 믿는다. 대표적인 것이 바로 '성적 지향'이다. 〈60일, 지정생존자〉에는 레즈비언이 등장하고, 차별금지법을 다뤘다는 이유만으로 보수 기독교의 공격을 받았다. '동성애 독재' 같은 자극적인 표현을 쓰는 반대자들은 왜 TV만 틀면 나오는 이성애 독재에는 반대하지 않을까? 당연히, 궁금해서 하는 질문은 아니다.

장혜영 의원이 대표 발의한 차별금지법안에는 '2가지 이상의 성별 등 차별 금지 사유가 함께 작용하여 발생한 차별 행위'를 차별의 범위에 포함하고 있다. 한 사람의 정체성은 단일하지 않다. 여성 장애인은 각각의 사유로 차별받기도 하지만, 여성이자 장애인이라는 이유로 차별받기도 한다. 이것이 '복합 차별'이다.

외국에서 K팝 가수의 공연을 보러 갔던 친구가 당황해서 나에게 전화를 걸어왔을 때가 생각난다. 줄 서서 밤을 새우는 동안 주변 관객들과 대화를 했는데, 자신이 혼자 아시아인이고 나이가 많아서 소외당했다는 것이다. "야, 이거 인종 차별이냐, 연령 차별이냐?!" 나는 조용히 대답했다. "왜 고를 수 있다고 생각해…? 둘 다지…. 그나마 이번에는 주변이 다 여자라서 성차별은 피해갔네." 이러한 다양한 경우의 수에 대처하기 위해서는 차별 금지 사유를 '포괄적'으로 규정한 단일법을 두고, 차별 행위에 대한 조치도 단일 기구가 하는 것이 바람직하다고 한다. 홍성수 교수는 "포괄적 차별금지법으로 여러 차별 금지 사유를 포함하는 큰 우산을 하나 만들고 좀 더 심각하고 중요한 차별에 대해서는 각각의 개별적 차별금지법으로 보완하는 것이 가장 이상적인 형태"라고 설명한다.

차별금지법이 생긴다고 해서 당장 현실이 바뀌지는 않는다. 수사 기관이 수사하고 형사 재판을 통해 처벌하는 '강성 규제'와 달리, 차별금지법은 연성 규제Soft Regulation라 변화가 느리게 느껴질 수도 있다. 그러나 이것은 최소한의 안전 문턱이다. 내버려 둔다면, 차별 금지 사유는 혐오 표현이나 증오 범죄로도 이어진다. 인종, 성별, 성적 지향 등을 이유로 기물 파손·폭행·방화·살인을 한다면 그것이 증오 범죄다. 이미 여성이라는 이유만으로 강남 한복판에서도 살해당하는 현실에서 차별금지법을 더는 미룰 수 없다.

사회적 합의를 핑계로 차별금지법을 미루는 정치권은 알아야 한다. 우리에게 필요한 사회적 합의는 차별금지법을 받아들일지 말지 결정하는 차원이 아니라, '특정한 사유로 타인을 차별하면 안 된다'라는 상식에 맞춰져야 한다. 사회적 합의라는 비겁한 말로 회피하지 말고, 차별 금지를 사회적 합의로 만들어야 한다. 언제? 바로, 지금!

미디어 속
비혼과 결혼 사이

"그래서, 왕자와 공주는 행복하게 살았습니다."

Happily ever after, '그 후로도 행복하게' 정도로 번역되는 말이다. 오랫동안 결혼과 행복, 사랑의 완성, 인간적 성숙은 하나의 완전무결한 패키지 상품이었다. 결혼을 해야 모든 절차를 클리어한 것으로 여겨졌다. 이제 우리는 안다. 결혼은 성장의 완결이 아니고, 살아가는 이상 현실에는 '엔딩'이 없다는 것을. '해피' 역시 결혼이라는 상태에 고착돼 머무는 관념이 아니다. 시대에 따라 행복의 정의와 사랑의 의미는 변한다. 결혼에 투영되는 욕망과 결혼이 상징하는 것 역시 바뀐다. 더 이상 결혼이라는 필터 하나로는, 나를 둘러싼 세계를 행복만이 가득한 세계로 여과할 수 없다. 이러한 인식의 변화는 오랫동안 결혼의 환상을 부추겨온 드라마와 예능에서도 포착할 수 있다.

〈옷소매 붉은 끝동〉(MBC, 2021)은 정조(이준호 역)와 궁녀 덕임(이세영 역)의 사랑을 다룬 사극이다. 동명의 소설을 원작으로 하며, 〈이산〉(MBC, 2007)이 정조의 파란만장한 정치 일대기를 다루었다면 〈옷소매 붉은 끝동〉은 정조와 덕임의 서사에 초점을 맞춘다. 좀 더 정확하게 말하자면 이 이야기는 왕과의 사랑이라는 커다란 해일 앞에서 선 궁녀 덕임이 자기 자신을 지키고자 고군분투하는 서사다. 드라마의 대표 카피는 다음과 같다. “왕은 궁녀를 사랑했다. 궁녀는 왕을 사랑했을까?” 정조의 유일한 승은 후궁인 의빈 성씨가 정조를 오랫동안 거절했다는 역사적 사실은 유명하다.〈이산〉에서 의빈 성씨와 정조의 사랑이 지연되는 이유는 불안한 정조의 정치적 기반 때문이다. 반면 〈옷소매 붉은 끝동〉은 그동안 아무도 주목하지 않았던 궁녀 덕임의 욕망을 좇아간다. 궁녀는 왕의 여자다. 궁녀에게는 왕을 거절할 권한이 없다. 왕은 요구하고, 궁녀는 받들어야 한다. 궁녀라면 누구나 왕의 사랑과 신분 상승을 꿈꾼다고 여겨진다. 그런데 덕임은 이를 원하지 않는다. 승은 상궁 또는 후궁이 되면 더는 자기 자신으로 살 수 없기 때문이다.

덕임은 궁녀라는 자신의 직업과 삶을 사랑한다. 여성이 직업을 거의 가질 수 없었던 시대, 유일한 여성 공무원에 해당하는 궁녀였기에 돈을 모아 어릴 적 헤어진 오빠를 뒷바라지할 수 있었다. 어린 시절부터 함께 성장한 궁녀 4인방은 덕임이 때로 정조보다 우선시할 만큼 덕임에겐 가족과 다름없다. 덕임이 가장 잘하는 것은 글 쓰고 사람들에게 책을 읽어주는 것이다.

그런데 왕의 승은을 입으면 덕임의 욕망과 재능은 무의미해진다. 왕과의 결혼이 경력 단절을 의미하는 것이다. 후궁은 왕을 기다리는 게 유일한 업무이고, (정순 왕후처럼) 혈육이 죽어도 갈 수 없는 처지다. 모두가 욕망하며 좋다고 평가하는 삶과 누군가에게는 초라해 보이고 수시로 '궁녀 따위'라고 무시당할지언정 자기 자신의 존엄을 지키는 소박한 삶 사이에서 덕임은 거침없이 후자를 선택한다. 드라마 방영 당시, 도대체 덕임이 왜 저러는지 모르겠다는 의견과 덕임을 이해한다는 의견이 팽팽하게 맞섰다. 사랑하면 응당 맺어져야 하고, 맺어졌다면 사랑의 지속 가능성을 증명하는 결혼으로 끝나는 것이 익숙한 전개였다. 이 지점에서 일부 시청자들의 거부감이 발생했다. 동시에, 하나를 선택함으로써 자기 자신으로 살고자 하는 의지와 지금껏 발 딛고 있던 모든 것을 잃어버리는 고통을 아는 시청자들은 덕임에 깊이 이입했다.

결혼으로 일약 신데렐라가 되는 것, 신분 차이를 극복하는 사랑은 지금껏 무수한 로맨스의 가장 강렬한 골인 지점이었다. 이 좋은 것을 거부하는 여자는 없다는 믿음이 진짜인 양 유통됐다. 선택권을 쥔 여자가 어떤 사람인지, 그가 최우선으로 삼는 가치는 무엇인지 묻지 않은 채 말이다. 〈옷소매 붉은 끝동〉에서 덕임은 결국 승은을 입는다. 이 장면은 분명 행복한 사건이지만, 전체적으로 비극적이고 처연한 분위기로 연출된다.

승은 상궁이 된 후에도 궁녀들과 섞여 잡일을 하던 덕임은 회임하면서 후궁으로 승격한다. 그리고 궁궐 밖으로 나들이 나가는 친구들을 보며 눈물을 흘린다. 자유롭던 궁녀 시절의 덕임이 친구들과 어울려 멀어지며, 덕임의 표현대로 평생 '구중궁궐'에 갇혀 살게 된 의빈 성씨에게 손을 흔든다. 덕임은 이전의 자신과 완전히 결별한다. 정조는 덕임을 사랑하며 아무것도 포기하지 않았으나 덕임은 사랑 외의 모든 것을 잃었다. 덕임은 천천히 병들어 가다 일찍 죽는다. 덕임이 궁녀로 계속 살 수 있었다면 어땠을까? 왕을 사랑하면서도 평범한 사내와 여인이기를 바랐던 덕임은, 왕에게 자신을 정말 사랑한다면 다음 생에는 모르는 척 옷깃만 스치고 지나쳐 가달라고 부탁한다. 사랑과 결혼이 덕임에게는 오히려 자기 자신과 일상적 행복을 박탈하는 비극적 사건이었던 것이다. 이러한 해석은 상대적 약자인 궁녀의 욕망에 주목하고, 결혼이 개인의 삶에 어떤 영향을 끼치는지 고찰해 볼 수 있는 사회적 분위기 속에서 가능했고 시청자의 공감을 끌어냈다.

결혼과 행복의 공고한 결합 연결고리는 삐걱거리다 점점 희미해지는 중이다. 2020년 '비혼 출산'을 한 사유리 씨가 KBS 육아 예능 〈슈퍼맨이 돌아왔다〉에 출연하자 일부 보수 단체가 반발했다. 사유리의 출연을 반대하는 청와대 국민청원을 올리고 방송국 앞에서 규탄 시위까지 벌였다. 그러나 KBS는 "시대가 변하면서 다양한 가족의 형태가 생기고 있고, 사유리 가족 역시 그중 하나"라고 일축했다.

사유리는 결혼-출산-양육이 한 세트라는 공고한 믿음을 깨고, 원하지 않는 사람과 억지로 결혼하기보다는 스스로 '원하는 삶'을 취사 선택했다. 비혼 에세이 『아니 요즘 세상에 누가』(위즈덤하우스, 2021)를 펴낸 작가 곽민지는 본격 비혼 라이프 가시화 방송 팟캐스트 '비혼세'를 진행한다. 결혼하지 않았을 뿐 다양하게 세상을 사랑하고 열정적으로 살아가는 내용으로 가득한 이 책에 김이나 작사가는 이런 추천사를 썼다. "이 책은 비혼이라는 탈을 쓴, 내가 나를 책임지고 사는 삶에 대한 이야기이며 고온의 사랑을 다루는 법에 대한 안내서이다."

결혼만이 유일한 사랑이자 행복의 매듭이 아니라는 사실을 우리는 너무 자주 잊는다. 조금만 고개를 돌려보면 표본을 쉽게 구할 수 있는데 말이다. 행복은 결혼 같은 선택 하나로 쉽게 방향을 틀고 그 안에 머무르는, 하나의 단순한 통합체가 아니다. 결혼이 행복을 약속하지 않듯 비혼이 불행을 약속하지 않는다. 마찬가지로 결혼이 불행을 의미하지도, 비혼이 자유만을 의미하지도 않는다. 이분법적인 평가를 넘어서서, 엔딩 없는 삶에서 매 순간 나 자신에게 물어야 한다. 나는 어떻게 살고 싶은가? 나의 행복은 어떤 빛깔이고, 언제 찾아오는가?

산후조리원

그렇게 엄마가 된다, '산모의 세계'

"순산 같은 소리 하고 있네. 세상에 순산이 어딨어. 내 새끼는 죽다 살아났구먼."

드라마 〈산후조리원〉(tvN, 2020) 1화, 출산 후 기진맥진한 오현진(엄지원 역)을 두고 순산했다고 말하는 시부모에게 오현진의 엄마(손숙 역)가 하는 말이다. 이 대사는 이 드라마가 추구하는 방향을 선명하게 드러낸다. 모성의 신비화와 절대화에 가려졌던 '산모의 세계'를 당사자의 시각에서 구성한 것이다.

이 드라마는 기본 소개부터 심상치 않다. "회사에서는 최연소 임원, 병원에서는 최고령 산모 현진이 재난 같은 출산과 조난급 산후조리원 적응기를 거치며 조리원 동기들과 함께 성장해 나가는 격정 출산 누아르." 누아르?! 그러고 보니 출산은 아주 위험한 유혈 사태잖아?! 그런데도 지금까지 숭고한 희생으로 두루뭉술하게 포장되거나 '누구나 하는 것'으로 폄하됐다. 당장 출산했던 친구가 보낸 카카오톡 메시지를 열어 보았다. "내 인생 처음으로 칼 댄 곳이 회음부라니…." 아, 친구여, 읽기만 해도 밑이 아픈 것 같구나.

맛깔난 소개에 걸맞게 〈산후조리원〉은 재난 영화와 스릴러의 연출 방식을 적극적으로 차용하고, 출산과 육아에 관련된 웃음 코드를 적절하게 배치한다. 출산 중 삼도천을 건너다 저승사자와 몸싸움을 벌여 돌아오는 오프닝이나, 출산 후 소외되는 기분을 "그렇게 나만 즐겁지 않은, 알 수 없는 축제"라고 표현하며 난데없이 추는 삼바, 아기를 데리고 처음 세상 밖으로 나올 때 지금까지 무심하게 넘겼던 모든 것이 위험 요소로 작동하여 과장된 방어를 펼치는 장면 등이 아기의 탄생 이후 급격하게 출렁이는 산모의 세계를 다채롭게 보여준다. 관장과 제모부터 출산 후 오로까지 여성의 몸에 벌어지는 변화를 사실적으로 다루고, 이 과정을 '굴욕기' '짐승기' '무통천국기' '대환장파티기'처럼 경험한 사람의 관점에서 새롭게 정의하기도 한다. 재난 영화가 사회상을 반영하듯, 걱정 출산 누아르 혹은 출산 블록버스터 〈산후조리원〉은 임신과 출산을 둘러싼 다양한 담론에 질문을 던진다. 충돌하는 가치관과 욕망, 출산 이전과 이후 자아분열이 일어나는 여성의 내면, 모성 신화를 둘러싼 억압을 수면 위로 끌어낸다.

조리원에 입소한 초반, 오현진은 다른 산모들과 어울리지 못하고 겉돈다. 모성에 등급을 매기는 기준(자연주의 출산인가? 모유를 먹였는가?)은 엄마들을 기차의 1등 칸부터 꼬리 칸에까지 나누어 싣는다. '워킹 맘' 오현진은 꼬리 칸 탑승자에다, 엄마 역할도 영 어색해한다. 아기를 처음 보자마자 샘솟는 사랑을 느끼기보다 왜 이렇게 빨가냐고 의아해하고, 아기에게 사랑한다고 말하는 데 어려움을 겪는다. 그런 자신이 사이코패스는 아닌지 의심하며 남들은 감탄하는 아기 똥에 구역질한다. 수유보다 회사에서의 지위가 우선이다. 오현진은 끊임없이 자신이 나쁜 엄마가 아닌지 의심하고 검열한다. 사회가 오랫동안 공기처럼 주입한, '정상적이고 바람직한 엄마 상', 모성 1등 칸의 기준이 오현진을 옥죄는 것이다.

사회의 축소판인 조리원에는 절대적인 규칙과 다양한 인

간 군상이 있다. 모유 수유를 강조하는 세레니티 산후조리원의 운영 방침은 '기승전젖'에 가깝다. 모든 식단과 프로그램이 모유 생산을 위한 것이고, 모유 수유 여부와 모유의 양이 엄마의 사랑을 증명하는 유일무이한 방식인 양 통용된다. 조은정(박하선 역)은 아들 쌍둥이를 키우는 일상을 SNS에 올리는 육아 인플루언서 '둥이맘'이자, 풍부한 정보와 경험을 인정받는 완벽한 엄마이다. 실상은, 독박 육아에 시달리며 남의 눈을 신경 쓰느라 바쁘다. 국민 '여신'이었던 한효린(박시연 역)은 임신하면서 처음으로 먹는 것에 해방감을 느끼며 17년 만에 처음 배불러 봤다고 말하지만, 여배우가 결혼하거나 출산하면 출연료가 깎이는 현실에서 복귀할 수 있을지 불안해한다. 박윤지(임화영 역)는 '아픈 아기'의 엄마이다. '재난 같은 출산'에서 모두가 건강하고 완벽한 산모와 아기일 수 없는데도, 우리 사회가 소위 성공 사례만 조명한다는 사실을 환기한다.

육아 정보를 얻으려고 억지로 자신을 바람직한 모성 상에 맞춰가던 오현진 앞에, 견고한 산후조리원의 질서를 뒤흔드는 문제적 엄마 이루다(최리 역)가 등장한다. 이루다는 처음부터 분유 수유를 선택하며, 산모들이 당연히 여기고 따르던 여러 방침에 합리적 질문을 던진다. ㅇㅇ엄마라고 불리는 것이 보편적인 조리원에서 꾸준히 자신의 이름을 어필하는 이루다는 비혼모다. 정상적인 가정이나 기준이라는 게 있냐며 되묻고, 엄마와 아기가 행복한 게 최고라고 생각한다. 이루다는 "엄마는 원래 다 그렇다"며 희생을 당연시하는 조은정에게, "엄마가 원래 그런 게 아니라 그쪽이 그런 거"라며 "그쪽은 얼마나 완벽한 엄마냐"고 응수한다. 그런 이루다 역시 아기가 생겼으니 남자친구와 '당연히' 결혼해야 한다는 압박을 받는다. 오현진과 이루다는 세대를 초월하는 우정을 나누고, 긍정과 공감 아래서 오현진은 비로소 아기에게 사랑한다고 말한다. 강요와 주입이 아니라 스스로 느낄 때 자신에게 적절한 온도의 모성이 싹트는 것이다.

오현진은 '조동'(산후조리원 동기)들과 갈등하고 화해하고, 공감하고 이해하며 성장한다. 그렇다. 성장. 낳는다고 자동으로 엄마가 되는 게 아니다. 이루다의 말처럼 아기를 낳았다고 해도 여전히 '나는 나'니까. 게임 속의 레벨 업도 경험치가 쌓여야 하는 법. 엄마도 인간의 다양한 역할 중 하나에 불과하다. 배우고 헤매고 익숙해지는 과정이 따른다. 초등학교에 입학했을 때처럼, 신입 시절처럼, 새로운 정체성과 역할 앞에서 인간은 위축되고 실수하기 마련이다. 그런데 유독 엄마에게는 그러한 시행착오와 서투름, 개인차가 허용되지 않는다. 우리 사회는 천편일률적인 '엄마'의 틀을 만들고, 출산한 여성뿐만 아니라 모든 가임 여성을 부어

주조하려고 한다. 온 국민이 좋은/나쁜 엄마 스티커를 들고 쫓아다니는 꼴이다. 정작 길에서 만나는 어린이에게는 친절과 관용을 베풀지 않고, 노 키즈 존 따위나 만들면서 말이다.

오현진은 말한다. "엄마가 되면 행복해야 정상이겠죠? 난 엄마가 된 후로 진짜 엉망진창이 됐거든요. (…) 난 아기를 안 낳았으면 어땠을까 후회도 하는데. 나 너무 나쁜 엄마죠." 이루다는 말한다. "엄마라고 무조건 행복할 수 있나요." 산후조리원 멤버들은 아기를 낳은 후 축하하고, 멋대로 행복을 단정하는 목소리 속에서 소외됐던 자신의 불안과 고통을 털어놓는다. "우리가 불안을 인정한 순간 비로소 행복해졌다." 좋은 엄마라는 기준은 획일적이고, 정상 가정이라는 조건은 그 안에서 벌어지는 폭력을 은폐한다. 아동학대 10건 중 8건은 친부모가 가해자다. 이제 이러한 기준에 대한 전면적인 검토와 재정립이 필요하다.

어떤 '정상적이고' '왕도의' '올바른' 임신과 출산과 육아의 형태가 있다고 굳게 믿고, 그러한 믿음을 신봉하느라 실존하는 개인을 괴롭히고 일그러뜨리는 폭력은 결국 무엇을 비호하는가?

당사자가 아닌 사람에게는 엄마와 모성의 순수성을 평가

할 자격이 없다. 사회 구성원으로서 그리고 언젠가 아이였던 개인으로서 아기와 양육자를 환대할 의무만 있을 뿐이다. 더 많은, 더 다양한, 더 풍부하고 섬세한 여성의 임신·출산·육아 서사가 간절하다.

미쓰백 / 문명특급

아이돌 당사자가 말하기 시작했다

"내가 어떻게 하다가 여기까지 왔지…."

'제국의 아이들'의 하민우가 '숨듣명'(숨어서 듣는 명곡)으로 화제가 된 데뷔곡 '마젤토브Mazeltov'를 처음 접했을 때의 반응이다. '티아라'의 효민은 '야야야'로 활동할 당시, 무대에 올라가기 전 "괜찮아, 괜찮아" 하고 멤버들을 달랬다고 한다. 〈문명특급〉의 '숨듣명'에서 볼 수 있는 장면이다. 〈문명특급〉은 SBS 디지털뉴스랩의 웹 예능 프로그램이다. 듣기에는 어쩐지 부끄러운, 그러나 중독성 있는 노래를 재조명한다는 취지로 원곡 가수나 작사가, 안무가를 만나는 콘텐츠인 숨듣명이 대표적이다.

숨듣명에서 재조명되는 곡은 '이런 걸, 이렇게까지?'라는 반응을 유발한다. 생략된 부분을 채우면 다음과 같다. "이렇게 '난해한' 것을, 이렇게까지 '열심히(잘)'?" 〈문명특급〉은 추석 특집 TV 버전으로 편성될 만큼 핫하며, 그만큼 인기 요인도 자주 회자된다. 진행자 재재의 탁월함, 1990년대생이 주를 이룬 제작팀의 '지금까지와는 다른 예능'을 추구하는 윤리관, 과거를 아름답게만 기억하지는 않는 밀레니얼 세대의 K팝으로 눈물 닦기…. 그러나 숨듣명의 핵심은 좀 더 복잡하고 깊숙한 곳을 건드린다. 숨듣명이 웃음을 섞어 슬그머니 소환하는 것은, 아이돌 본인의 목소리다. 숨듣명이 해당 곡의 가수를 '당사자'라고 부르는 것 또한 이런 맥락에서 매우 적절하다.

숨듣명은 매회 왜 이런 노래가 나왔는지, 이것을 수행한 아이돌의 마음은 어떠했는지, 그들이 어떤 최선을 고민했는지 헤아리고 짚는다. 지금이야 맥락 없는 가사와 독특한 멜로디가 중독적이고 재미있다고 평가받지만, 하민우와 효민의 말처럼 직접 실연하는 당사자는 난감했을 것이다. 멋있게 빛나고 싶어서 가수를 꿈꾸지, 우스꽝스러워 보이고 싶은 사람은 없을 테니까. 재재는 부당한 상황에 대신 화를 내주고, "(나는) 진짜 이렇게 열심히 못 살아"라며 고개를 젓는다. 숨듣명을 통해 우리는 처음으로 당사자의 이야기를 듣는다. '틴탑'의 니엘은 "한 번도 이렇게 딥하게 이야기해 본 적이 없다"고 말하고, '유키스'의 수현은 처음으로 '시끄러' 안무에 대해 진지하게 설명할 기회를 얻는다.

기회가 드물었다는 사실은 의미심장하다. 아이돌은 수많은 스케줄을 소화한다. 그러나 주어진 시간은 갑작스럽게 요구하는 애교나 섹시 댄스, 복근 공개에 허비되기 일쑤다. 이렇게까지 작업물에 관심이 없어도 되나 싶게. 아이돌이 다른 연예계 종사자들보다 특히 어리기 때문일까? 홍민지 숨듣명 PD의 말처럼, 과도한 감정 노동이 요구되는 직업이라 함부로 대해도 뒤탈이 없기 때문일까? 아니면 여전히 춤추고 노래하는 직업을 '딴따라'라고 천시하는 뿌리 깊은 유교 사회의 잔재일까? 원인은 복합적이다.

결정권과 커뮤니케이션이 부재한 채 까라면 까야 하는 상황 역시 반복적으로 드러난다. '써니힐'의 빛나는 '미드나이트 서커스'에서 지시를 무시하고 무대에서 웃었다가 혼이 났다. 그런데 숨듣명을 촬영할 때야 콘셉트에 대한 설명을 듣고 웃으면 안 되는 이유를 처음 이해한다. 정보가 충분하지 않았던 것이다. 나르샤는 '삐리빠빠'의 뮤직비디오 내용이 뭔지도 모른 채 연기했다. '남녀공학' 출신의 수미와 찬미는 자신들의 의사가 반영되지 않은 활동명을 은근히 저격하기도 했다. 아이돌은 다양한 직업군이 협업하는 '팀플'이지만, 정작 가장 큰 위험 부담을 지는 당사자가 소외된다.

난해한 노래를 개인의 역량과 성실함으로 해낸 성과, '명곡'이라는 쿠션 안에서 비로소 고충을 토로할 수 있는 멍석이 깔린다. 티아라는 무대 소품을 멤버들이 직접 조달한 기억을 회고한다. 이때 기획사가 한 짓은? 이 금액으로도 충분하지 않냐며 소품 예산을 더 깎았다고. 틴탑은 멤버 대부분이 10대일 때 바람피우는 것을 들키기 싫으니 누나는 향수 뿌리지 마라고 말하는 노래 '향수 뿌리지 마'를 불렀다. 니엘은 일부러 최대한 상큼하게 불렀다며, 가사를 중화하고자 한 나름의 전략을 밝혔다. 노래 때문에 부정적인 이미지가 씌워지면 피해는 고스란히 멤버들에게 돌아가니, 얼마나 고민했을지 상상이 간다.

아이돌 착취 구조의 문제점이 더 노골적으로 드러나는 버전은 MBN의 예능 〈미쓰백〉(2020)이다. 〈미쓰백〉은 '잊혀진 걸그룹 멤버의 인생 곡 만들기'를 목표로, 여전히 노래하고 싶은 이들에게 기회를 주자는 취지의 예능이다. 가영(전 스텔라), 나다(전 와썹), 레이나(전 애프터스쿨·오렌지캬라멜), 세라(전 나인뮤지스), 소연(전 티아라), 소율(전 크레용팝), 수빈(전 달샤벳), 유진(전 디아크)이 출연한다. 그중 가영과 세라의 사례가 많은 공분을 샀다.

가영은 파격적인 섹시 콘셉트를 내세웠던 그룹 '스텔라' 출신이다. 그러나 기획사는 선정적인 의상을 강요하고, 테스트용 사진을 동의 없이 공개하고, 의미를 설명하지 않은 채 성적인 뉘앙스를 풍기는 영상을 촬영했다. 세라는 노출 의상을 입은 어린 멤버들을 보고 눈물을 흘렸다. 아이돌은 성별 불문 매력을 어필하는 직업이다. 여기에는 성적 어필 또한 포함되기에 아이돌은 언제나 예쁜 옷을 입고, 잘 다듬어진 외모와 언행으로 대중 앞에 선다. 그러나 당사자의 동의 없이 연출하는 성적 스펙터클은 '섹시 콘셉트'가 아니라 '착취'다. 현실에서 여성이 노출되는 성적 위협을 생각(실제로 가영은 SNS에서 온갖 성희롱을 당한다)하면, 자신의 맨살은 한 뼘도 내놓을 필요 없는 관계자의 착취가 얼마나 무책임하고 폭력적인지 실감하게 된다.

공황 장애로 인한 약물 부작용과 생활고에 시달리는 세라의 영상에는 아르바이트라도 하라는 댓글이 달린다. 디아크 출신의 유진은 스리잡 아르바이트를 하며 틈틈이 음악 활동을 이어간다. 사람들은 유진 같은 서사를 좋아한다. 역경에 굴하지 않고, 성실하게 일하며 꿈을 좇는 '캔디'를 보고 싶어 한다. 그러나 모두가 내 눈에 합리적이고 기특하게 살 수는 없다. 어릴 때부터 지속해 온 직업을 바꾸는 것 또한,

남의 일이라 얹는 말만큼 쉽지 않다. 건강한 신체를 전제로 하는 노동 환경에 자신을 맞출 수 없는 몸도 있다. 그런가 하면 임신과 출산으로 가수를 그만둔 소율은 채워지지 않는 갈증에 시달린다. 상대적으로 안정적인 환경의 소율은 '그다지' 절박하지 않다는 댓글이 달린다. 소율 역시 현실에서 흔히 접하는 경력 단절 사례이다. 여기서 초점을 맞춰야 할 것은 '무엇이 개인의 꿈과 희망을 박탈하는지' 뿐이다. 우리에게는 함부로 타인을 비교하고 불행의 서열을 매기거나 대안을 제시할 권리가 없다. 각자의 욕망과 고통은 다르며, 자신의 문제는 당사자가 가장 치열하게 고민하니까.

세라는 앨범을 내고 콘서트도 하고 싶어 한다. 가영은 한여름에도 긴 옷만 고집할 만큼 트라우마가 깊지만, 무대가 좋다며 〈미쓰백〉에 지원했다. K팝 산업의 폭력적 구조를 지적하는 것이 '빻았으니까 없어져야 한다'라는 손쉬운 결론으로 흘러서는 안 되는 이유다. 어떤 직업을 선택하든, 인간은 기본적인 권리를 보장받으며 일할 수 있어야 한다.

〈미쓰백〉이 출연자의 사연을 자극적으로 편집하고 비참하게 보이도록 연출하는 점은 다소 아쉽다. 가영이 상처받았던 사진을 다시 내보내는 것 또한 적절하지 않다. 그러나 숨듣명의 제작진처럼, 직접 뛰어들어 변화를 끌어내려는 자들이 어디에나 있다. 〈미쓰백〉에서는 송은이와 백지영이 이러한 역할을 한다. 백지영은 1화에서 세라가 약물 부작용 때문에 자신도 기억하지 못하는 장면이 나오자 잠깐 영상을 정지해 달라고 요구하고 세라에게 말한다. "방송 안 나갔으면 좋겠으면 제작진에게 이야기해." 백지영의 배려를 받으며 결정권을 쥔 세라는, 자신을 보고 공황 장애가 있는 사람이 한 명이라도 공감받고 치유되길 바란다고 말한다.

서로 다른 입장의 '경력 단절'된 K팝 걸그룹 멤버들이 모인 〈미쓰백〉. 다양한 욕망과 재능과 가능성을 가진 이들이 안전한 환경에서 존중받으며 다시 한번 자신의 역량을 발휘하기를 바란다. 더 많은 당사자가 더 숨지 않고 자신의 이야기를 들려주기를 기다린다.

이 글은, 그런 환경을 만드는 데 부려놓는 아주 작은 돌멩이 하나다.

여자들의 은혜로운 파라다이스

"그동안 참 외로운 싸움을 막…. 치열하게 하셨겠구나."

2019년 3월 1일 방송된 〈나 혼자 산다〉에서 화사는 모델 20주년을 돌아보는 한혜진의 인터뷰를 듣다가 눈물을 흘린다. 한혜진은 모델이라는 직업의 특수성과 악의적인 외모 평가로 인한 고충을 토로한 참이었다. 박나래의 눈시울이 덩달아 붉어진다. 남성 패널들이 꿔다놓은 보릿자루처럼 어리둥절한 가운데, 그 장면을 시청하던 나의 관자놀이에도 뜨거운 눈물이 흘러내렸다. 화사는 말한다. "그걸 20년을 하셨으니까. 저는 이제 갓 그냥 5~6년 정도 됐는데도 하시는 말 하나하나가 그냥 맘에 너무 와닿더라고요." 박나래는 여자 연예인의 삶과 애환에 공감하며 멘트를 마무리했다. 그리고 2020년 6월, 화사는 '마리아'를 발표했다. 화사가 직접 작사에 참여한 노래는 이렇게 시작한다. "욕을 하도 많이 먹어서 체했어, 하도."

화사의 뮤직비디오를 보면서 다시 그 순간의 감정이 떠올랐다. 나와 전혀 상관없는 세 사람의 감정이 시간과 공간을 초월하여 나와 함께 일렁이던 순간이. 우리 사회에서 여성으로 규정되며 살아온 사람이라면 알 것이다. 언제 어디서든 따라붙는 외모 평가와 성적인 위협, 문제를 제기하는 순간 '예민한 별종'이 될까 봐 참는 갑갑함, '네가 선택'했으니 '그 정도'는 감수하라는 압력, 여성의 사소한 언행은 큰 결점으로 뻥 튀겨버리는 이중잣대, '여자니까'와 '여자면서 어떻게'의 경계에서 발이 묶이는 딜레마….

한혜진, 박나래, 화사는 나이도 직업도 다르지만 이 복잡한 차별과 폭력의 레이어를 통과했다는 공통점이 있다. 세 사람만큼 화려하거나 극적이지 않더라도 개인의 삶에는 제 몫의 무게와 고요한 싸움이 깃든다. 자빠지고 깨지는 기록이 새겨진 내 안의 계량기가 머리의 승인 없이 눈물의 펌프를 밟았을 것이다. 물 들어가요~! 아니 근데, 솔직히 나만 운 거 아니잖아요? 그치? 그 순간의 교감 때문만은 아니었겠지만, 세 사람은 유독 찰떡같은 케미를 자랑했다. 이 인기는 스핀오프 예능 〈여은파: 여자들의 은밀한 파티〉(2020)로 이어진다.

한혜진, 박나래, 화사가 함께했던 모임에서 따온 〈여은파〉는 지상파용 '순한 맛'과 비교적 자유로운 콘셉트의 유튜브용 '매운맛'을 제공한다. 한혜진은 사만다, 박나래는 조지나, 화사는 마리아라는 부캐(부가 캐릭터)로 분하여 함께 소풍을 가고, 로고 송을 녹음하고, 홈트용 비디오를 찍는다. 진가를 맛보려면 지상파와 한국이 좁은 박나래가 수시로 '유튜브 갬성'을 외치는 '매운맛'이다. 매화, 박나래가 도대체 무슨 유튜브를 보는지 조사하라는 댓글이 아우성칠 만큼 대사와 콩트가 아슬아슬한 수위를 넘나든다. 특수 분장에 가까운 화장과 의상, 가끔은 서로 질색할 만큼 강렬한 캐릭터, 쉴 새 없이 핑퐁이 이어지는 캐릭터의 합으로 〈여은파〉는 순한 맛으로도 동 시간대 시청률 1위를 달린다.

〈여은파〉의 가장 큰 매력은 역시 '관계성'이다. 사전적 정의로는 "둘 또는 여러 대상이 서로 연결되어 있는 성질"인 이것은 예능의 중요한 문법인 동시에 사실상 재미의 모든 것이다. A가 B와 있을 때와 C랑 있을 때 태도나 분위기가 다르고, 언니거나 동생일 때 다르고, A와 B 둘만 있으면 좀 어색한데 C가 끼면 갑자기 텐션이 올라가고, C는 동갑이랑은 투닥거리지만 동생한테는 한없이 너그러워지고…. 대상의 다양한 면모를 볼 수 있고 조합에 따라 다른 맛이 느껴지니, 소위 '덕질'도 관계성이 있어야 불타는 법. 〈여은파〉에서 3인방의 강한 개성은 씨줄과 날줄처럼 엮이며 관계성의 그물을 짠다.

박나래가 강렬한 토크와 분장으로 분위기를 이끌면, 라디오 DJ 내공이 엿보이는 한혜진이 적당히 중심을 잡고 (그러다 같이 휘말리면 재미가 두 배) 맹한 듯 순한 화사가 묵묵히 따르거나 나른하게 뻗대는 식이다. 한혜진은 박나래의 모든 개그를 다소 버거워하는 듯하면서도 진심으로 좋아하는 것이 보이고, 박나래는 풍부한 리액션과 지지 속에서 어느 순간 개그를 내지른다. 박나래와 한혜진은 아이돌인 화사를 배려하여 분장 경쟁에서 "마리아는 좀 봐주자"고 물러서고, 화사는 "언니들이 그럴 때마다 눈물 날 것 같아"라고 말한다. 화사는 폭주하는 박나래와 쿵짝을 맞추다가 한혜진에게 제지당하고, 방송을 잊고 먹을 것에 신경이 쏠리다가 잡혀 오지만, 로고 송을 녹음할 때는 능숙하게 멤버들을 리드한다. 연장자의 관용, 막내의 어리광, 특수 직업군의 프로의식, 편한 사람끼리 있을 때 풀어지는 얼굴 근육이 다채롭게 펼쳐진다. 이 촘촘한 그물에 빠져나갈 틈 없는 웃음이 빼곡하게 걸린다.

예능에서 남성 연예인 혹은 제작자의 관계성은 쉽게 찾아볼 수 있다. 가장 흔한 도식이 '형님-아우'이고 노골적으로는 '유 라인(유재석)' '강 라인(강호동)' '규 라인(이경규)'으로 언급된다. 얼장즈, 조동아리, 구 라인, 김태호 사단, 유영석 사단, 용띠클럽…. 최근 제작자를 겸하는 송은이의 활약으로 '송 라인'이 여성 예능인 관계성에 등장했지만, 빛을 본 지 얼마 되지도 않아 친분 위주를 지적하며 식상함을 걱정하는 소리가 나왔다. 그동안의 유서 깊고 뿌리 깊은 친목은 잘도 견디더니 말이다. 이번에는 셋 이상의 등장인물이 중심인 작품을 5초 안에 대보자. 영화 〈세 얼간이〉, 각종 뮤지컬과 드라마로 각색된 알렉상드르 뒤마의 원작 소설 『삼총사』, 영화 〈스물〉, 시트콤 〈세 친구〉….

그리고, 〈미녀 삼총사〉. 이 뛰어난 3인방은 그러나 여성이기에 그냥 삼총사여서는 안 되고, 미녀여야 한다. 남자 셋은 한없이 지질하거나 유능하지 않아도 괜찮지만, 여자 삼총사는 유능하고 매력적이기까지 해야만 '좀 팔리는' 것이다. 그런 점에서 〈여은파〉의 외모 꾸미기는 흥미롭고 신선하다. 서로 다른 매력의 세 사람이 집착하는 기준은 오로지 '누가 더 웃기고 과하나'이다. 이기려고 혈안이 된 세 사람에게서, 친구끼리 유치하고 무용하지만 그래서 즐거운 경쟁을 벌일 때 달아오르는 열기가 느껴진다. 박나래는

'팻 셰이밍Fat Shaming'(살찐 몸을 부끄럽게 여기게 하는 것)이 공기처럼 퍼진 사회에서, 세계적인 슈퍼모델 앞에서도 주눅 들지 않고 엉덩이를 들이민다. 다이어트 미션이 다소 불만스럽지만, 이것조차 '다이어트 도시락 싸기'처럼 성격 차이가 드러나는 모습으로 살려내는 〈여은파〉의 내공이 예사롭지 않다.

웃고 화내며 그야말로 날뛰는 세 사람을 보며, 화사의 '마리아' 뮤직비디오 마지막 장면을 떠올렸다. 펜과 시선에 찔려 피투성이가 됐던 화사에게 마마무 멤버들이 꽃과 선물을 들고 찾아온다. 박나래도, 한혜진도 힘든 순간 곁에 있었던 친구와 동료의 존재를 이야기한다. 누군가는 말할 것이다. "야, 제일 쓸데없는 게 연예인 걱정이야." 맞는 말이다. 슈퍼모델과 코미디언, 아이돌로 각자의 입지를 확실하게 다진 세 사람을 안쓰러워하면 너무 주제 파악 안 되는 것 아닌지? 수면 잠옷 입고 입에 투게더 아이스크림 묻힌 나나 잘해야 하는 것 아닌지? 하지만 사람이 어떻게 쓸모 있는 것만 하면서 사나요. 낭비도 하고 사치도 하면서 살지.

연예인 걱정은 쓸데없는 게 맞지만, 한 사람의 유명인에게는 본인이 의도하든 하지 않았든 여럿의 욕망과 오해와 해석이 쏟아진다. 특히나 여성 연예인이라면 본인의 의견을 더해서 그 몸은, 서로 다른 해석과 의견이 충돌하는 '배틀 그라운드'가 된다. 데뷔 초 공개적으로 성형 수술을 감행하며 가십거리가 되어야 했던 박나래가 예능에서 "얼굴에 내 것은 없다. 얼굴계의 법정이다. 무소유다"라고 농담을 하기까지, 마른 몸을 유지해야만 하는 한혜진이 사회적으로 도움이 될 만한 일을 고민하기까지, 노출하면 노출했다고 브래지어를 안 하면 안 했다고 욕을 먹었던 화사가 세상의 모든 마리아를 위로하기까지, 한 사람의 세계에 얼마나 많은 낮과 밤이 바뀌고 천둥 번개가 치고 눈이 쌓였는지 타인은 알 수 없다. 그러니 섣불리 판단하고 비난하는 대신 곁에서 함께 웃고 즐기자고 말하고 싶다. 조금은 쓸데없는 걱정을 해가며, 이 특별하고 사랑스러운 친분이 넓히는 저변에 작은 돌 하나 받쳐놓으며, 슬그머니 엉덩이 붙이고. 거기가 바로 여자들의 은혜로운 파라다이스다.

스트릿 우먼 파이터

잘 봐, 여자들 인생이다

소년 만화를 좋아했다. 우정, 노력, 승리, 모험과 성장, 눈물과 콧물과 땀, 가슴이 뜨거워지는 경쟁…. 시들해진 것은 언젠가부터 그 세계에는 내 자리가 없다는 사실을 깨달은 뒤다. 순정 만화의 풍부한 스펙트럼과 별개로, 여캐(여자 캐릭터)가 주인공인 서사는 전체적으로 봤을 때 턱없이 부족했다. 여캐는 주인공의 친구이거나 첫사랑이거나 매니저이거나 동료였다. 때로는 높은 능력치를 자랑했지만 그래봐야 '여자'로 소비됐다. 기괴할 정도로 강조된 신체 굴곡이나 로맨스가 인물의 존재 이유였다. 실패도 성장도 극복도 우

정도 주인공인 소년의 것이었다. 여캐의 미래에 기다리는 것은 등장인물 중 한 명의 아내가 되어 앞치마를 입고 등장하는 경력 단절 엔딩. 노인을 위한 나라만 없냐? 여캐를 위한 나라도 없다. 이런 좌절을 맛본 적 있다면, 다양한 욕망을 거침없이 드러내는 여성 캐릭터에 목말랐다면, 여성 간의 관계성과 성장 서사를 기다렸다면 이 말에 가슴이 뛸 것이다. "제 눈 똑바로 보세요." 2021년 최고 히트 아이템인 Mnet의 여성 댄서 크루 서바이벌 프로그램, 〈스트릿 우먼 파이터〉(이하 〈스우파〉) 안 본 사람?

또 서바이벌 프로그램이다. 게다가 Mnet과 '여성 ○○○'? 언제나 불안하지만 흥행이 보장된, 속된 말로 '팝콘 터지는' 조합이다. 연상 작용으로 악마의 편집, 자극적인 설정, 결과 조작 같은 단어들이 줄줄이 떠오르는 것은 어쩔 수 없다. 엠보니까. 스트릿 '우먼' 파이터라는 제목에서 알 수 있듯이 여성 댄서들이 춤으로 싸운다. 화려한 커리어의 걸출한 여성 댄스 크루 여덟 팀이 출연한다. 와이지엑스YGX, 라치카LACHICA, 원트WANT, 웨이비WAYB, 코카앤버터CocaNButter, 프라우드먼PROWDMON, 홀리뱅Holybang, 훅HOOK이 〈스우파〉의 주역이다.

첫 방송을 기다리는 동안, 따끔거리는 눈을 비비며 소독차를 쫓아다니던 시절이 떠올랐다. 언제쯤 Mnet의 농간에서 벗어날 수 있담! 그런데 어쩔 수 없다. 부아아아앙. 압도적인 소리와 뿌연 연기처럼, 〈스우파〉는 너무나 매혹적이다. 〈스우파〉를 사랑하지 않는 방법을 아시나요? 아니요, 그런 방법은 없습니다. 〈스우파〉의 인기는 시청률과 화제성을 가리지 않고 뜨겁다. 이 재미를 견인하는 것은 의심할 나위 없이 댄서들이다. 스트리트에서 다진 실력과 독보적인 캐릭터, 풍부한 관계성은 그간 여성들에게 허용되지 않았던 서사다. 각 영역에서 치열하고 뚜렷하게 존재하는 댄서들을 보며 깨닫는다. 이런 이야기와 여성은 없었던 게 아니라 그저 잘 보이지 않았을 뿐이라고.

〈스우파〉를 보다 보면 불시에 얻어맞는 듯하다. 자신만만하고 거침없는 댄서들의 언행은 평생 여자는 겸손해야 하고, '나대면' 안 되고, 공격적인 언행을 삼가야 한다고 들어 딱지 앉은 귀에 잽을 날린다. 자신이 이길 수 있을 것 같은 댄서를 지목하는 '약자 지목 배틀'에서 와이지엑스의 리정은 상쾌하게 말한다. "내가 약자? 난 한 번도 약자였던 적이 없는데?" 원트의 엠마는 "백 명이 있어도 나만 보이게 춤출 수 있다"고 자신한다. 코카앤버터의 제트썬은 남들 같은 방송 리액션은 기대하지 말라며, "우린 그딴 거 안 한다"고 단언한다. 본업에서 확고한 커리어를 쌓은 댄서들은 주눅 들거나 눈치 보지 않는다. 한껏 뽐내고 즉각적으로 의견을 밝히며 승부욕을 불태우며 달려든다. 짜릿하고 후련하다. 그런가 하면 의외의 매력으로 '능력 있는 여자=센 언니'라는 진부한 도식을 빠져나간다. 라치카의 가비는 메인 댄서에게 잘 보이겠다며 몰래 속눈썹 제품을 더 챙겨주는 엉뚱한 매력을 드러냈고, 훅의 아이키는 대놓고 상대를 견제하라고 깔아준 판에서 갑자기 동네 이름을 언급하며 분위기를 익살스럽게 바꿔버렸다.

이토록 빛나는 이들이 함께 춤추는데, 관계성 이야기를 안 할 수 없다. 죽마고우, 백아절현, 도원결의, 관포지교, △△친구… 우정은 전통적으로 언제나 남자의 것이었다. 여자의 우정은 이성애보다 급이 낮고 결혼하면 무의미해지며 사실은 질투와 이간질이 기본값이라는 편견은 낡았으나 공고하다. 앞으로는 그런 헛소리를 하는 사람에게 〈스우파〉를 틀어주자. 뜨거운 경쟁, 상대에 대한 존중과 애정이 넘친다. 〈굿 걸GOOD GIRL: 누가 방송국을 털었나〉(Mnet, 2020)이 서로 다른 여성 출연자들이 처음 만나 우정을 쌓는 과정이었다면, 〈스우파〉는 댄서들이 좁은 바닥에서 얽히고설키며 형성한 관계성을 드라마틱하게 조명한다. 오랫동안 한 팀이었다가 갈라선 홀리뱅의 허니제이와 코카앤버터의 리헤이가 맞추지도 않았는데 같은 타이밍에 같은 동작을 하는 장면은 각본 없는 드라마다. 두 사람이 배틀 후 끌어안을 때 과몰입한 시청자의 뺨에 흐르는 것은 뜨거운 눈물. 사제 관계였던 댄서가 함께 무대를 꾸리거나 날을 세우다가도 춤출 때만은 서로를 '리스펙' 한다. 동고동락한 댄서들은 함께 울고 웃는다.

이상한 일이다. 경쟁과 갈등은 자연스러운 것인데 여자들이 주체면 늘 문제가 됐다. '여적여'(여성의 적은 여성) 프레임에 빠지거나, 교정해야 하는 공격성으로 여겨졌다. 댄서들은 이러한 딜레마를 산뜻하게 돌파한다. 가장 눈에 띄기를 열망하는 동시에 무대를 위해 적극적으로 협조한다. SNS에서 서로를 응원하며, 악마의 편집이 납작하게 눌러버릴 수 없는 관계를 이어간다. 각 팀의 리더가 자신의 크루를 '우리 애들' '내 새끼'라고 부르며 극진히 챙기는 모습 또한 인상적이다. 8인의 리더는 각양각색이고, 위기 상황에서 자신만의 리더십을 발휘한다. 누군가는 다정하게 공감하고 누군가는 적극적으로 편을 들며 누군가는 엄격하게 몰아친다. 결과가 어떻든 크루원들을 다독이며 자신이 책임지려 한다. 시청자들은 각 리더의 유형에 따라, 선생님이었다면 어울렸을 가상의 급훈을 매칭하며 논다. 리더를 따르는 크루원들의 신뢰는 단단하고 애틋하다. 중압감을 헤아리고 적극적으로 협조하는 태도가 밀도 높은 팀워크로 이어진다. 소년 만화에 빠져 있던 내가 보고 싶었던 게 바로 이런 모습이었다.

'좋아하는 거 하자.' 〈스우파〉를 꾸준히 관통하는 문장이다. 그럴 수밖에. 춤은 즐거울 때 춘다. 누군가는 슬플 때 힙합을 춘다지만, 몸을 움직여야 하기에 자신의 안에서 솟아오르는 강력한 동력이 필요하다. 홀리뱅의 리더 허니제이도, 프라우드먼의 모니카도, 웨이비의 노제도. 인정받지 못할까 봐 전전긍긍하고 좋은 평가에 눈물 흘리면서도 자신의 중심을 강조한다. 춤은 남에게 보이는 행위고, 강렬한 정서적 감응을 끌어내야 하는 일이다. 그래서 더더욱 나의 고유함이 소중하다는 메시지를 던지는 〈스우파〉는 힘이 세다.

프로그램이 진행될수록 탈락 크루가 발생했다. 내로라하는 크루를 불러놓고 만든 탈락 제도는 거센 비난을 받았다. 미션 때마다 크루들은 탈락할까 봐 마음 졸인다. 상업 음악에 치중한 파이트 저지의 평가나, 인지도 싸움이 될 수 있는 조회 수와 '좋아요' 점수도 석연찮다. 가장 기이한 부분은 1위 크루가 탈락 후보를 선정할 수 있게 한 규정이다. 댄서들에게 춤 외의 다른 전략(꼼수)을 계속 생각하도록 만든다. 좀 더 댄서를 존중하고 퍼포먼스에 집중하는 포맷일 순 없었을까? 처음에는 다른 경연 프로그램과 달리 우승 상금에 대한 어떤 정보도 없다가, 여론이 불거지자 뒤늦게 추가된 점도 아쉽다. 이런 문제점을 댄서들이 몰랐을 리 없다. 웨이비의 노제는 탈락할 때 모두가 즐겁게 춤췄으면 좋겠다고 말한다. 오로지 춤을 사랑하는 마음으로 이 프로그램에 나온 것이 느껴지고, 탈락하면서도 누군가를 원망하는 대신 동료들을 챙기는 소감이었다.

〈스우파〉의 기획 의도는 세계적인 위상을 자랑하는 K팝 아이돌 뒤에 가려져 있던 댄서들에게 스포트라이트를 비추겠다는 것이다. 생각해 보면 우리는 너무 쉽게 중심과 배경을 구별하고 위계를 부여한다. 전면으로 나온 댄서들은 각자의 색깔로 빛난다. '백(Back)댄서'가 아니라, 댄서로서. 가슴 벅차는 서사다. '나'도 누군가의 배경이 아니라 내 무대의 주인공이다. Hey~ 스트릿 우먼 파이터~ hey! '스트릿'의 자리에 자신의 영역을 붙여보자. 갑자기 호랑이 기운이 솟아날지도 모르니. 나는… 라이터(Writer) 우먼 파이터? 라우파?!

흘리는 땀에는 성별이 없다

절기란 참 신기하다. 입추가 지나면 귀신같이 아침저녁으로 선선한 바람이 분다. 불볕더위와 함께 끝난 2020 도쿄 올림픽에서도 많은 스타가 탄생했다. 올림픽이 끝나면 으레 그렇듯이, 각종 방송 프로그램에서 반가운 얼굴을 다시 만날 수 있을 것이다. 기대와 함께 걱정이 앞서기도 했다. 특히 예능은 '얼짱' '국민 여동생' '성공해서 돈 많은' 프레임에 여성 선수를 끼워 넣는 요주의(?) 프로그램.

2020년 8월, KBS는 〈다큐 인사이트: 국가대표〉를 방송했다. 공식 소개는 다음과 같다. "2020 도쿄 올림픽이 선사한

여운과 감동을 이어 스포츠의 판도를 바꾼 여성 스포츠인 6인의 통쾌한 목소리를 담았다.” 박세리, 김연경, 지소연, 김온아, 남현희, 정유인이 출연했다. 다큐멘터리는 방송 후 온라인에서 큰 반향을 불러일으켰다. 남녀 선수의 비율이 일대일에 근접한 2020 도쿄 올림픽과 그동안 행해진 성차별적 중계 방송이나 여성 혐오적 공격이 방송의 의미를 입증했다. 48분짜리 〈다큐 인사이트〉가 쏘아 올린 공은 작지만 단단하고, 뜨겁다.

국가대표라는 소재와 올림픽이라는 사건이 만나면 쉽게 빠지는 함정이 있다. 바로 민족주의와 국가주의, 소위 ‘국뽕’이다. 게다가 해당 분야의 걸출한 스타, 전설을 한자리에 모았다. 이들의 선수 시절 업적만 모아도, 시청자는 뿌듯함을 대리 섭취할 수 있다. 그러나 〈다큐 인사이트〉는 선수의 화려한 성취를 조명하는 데 그치지 않는다. 배구선수 김연경은 여자배구 선수에게만 붙는 ‘미녀군단’이라는 표현에 의문을 느끼고, 축구 선수 지소연은 머리를 기르는 게 어떠냐는 제안을 많은 관계자로부터 받았던 일화를 털어놓는다. 수영 선수 정유인은 탄탄한 팔뚝 때문에 ‘여자 마동석’이라는 별명으로 유명해졌는데, 예전에는 그런 몸이 여자답지 못하다는 생각에 포토샵으로 근육을 줄였다고 말한다. 골프의 전설 박세리마저 “외모가 더 예뻤으면 더 잘됐을 것”

이라는 소리를 들었다. 유독 여성 선수의 외모를 트집 잡아 잡음을 일으키는 차별주의자가 많았다. 선수를 '요정' '공주' '낭자'라고 호명하는 중계 또한 같은 맥락이다. 여성 국가대표에서 국가대표가 아닌 '여성'에 방점을 찍는 행위이다. 이렇게 선수를 과도하게 여성화하는 차별은 너무나 만연해서, 발언을 하는 사람은 차별하는 줄 모르고 문제를 제기하는 사람조차 식상한 지적이 아닌지 걱정할 정도다.

〈다큐 인사이트〉의 이은규 PD는 기존의 미디어가 여성 선수를 다루는 관행에 문제의식을 느꼈다고 밝혔다. "미디어가 그려놓은 여성 선수들 모습은 놀라울 정도로 한결같았다." "과거 운동하는 여성을 다룬 다큐들을 보면, 꼭 여성 선수들이 수를 놓거나 뜨개질하는 모습이 나와요. 1988년 서울 올림픽 때에는 호돌이 모양 수를 놓기도 하고요(웃음). 김연경 선수도 흥국생명 시절 숙소에서 뜨개질하는 영상이 있더라고요."

누구인가? 누가 또 "알고 보면 천생 여자" 소리를 내었는가? 뛰어난 여성 선수를 '위협적이거나' '낯설지 않'은 여자로 납작하게 누르려는 시도는 곳곳에서 불시에 솟아오른다. 〈다큐 인사이트〉는 올림픽에서의 성차별적인 중계 방송, 여자축구 선수들에게 집에 치마가 몇 벌 있냐고 물어보는 장면, 운동할 때 좀 웃을 순 없냐는 질문을 받고 할 말을 잃은 박세리 선수 등의 자료를 적절하게 활용했다. 인터뷰는 다큐멘터리에서 이야기를 전개하는 내러티브의 틀이다. 인터뷰와 질문이 방향성을 결정한다. 2017년 SPOTV 채널이 제작한 김연경 다큐멘터리 〈우리 누나, 김연경〉에서 대뜸 김연경에게 "이제 서른 되시네요?"라고 놀린 것과 비교해 보면 차이는 더욱 선명하다.

〈다큐 인사이트〉에서 여성 선수들은 자주 흑백 처리된다. 상반신까지만 앵글에 잡힌 채 편안하고 당당하게 자신의 이야기를 한다. 과도하게 웃거나 앉아 있는 다리 모양을 신경 쓸 필요도 없다. 발화자에게 집중하여 메시지를 부각하는 연출이다. 그렇게 우리는 어느 때보다 진지하게, 자신이 몸담은 분야의 차별과 불평등에 맞선 선수들의 투쟁기를 듣는다. 김연경은 지속해서 여자배구의 열악한 처우 개선을 요구하고 낮은 샐러리 캡Salary Cap을 비판했다. '샐러리 캡'이란, 한 팀 선수들의 연봉 총액이 일정액을 넘지 못하도록 제한하는 제도이다. 여자배구는 남자배구보다 성적도 좋고 인기도 많지만, 샐러리 캡 금액이 적고 더 자주 동결된다. 이렇게 되면 여자배구 선수의 연봉은 남자배구 선수보다 적을 수밖에 없다. 박세리 역시 남자 선수와 여자 선수의 임금 차별을 지적한다. 2019년 기준 미국프로골프(PGA)와 미국여자프로골프(LPGA) 상금은 약 6배 차이가 난다(남자는 4억 1400만 달러, 여자는 7130만 달러. 총상금과 보너스를 합산한 금액). 지소연은 축구의 종주국에서, 무려 첼시 FC에서 뛰는데도 훨씬 더 열악한 여자축구 환경에 놀라 꾸준히 목소리를 냈다. 핸드볼 선수 김온아는 여자핸드볼이 더 많은 메달을 땄음에도 여자 지도자가 없는 현실을 말한다. "어릴 때는 솔직히 생각을 못했었는데 나이를 먹으니까 왜 메달리스트 언니들이 지도를 안 할까? 자리가 없는 걸까?" 여자핸드볼은 2020 도쿄 올림픽 8강 경기 중 강재원 감독이 선수들에게 폭언하는 장면이 고스란히 중계를 타면서 큰 비판을 받았다.

〈다큐 인사이트〉는 여성 운동선수의 투쟁과 자부심, 그리고 두렵지만 목소리를 내겠다는 용기를 조명한다. 성별이 아니라 실력으로 평가받고 싶다는 지극히 당연하고 투명한 욕망을 사회는 지금까지 손쉽게 짓밟고 일그러뜨렸다. 세계적인 선수에 페미니즘 이슈를 비비지 말라고 울컥한다면, 바로 그런 반응이 여성 운동선수를 힘들게 한다는 것을 알아야 한다. 여성 운동선수는 자신이 받은 부당한 대우에 반발하는 것조차 욕을 먹을까 걱정해야 한다. 그런데도 여성 참가자가 한 명도 없었던 최초의 올림픽부터, 성비가 일대일에 근접한 2020년 도쿄 올림픽까지 여성들은 포기하지 않았다. 〈다큐 인사이트〉는 이 연대와 투쟁의 역사를 한국 너머로 확대한다. 운동계의 남녀 임금 차별을 다룰 때는 빌리진 킹의 사례가 그렇다. 1970년대 여자테니스 선수 세계 랭킹 1위의 빌리진 킹은 남자 선수에 비해 터무니없는 상금에 반발했다. 그리고 이를 비웃는 전(前) 윔블던 챔피언 바비릭스와 대결을 펼쳐 세계적인 화제를 뿌렸다. 현재 테니스는 남녀 대회의 상금이 비슷한 얼마 되지 않는 종목이다. 2020 도쿄 올림픽에서 기계체조 독일 국가대표팀이 전신을 가리는 경기복을 입은 사실이나 세계적인 여자축구 선수 메건 라피노가 '동일한 기록과 트로피, 낮은 임금'을 비판한 연설도 짚고 넘어간다. 다양한 사례를 유기적으로 엮으면서 주제 의식을 관통하는 힘은 세졌다.

다큐멘터리는 때때로 현실 그 자체라는 오해를 받는다. 그러나 다큐멘터리의 편집을 거치는 순간 현실은 선별과 배제를 거친 구성물로 거듭난다. 다큐멘터리 속 사람은 현실 그 자체로 보이지만, 이러한 가공 속에서 재현된 인물이다. 재현은 선택과 제시, 구조화와 형태 결정의 능동적인 작업이다. "재현은 이미 존재하는 의미를 전달하는 것을 넘어, 사물들의 의미를 생산하는 능동적인 실천이다."* 우리가 현실의 대상을 어떻게 재현하고 전달할지에는 의도와 여과가 개입한다. 결과물은 그 총합의 반영이다.

똑같은 사람을 누군가는 뜨개질하는 여성으로, 누군가는 '우리 누나'로, 누군가는 강인한 국가대표로 그려냈다. 우리는 지금까지 어떻게 재현된 여성 선수만을 봤으며, 그 속에서 지워진 어떤 이야기를 원했는가? 〈다큐 인사이트〉는 바로 이 지점을 정확하게 건드렸다.

다양한 여성 운동선수와 입체적이고 진솔한 이야기에 목말랐다면 E채널 예능 〈노는 언니〉를 추천한다. 정유인은 이 프로그램에 출연한 후 자신의 근육에 감탄하는 시청자와 만나, 더는 자신의 몸을 부끄러워하지 않게 됐다고 한다. 매회 다양한 종목의 게스트가 출연해서 상식도 쌓을 수 있고, 여성 운동선수끼리 나누는 생리나 경력 단절 문제 같은 현실적인 고충도 들을 수 있다. 고정 출연진의 '케미'에서 나오는 재미 역시 쏠쏠하다.

* 남인영, 「한국 독립 다큐멘터리 영화의 재현 양식 연구」, 중앙대학교 첨단영상대학원 박사학위 논문, 2004, 16쪽 참고.

골 때리는 그녀들

여자가 무슨 축구냐고?
이 좋은 것을 가르쳐 준 적은 있고?

가만히 있어도 비지땀이 쏟아진다. 특히나 여자라면, 수단과 방법을 가리지 않고 노화와 그을음의 원인인 자외선을 차단해야 한다. 그런데 누구보다 비주얼에 민감할 여자 연예인들이 그늘 한 점 없는 뙤약볕 아래에서 종횡무진 달린다. 서로 밀치고, 동료끼리 다독이며, 벌겋게 익은 얼굴로 포효한다. SBS 수요 예능 〈골 때리는 그녀들〉(2021)의 한 장면이다.

설 특집 파일럿 프로그램으로 편성되어 인기를 끌었던 〈골 때리는 그녀들〉이 정규로 편성됐다. 최초의 여자축구 예능이다. FC 국대패밀리(국가대표 선수 출신이거나 축구 선수의 가족으로 구성), FC 개벤져스(개그우먼으로 구성), FC 구척장신(모델들로 구성), FC 불나방(파일럿 당시 〈불타는 청춘〉 출연자 중심) 4개였던 팀은 FC 월드클라쓰(외국인 방송인으로 구성), FC 액서니스타(배우들로 구성) 두 구단이 신설돼 총 6개로 늘어났다. 시즌 2에 이르면 다시 팀 구성이 조금 바뀌는데, 여기서는 시즌 1의 내용을 주로 다룬다. 파일럿 방송 당시 "남자 축구를 보는 줄 알았다" "(헤딩이) 핀 꿏은 자리에 맞았다" 같은 해설과 흥밋거리를 보는 듯한 태도를 두고 황진미 대중문화평론가는 "무례한 제작진이 만든 여혐 사회 축소판"이라고 비판했다. 정규 방송에서는 지적받았던 점을 조금씩 보완한 듯하다.

FC 국대패밀리는 파일럿 방송 당시 유니폼에 '○○○의 아내' 같은 문구가 새겨져 있었다. 정규 방송에서는 오롯이 선수의 이름과 등 번호만 남겼다. FC 국대패밀리가 입장할 때 뜨는 소개 자막은 그래서 상징적이다. "그 누구를 대신해서가 아니라 나를 대표하는 나만의 축구." 출연자들은 축구를 통해 새로운 자신과 만난다. 여전히 FC 월드클라쓰의 외국인 선수와 최진철 감독의 관계를 '딸'과 '대디'로 프레이밍 하는 등 고질적인 한국 예능의 병폐가 있다. 그러나 화면 가득 넘실대는 선수들의 파이팅은 몇몇 탐탁잖은 요소를 간단히 파묻어버릴 만큼 매력적이다.

여성 스포츠를 향한 갈망이 높아진 가운데 〈골 때리는 그녀들〉은 예능적인 재미와 다채로운 쾌감을 선사한다. 각 선수의 서사와 경기 내용을 교차해서 보여주는 편집이나, 파일럿 방송에서 우승한 FC 불나방을 디펜딩 챔피언으로 설정하고 꼴찌였던 FC 구척장신의 성장을 조명하는 구성은 축구를 모르는 시청자도 쉽게 끌어당긴다. FC 개벤져스의 김민경은 몸집이 큰 여성에게 지금껏 주어지지 않았던 강점을 아낌없이 발휘하며 촘촘한 수비를 타고난 피지컬로 뚫어버린다. 아무도 억지로 웃지 않고 마음껏 인상 쓰며 분해서 울음을 터뜨린다. 시즌 2에서 합류한 FC 아나콘다는 아나운서들로 이루어진 팀인데, 우리 사회의 '참한' 여성성을 가장 적극적으로 연기해야 하는 직업군이 축구를 시작하면서 변화하는 모습이 무척 인상적이다. 여성이 움츠러들지 않으며 질주하는 것을 보는 시각적 쾌감이 어마어마하다. 운동선수가 아닌 여성들이 몸을 부대끼고 경쟁하고 또 단합하는 장면이 그동안 미디어에서 얼마나 드물었는지 새삼 실감한다. 한혜진은 〈골 때리는 그녀들〉 제작발표회에서 "평소 각개전투식으로 활동하던 모델들이 서로의 이름을 연호하고 화내고 원망하는 모습을 보며 신선한 충격에 빠졌다"고 말했다. 신봉선은 SBS 파워FM 〈두시탈출 컬투쇼〉에서 "축구하시면 사고방식이 달라진다. 아이들도 시켜야 한다"며 축구를 추천했다. 특히 "왜 이 좋은 걸 여자아이들은 안 했는지 모르겠다"고 말할 때, 지금껏 '이 좋은 것'(비단 축구만이 아닌)으로부터 자연스럽게 배제당한 여성들은 그 진한 안타까움을 본능적으로 알아챌 수 있었다.

'여자가 무슨 축구를 하냐' '그게 축구냐' 같은 편견과 성별 고정관념은 두 개의 현실을 지운다. 하나는 '축구하는 여자들'의 존재. 세상은 번번이 지소연이나 여민지, 이민아처럼 뛰어난 선수가 활동하고 유소년 축구 대회나 월드컵에서 좋은 성적을 거두는 여자축구의 수준이나, 전국 어딘가에서 지금도 신나게 뛰는 여자축구인들을 무시하거나 과소평가한다. 또 다른 하나는, '여자는 원래 축구 같은 거 안 좋아한다'는 편견이 사실인 양 형성되는 과정이다.

여고 재학 시절, 체육 대회 종목에 축구가 있었다. 처음 봤을 때는 당황했다. "여고에서 축구라고?" 의외로 축구팀 모집은 대성황이었고, 입시가 우선순위인 인문계 고등학교에서 점심시간마다 '축구 특훈'이 열렸다. 축구팀에 들어간 친구들은 급식을 마시다시피 하고 황급히 공을 차러 뛰어나가곤 했다. 체육 대회 당일, 경기는 공 두 개로 진행됐다.

심판을 보던 남자 체육 교사가 한심하다는 듯이 비웃었다. "공만 따라다니네." 갑자기 화가 울컥 솟았다. 가르쳐 준 적은 있고?! 벌떡 일어나 목이 터져라 아무 팀이나 응원하기 시작했다. 뙤약볕 아래 흙먼지와 뒤섞인 친구들이 한껏 일그러진 얼굴로, 용맹하고 씩씩하게, 누구도 가르치려 들지 않았고 시킨 적 없는 축구를 하고 있었다. 어설프지만 즐겁고 뜨겁게. 여대에 다닐 때도 축구 경기가 매년 열렸다. 전통적으로 강세인 단대가 따로 있었고, 오후마다 운동장에서 축구 연습이 한창이었다.

조금 특수한 환경에 있었기에 여자축구라는 단어가 그렇게까지 낯설지 않았음에도 나는 그 모든 풍경의 구경꾼으로만 존재했다. 옆에서 강아지가 아무리 맛있게 간식을 먹어도 그건 내가 먹을 수 있는 게 아니듯, 한 입 달라고 하면 큰일 나듯, 제법 재미있어 보이고 보는 사람의 가슴마저 뜨겁게 해봤자… 축구는 내가 하는 운동이 아니라고 생각했다. 온갖 운동을 조금씩 찍어 먹으며 살아온 나에게 왜 하필 축구의 문턱만은 그렇게 높고 아득했을까.

생각해 보면 어렸을 때 드리블도 배웠다. 운동선수 출신인 아버지는 곧잘 언니와 나에게 씨름이나 축구 같은 걸 시켰다. 그런데 운동장에서 축구를 할 만한 공간을 차지하고 인원을 모으기가 쉽지 않았다. 남자아이들과 섞여서 축구를 할 만큼 튀고 싶지도 않았다. 굳이…? 소설 원작의 드라마 〈보건교사 안은영〉에서 사고를 일으키는 여학생 허완수(심달기 역)의 캐릭터를 선명하게 드러내는 장면 중 하나가 교복 치마를 입은 채 남자아이들과 뒤섞여 축구를 하는 것이다. 남자아이는 고개만 돌려도 공 찰 기회가 널렸지만, 여자아이는 '남다른' 혹은 '별난' 애 정도는 되어야 축구를 한다. '나'를 환영하지 않는 운동장에서, 여자아이는 한쪽에 앉아 있거나 피구나 하면서(그놈의 피구피구피구! 피구왕 통키로부터 '뒷광고'라도 받은 것인지?!) 체육 시간을 보내게 된다. 모두가 균질한 교육을 받아야 하는 공교육 현장에서, "원래 안 좋아한다"는 정당화는 얼마나 비겁하고 부당한가? 여학생 대상으로 교육 성실도를 따진다면, 전국의 많은 체육 교사는 근무 태만 의혹을 피하지 못할 것이다.

한채아는 "남자들처럼 야외에서 뛰면서 유산소 운동을 즐겁게 하면 좋겠다는 생각이 들어, 조기축구회를 알아보기도 했다"며 참가 의도를 밝혔다. 여자아이가 어릴 때부터 쉽게 운동을 접하고 기회를 잡는 환경이었다면, 김민경처럼 운동 신경이 뛰어난 코미디언이 우리나라 체육계의 역사를 바꾸었을 거라는 말도 농담 같지 않다. 이러한 갈망 때문인지, 〈골 때리는 그녀들〉의 재미를 견인하는 8할은 선수들의 열정과 파이팅이다. 리그에 참가하기 위해 전 선수가 4개월 이상 레슨을 받았다. 황선홍은 "편하게 왔는데 안에서 뛰는 선수들이 너무 진지하다"며 놀란다. MBC 〈라디오 스타〉에 출연한 이경실은 즐기면서 하자는 예능 마인드로 임했다가 신봉선에게 혼쭐(?)난 일화를 털어놓는다. 신효범은 노래할 때만큼이나 행복하다고 털어놓고, 송은영은 연습에 참여하고자 매일 경기도 광주와 대전을 오간다. 한혜진은 발톱이 빠지는 투혼 끝에 기어이 짜릿한 첫 골을 넣는다.

『우아하고 호쾌한 여자축구』(민음사, 2018)에서 김혼비 작가는 남자들이 조기 축구를 할 때 여자들은 축구와 조기 이별했다고 말하면서, 축구를 할 때마다 고루한 사회적 통념이 구획해 놓은 세상의 영역을 체감한다고 썼다. "이렇게 세상이 일방적으로 나눈 구획들이 선명하게 보일 때면, 우리가 속한 팀과 거기서 하고 있는 취미 활동이 그 영역을 어지럽히고 경계를 흐리는 데 일조하고 있다는 걸 자각하는 것이다. 우리가 지금 하고 있는 운동이 '운동'이 되는 순간이다. 일상에서 개인이 편견에 맞서 할 수 있는 운동이라는 건 결국 편견의 가짓수를 줄여나가는 싸움 아닐까. '여자가 ○○를 한다고?'라는 문장에서 ○○에 들어갈 단어의 숫자를 줄이는 것 같은. 나와 우리 팀과 수많은 여자축구팀 동료들은 저기서 '축구'라는 단어 하나를 빼는 일을 하고 있는 셈이다." 축구의 매력에 푹 빠진 선수들이 자유롭고 호쾌하게 축구를 즐길수록, 낡고 견고했던 어떤 벽이 흔들린다. 여자도 취미로 축구를 한다는 당연한 사실이, 그것이 너무나 즐겁고 특별하다는 확신이 누군가에게는 또 다른 기회의 슈팅이 될 것이다. 여자축구의 인기가 높아지면서 여기저기서 여자풋살팀이 늘어나고, 축구를 시작한 친구들이 눈에 띈다. 축구 하자는 제안도 태어나서 처음 받아봤다. 특별함이 일상이 될 때까지 〈골 때리는 그녀들〉의 도전이 이어지길, 우리의 그라운드가 더 넓어지길!

현재의 어려움은 영원하지 않다

5

내일을 위한 시간

왜곡된 지점에
프로아나가 모일 때

태어났을 때부터 체격이 크고 먹성이 좋았다. 질풍노도의 시기에도 "밥 안 먹어!"라고 성질부려놓고 마지못해 끌려온 척 밥상에 앉았다. 최후의 자존심으로 맨밥만 퍽퍽 퍼먹는 퍼포먼스는 빼놓지 않았지만…. 내가 관우였다면, 술이 아니라 국이 식을까 봐 청룡언월도를 휘두르며 헐레벌떡 돌아왔을 것이다. 그러나 "사람은 먹기 위해 사는가, 살기 위해 먹는가?"라는 질문에는 자신만만하게 "살기 위해 먹죠!"라고 외쳤다. 중학생 때였다. 그래 놓고 살기 위해서라면 안 먹어도 되는 붕어빵을 굳이 입천장 데어가며 깨물었다.

아 뜨뜨! 인정해야 했다. 나는 먹기 위해 사는 게 맞았다. 덜컥, 본능적인 수치심이 들었다. 먹기 위해 사는 삶은 열등하고, 살기 위해 먹는 삶, 즉 음식 앞에서 무심하거나 초연한 태도는 고상하게 느껴졌다. 여성의 몸을 조각조각 내서 평가하고 외모를 절대적이고 유일한 가치 평가 기준으로 두는 사회는 매일매일 공중에서 씨앗을 살포한다. 자신의 식욕을 수치스러워하고, 마른 몸을 이상화하는 메시지 말이다.

씨앗은 여러 내면과 환경 속에서 다르게 싹을 틔우고 줄기를 뻗어 여성을 조른다. SNS에서 유행하는 '프로아나'는 이 씨앗이 소셜미디어와 만나 형성한 기괴한 군락지다. 프로아나는 찬성한다는 뜻을 가진 '프로pro'와 거식증을 뜻하는 '애너렉시아anorexia'의 합성어다. 거식증 환자처럼 음식을 극단적으로 거부하거나 절식하면서 다이어트하는 행위 또는 사람을 일컫는다. '먹토'(먹고 토하기), '씹뱉'(씹고 뱉기)을 하며 설사약이나 이뇨제도 먹는다. 이들은 '프로아나 계'(프로아나 계정)를 만들어 '꿀팁'을 공유하고, 서로 질책하거나 격려한다. 목표는 '개말라'(매우 마른 사람)와 '뼈말라'(뼈가 보일 정도로 앙상한 사람)이다.

'Love yourself'를 외치고 적당한 운동과 건강한 식단으로 가꾼 탄탄한 몸이 아름답다고 찬양하는 세상 한쪽에, 극단적인 마름을 추구하며 병들어 가는 프로아나가 있다. 최근 5년간 국내 거식증 환자 중 10대 여성이 14.4%, 20대 여성이 11.4%다. 같은 기간 남성 환자 대비 여성 환자가 4배 이상 많다. 청소년기에는 외모에 관심이 늘어나고, 타인의 시선을 민감하게 의식하며, 외모 억압은 여성에게 더 강하게 작동한다. 여기까지는 보편적인 현상이다. 언제나 그랬다. '요즘 것'들이 유난히 멍청해서, 건강을 망치면서까지 예뻐지고 싶어 하는 게 아니다. 프로아나 현상에는 몇 가지 특수성이 있다. 외모 억압과 다이어트라는 역사성에, 지금껏 인류가 경험하지 못한 도구와 문화가 새로 첨가됐다.

『트릭 미러』(생각의힘, 2021)를 쓴 지아 톨렌티노는 인터넷이 "규모의 왜곡"을 일으킨다고 주장한다. 유저를 중심으로 세계를 구축해서, 오직 '나'의 관심사만 보여주고, 결국 현재 상태를 공고하게 하는 뉴스 미디어만 소비한다는 것이다. 이렇게 형성된 '우리'는 언제나 무조건 옳다고 느끼고, 더 나아가 광기에 빠지게 한다는 지적은 프로아나의 집단행동을 이해할 실마리를 제공한다. 프로아나는 극단적인 다이어트가 건강을 망친다는 것을 모르는 게 아니다. 건강보다 마름이 더 중요하고 이러한 신념을 공유할 뿐이다. 관심사와 외모 강박이 비슷한 사용자끼리만 모여 결속하다 보니 현실 감각이 왜곡된다. '개말라'가 되면 행복과 선망, 인정이 따라오지만 살찌면 불행하고, 살찐 사람은 자기를 혐오한다고 생각한다. 현실의 비만 혐오가 심각한 것과 별개로, 인터넷 환경 속에서 프로아나의 공포는 극단적으로 부풀려진다. 무엇이 이렇게 어린 여성을 내몰았을까?

개념부터 차근차근 짚어보자. 자신의 신체를 부정적으로 평가하거나 실제보다 크게 혹은 작게 왜곡하여 지각하는 현상이 '신체 왜곡Body Image Distortion' 혹은 '신체 불만족Body Dissatisfaction'이다. 프로아나는 자신이 뚱뚱하다고 느끼기 때문에 수치상의 체중이나 타인의 조언이 무용하다. 여성일수록, 나이가 어릴수록, 경제 상태가 낮을수록 신체 이미지를 왜곡할 위험이 크다는 연구 결과가 있다. '신체상Body Image'은 "자기 신체에 갖는 의식적, 무의식적 태도의 총합"으로, "개인이 자신의 신체 구조, 기능, 외모에 대하여 가지고 있는 태도와 느낌에 대한 개인 내적인 경험"이다. 미디어는 오랫동안 소수의 '이상적 신체'를 과잉 조명하면서 신체상을 일그러뜨리는 주범이었고 스마트폰과 SNS는 이 억압의 그물코를 더 촘촘하고 새롭게 짠다.

넷플릭스 다큐멘터리 〈소셜 딜레마〉(2020)는 스마트폰이 어떻게 인류를 황폐화하는지 고발한다. 그리고 미국 10대 여성의 자해로 인한 병원 입원율과 자살률이 폭증한 시기가 스마트폰이 보급되기 시작한 시기와 정확히 일치한다는 통계를 제시한다. 다큐멘터리 속 소녀는 '좋아요' 개수가 늘어날 때까지 자신의 얼굴을 보정하고, 나쁜 평가 한 줄에 우울해진다. 지금의 10~20대 여성은 어릴 때부터 다양한 필터와 보정 기능을 사용하여 '다른 얼굴'을 연출하고, 매 일상을 사진과 영상으로 기록하고, 인기가 실시간 '좋아요' 개수로 수치화되는 데 익숙하다. 연예인도 아닌데 외모 평가와 악성 댓글에 시달린다. Z세대에게 필터와 보정은 기본이고, 그 모습 또한 자신이라고 인식한다. 더 다양한 모습까지 자신이라고 받아들이는 '신체상의 확장'으로도 볼 수 있지만, 문제는 비교가 따른다는 것이다. 살아 숨 쉬고 대부분 부어 있으며 매일의 컨디션이 다른 현실의 나는 기억 속 '인생 컷'과 다를 수밖에 없다. 이 불일치가 새로운 시대의 신체 왜곡을 강화한다.

또 다른 요인은 인정 욕구와 자기 통제감이다. 캐럴라인 냅은 『욕구들』(북하우스, 2021)에서 여성이 먹는 것을 통제함으로써 자기 자신을 통제하는 효능감을 발휘한다고 분석하기도 했다. 거식증은 음식 먹는 것을 통제해 자기 자신에 대한 만족과 보상, 영향력을 확인하는 욕구와도 밀접하다.

프로아나 계정을 살펴보면 '예쁜 딸'이 되어 사랑받고 싶다는 동기 부여가 많다. 이전의 바람직한 자식 모델이 '공부 잘하고 말 잘 듣는' 모범생이었다면, 양육자가 아이를 SNS에 올리거나 영유아·청소년의 외모를 일상적으로 평가하는 환경에서는 '마르고 예쁜 것'이 새로운 효도가 된 것이다. 이외에도 개인의 심리적 외상으로 인한 방어기제, 혹은 대응 방식(록산 게이는 『헝거: 몸과 허기에 관한 고백』에서 강간당한 후 무의식적인 폭식으로 몸을 불려 성적 대상화로부터 벗어나려 했던 경험을 털어놓기도 한다), 유전적·신경생물학적 요인 또한 작용한다.

인스타그램에서 '#bulimia #anorexia'를 검색하면, "도움이 필요하세요?"라는 팝업과 함께 사용자가 지원받을 수 있는 조치가 뜨거나, 일부 게시물이 숨겨진다. 그러나 '#거식증 #프로아나'는 아무런 제약 없이 검색할 수 있다. 프로아나 활동이 가장 활발한 트위터도 마찬가지다. 17년간 앓아온 섭식 장애를 기록한 에세이 『살이 찌면 세상이 끝나는 줄 알았다』(창비, 2021)의 저자 김안젤라는 자살 사건의 기사 하단에 우울증으로 힘든 사람들이 도움을 받을 수 있는 기관의 연락처가 표기되듯, 다이어트 관련 기사에도 섭식 장애는 치료가 필요한 것이라는 사실을 명시해야 한다고 말한다. '의지'의 문제가 아니라, 사회적 구조로 인해 생긴 병이기 때문이다. 하긴, 다이어트나 몸매 이야기는 미디어와 일상에 공기처럼 퍼져 있어 들이마시지 않고 대화하기는 불가능하다. 그런데 이것이 얼마나 위험하고 나쁜지에 대한 인식은 부족하다. 오랫동안 누적된 신체에 관한 억압과 SNS의 폐해가 교차하는 때 누군가 청소년기를 보내고, 그중 취약한 사람이 프로아나가 된다. 프로아나는 일부 철없는 10대들의 이상 행동이 아니다. 사회적 질병이자 상징적인 현상이다.

개인적으로는 몸에 관해 말하지 않는 것부터 실천할 수 있다. 칭찬까지 포함해 '보디 토크Body Talk' 하지 않기. 또 내 이야기다. 한때 13kg을 뺀 적 있다. 가는 곳마다 축하와 칭찬을 들었다. 그런데 한 모임에서만은 아무도 그 큰 변화를 알아주지 않았다. 서운했다. 그러나 다시 체중이 불어났을 때, 유일하게 그 친구들을 만나러 가는 길만은 두렵지 않았다. 내 몸이 어떻든 내가 불안과 공포를 느끼지 않아도 되는 사회는 너무 이상적으로 보인다. 그러나 작은 공동체가 방공호가 되기도 한다. 프로아나의 세상이 '살이 찌면 끝나'는 것이라면, '살이 쪄도 그럭저럭 괜찮은 세상'도 존재한다고 알려주고 싶다. 작아도 엄연히 존재하고, 그 거대한 불안과 공포는 당신의 잘못이 아니며, 다이어트로부터 완전히 자유로워질 수는 없겠지만 신발 안의 돌멩이처럼 좀 거슬려도 그럭저럭 잘 살아갈 수 있다고, 말해주고 싶다.

참고 문헌

맹성준·한창근 「청소년의 신체 이미지 왜곡이 우울에 미치는 영향: 스트레스의 매개 효과를 중심으로」, 『보건사회연구』, 한국보건사회연구원, 2017.
권미선·최승원, 「20대 여성의 신체상 왜곡과 신체불만족에 관한 연구」, 『문화와 융합』 제 42권 12호, 한국문화융합학회, 2020.

건강한 몸이 기본값이라는 환상

언젠가부터 타인에게 하는 악담 중 "유병장수有病長壽하세요"라는 말이 하나의 밈이 됐다. 덕담인 '무병장수'를 살짝 비튼 이 말은, '낫지 않는 병을 앓으며 오래 사는 것'이 죽는 것보다 더 큰 고통이라는 인식을 바탕으로 한다. 병과 함께 산다는 것은 정말로, 신과 함께 하는 7개의 지옥보다 끔찍할까? 현실에는 많은 환자가 살고 있는데도? 철저하게 병과 환자를 타자화해야 욕으로 쓸 수 있는 말이다. 또한, 이렇게 질병을 잘못의 인과 관계로 엮으면 질병은 '징벌'이 된다. 그러나 질병은 업보가 아니고, 환자는 잘못의 대가를 치르는 수인囚人(옥에 갇힌 사람)이 아니다. 코로나 바이러스를 예로 들어보자. 감염은 생활 방역 지침을 무시하고 타인의 안전을 위협하는 고의적 테러 행위를 저지른 사람과 가능한 한 수칙을 지키며 성실히 노동하는 사람, 영·유아를 가리지 않는다. '유병장수'라는 말을 사용하는 사람은 알아야 한다. 자신의 울화를 분출하려는 말의 칼날이 엉뚱한 사람을 겨눈다는 사실을.

나의 친구 '재'는 4기 유방암 만성질환자로 살아가는 암 생존자이다. 2020년 7월, 재는 시민 연극 〈아파도 미안하지 않습니다〉에 배우로 참여했다. 동명의 책 『아파도 미안하지 않습니다』(조한진희, 동녘, 2019)의 저자가 기획하고 배우가 자신의 질병과 삶을 이야기하는 연극이다. 나드, 다리아, 목우, 재, 안희제, 홍수영. 여섯 명의 시민 배우가 차례차례 무대에 오른다. 낫지 않는 질병을 안고 살아가는 몸은 말한다. 실패와 절망, 고통과 같은 단어로 납작하게 눌러버릴 수 없는 아픈 몸의 삶을, 건강 중심의 세계와 인식이 휘두르는 폭력을, 의료 권력의 오만함을, 아픈 몸의 연결과 질병 서사의 확장을 시도하는 용기를.

여섯 개의 이야기 중 나의 발목을 낚아챈 장면이 있었다. "네가 나으면 그런 모습일 것이다"라고 낙관하는 연인에게,

자신은 나을 수 없다고 말하지 못하는 장면이다. 사랑하는 사람이 지금의 '나'를 온전히 받아들이지 못하고 가상의 정상성을 규정한다는 것. 사랑해서, 사랑하니까, 사랑하고 싶어서 가까운 이가 더 희망적으로 아픈 '나'를 부정하는 모순이 박히듯 아팠다.

정상성과 의료 권력의 힘이 억센 우리 사회는 '어떤 질병도 없는 건강한 몸'을 기본값으로 설정한다. 이러한 세계관에서 우리는 모두 건강하고 온전한 몸을 타고난다고 여겨진다. 어릴 때 아프면 부모가 죄책감을 가지고, 성장해서 아프면 환자가 자책한다. 건강을 잃고 질병을 얻는 것은 '관리의 실패'고, 질병은 내 몸을 전쟁터 삼아 '싸워 이겨야 하는 대상'이며, 따라서 '완치'하여 다시 건강한 몸을 '탈환'하는 것이 당연하다고 믿는 환상. 통증이나 질병이 없는 건강한 몸은 사실 아주 드물다. 간호학과를 다닌 친구들은 시험 기간마다 매번 인간은 정말 다양하게 아프다며 그 무수한 질병들에 혀를 내둘렀다. 운이 좋아 튼튼하게 타고났다 하더라도 우리가 상상하는 건강은 어디까지나 일시적인 상태에 불과하다. 여섯 명의 시민 배우에게도 질병은 갑자기 찾아왔다. 이들은 철인 삼종 경기에 참가하거나 배드민턴 아마추어 선수를 할 만큼 건강했다.

누구나 아플 수 있다. 우리는 쉽게 아플 수밖에 없는 세계에서 산다. 과중한 노동, 열악한 생활 환경, 오염된 식자재나 안전 기준을 준수하지 않은 화학 제품…. 누군가는 그저 취약하게 태어나기도 한다. 그런데도 건강 중심 세계에서는, 관리 소홀로 건강을 망쳤다고 환자를 비난하는 언어가 출몰한다. 운동을 안 해서, 잠을 안 자서, 담배를 피워서, 인스턴트를 너무 많이 먹어서…. 인간의 모든 선택이 매 순간 건강에 긍정적인 방향일 수 없음에도, 병에 걸리면 결과론적으로 환자의 모든 행동이 줄줄이 심판대에 오르는 것이다. 서로 다른 질병을 앓는 여섯 명의 배우에게 비슷비슷한 평가와 훈계가 따라붙는다.

아프면 으레 '빨리 나으세요'라는 말이 따라붙는다. 맞춤법을 틀려 '낳으세요'라고 쓰는 사람이 많아서 일종의 농담으로 통하는 이 대화의 각본은 우리가 질병을 어떻게 인식하는지 보여준다. 아프면 나아야 하고, 투병의 목적은 완치라는 생각이 일반적이다. 완치를 목적으로 하면 아픈 몸은 넘어가서는 안 되는 경계에 놓인다. 분리되고 단절된다. 그러나 어떤 병은 낫지 않는다. 같은 병이라도 양상이나 경과가 사람마다 다르고 의술은 한계가 있다. 온전한 건강이 도달할 수 없는 환상이듯, 완치라는 개념도 그렇다. 기획자 조한진희는 자신의 책과 연극의 프로그램 북에서 "온전하게 아플 수 있는 질병권"을 말한다. 이 질병권은 '완치'와 '실패'라는 이분법 속에 갇혀 있는 질병의 개념을 확장하고, 그 과정의 삶에 초점을 맞추는 행위이다.

연극에 참여한 안희제 작가는 『난치의 상상력』(동녘, 2020)을 발간했다. 난치병인 크론병을 앓으며 저자는 매 순간 정상성과 비정상성 사이를 진자처럼 오간다. 겉으로 보기에는 멀쩡해 보여서 언제나 자신의 아픔을 증명해야 한다. 저자는 일상적이고 작은 순간의 투쟁과 상상력으로 조금 더 나은 세상을 그려본다. "나는 낫지 않고, 나의 고통은 피부에, 피부 아래에, 근육과 힘줄 사이에 살아 숨 쉰다. 우리의 경험과 고통에는 쓸모를 벗어난 가치가 존재한다."

『실격당한 자들을 위한 변론』(김원영, 사계절, 2018)에는 자신을 비정상이나 결여된 존재가 아니라 고유성을 가진 존재로 인식하는 것의 중요성을 강조하는 대목이 나온다. 세상이 결여나 결핍, 부족함이라고 정의한 어떤 속성을 적극적인 정체성으로 규정하면서 긍정적인 의미가 부여되거나 부정적인 의미가 소거되는 것이다. 쉽지 않아 보인다. 그러나 건강 중심 세계가 '아픈 몸' '잘못된 몸'이라고 규정하고 배제하는 몸을 가진 이들이 지금 이 순간에도 치열하게 사유하고 실천하는 일이다.

이미 아프기 시작한 몸, 앞으로 아플 수밖에 없는 몸, 아픔이 극복하고 말고의 문제가 아니라 그저 일상이자 자기 자신 그 자체인 삶은 누구에게나 닥칠 수 있다. 아픔과 질병은 관리의 실패나 일상의 붕괴가 아니라, 지금까지와는 다른 조건의 삶이 시작되는 일이다. 병든 몸이라도 삶의 연속성은 유지된다. 재는 '암 생존자'를 바라보는 타자화된 시선과 획일화된 이미지를 흔들고, 아픈 몸을 가시화하는 다양한 시도를 했다. 항암 치료 때문에 머리카락이 빠지자 '삭발식'을 인스타 라이브로 중계하고, 여성 의류 모델에 지원하여 화보를 찍었다. 여성의 장기적인 노동과 기술, 노동을 대하는 태도와 환경 등을 여성 베테랑을 통해 알아보는 WSW(We are Still Working; wsw.or.kr) 프로젝트의 공동 대표로도 활동 중이다. 내가 진행하는 팟캐스트 〈밀림의 왕〉에 재를 초대해서 '쾌차가 밀림, 아픈 몸으로 살아간다는 것'이라는 주제로 이야기를 나누기도 했다. 이러한 작업을 통해 당장에 해결할 수 없는 문제를 함께 헤쳐나가는 사람들이 필요하다는 논의를 한다. 돌봄 노동과 공공 의료의 중요성을 주장한다.

이제 우리에게는 건강의 개념과 기준을, 그리고 회복의 의미를 다시 쓰는 작업이 필요하다. 기획자 조한진희는 "아무리 노력해도 건강 세계 시민권을 가질 수 없는 이들에게, 회복된다는 것은 다른 아픈 몸들과 연결된다는 것"이라고 말한다. 완치와 극복이 아닌, 회복과 지속성을 추구하기. 연극에 참여한 배우 나드의 대사를 인용한다. "나는 다시 많은 에너지를 다해 치료받고 나아지기 위해 노력해야 할 것이다. 축 처진 몸과 마음을 일으켜 전진하기 위해서 어쩔 수 없이 간절해져야 할 것이다. 하지만 이제 그 목표는 고통을 피하기 위해서가 아니라 고통 한가운데를 잘 통과하기 위해서이다. 아프지 않기 위해서 아픈 몸이 존재하는 것이 아니므로. 육체의 아픔이 펼쳐놓은 오랜 전투에서 얻은 건, 완전한 치유가 아닌 완전한 치유로부터의 자유였다."

관객과의 대화에서 나는 수줍음을 무릅쓰고 말했다. 질병과 아픈 몸을 가시화하려는 친구의 노력이, 건강과 질병에 대한 나의 편협한 사고를 무너뜨리고 세계를 확장했다고. 연극에 참여한 배우들이 그 경험을 엮어 책을 냈다. 『아픈 몸, 무대에 서다』(오월의 봄, 2022). 연극을 놓쳤다면 책으로 만나봐도 좋겠다. 여섯 몸의 삶과 만나고, 그 사이에서 튀어오르는 새로운 가능성을 기대한다.

몸이라도 내 마음대로, 보디 프로필의 자기 효능감

새해 목표가 '운동하기' 또는 '다이어트'인 사람이 많을 것이다. 트렌드를 반영해서 좀 더 구체적인 목표를 설정했을지도 모르겠다. 예를 들면 '보디 프로필 찍기' 같은? 보디 프로필이란 운동과 식이 조절로 몸을 탄탄하게 가꾼 후, 전문 스튜디오에서 최상의 몸 상태를 찍은 사진이다. 헬스 트레이너나 보디빌더, 모델 등의 직업군에서 포트폴리오 개념으로 찍던 것이 최근 일반인 사이에서도 엄청난 인기다. 사진을 공유하는 SNS 인스타그램에서 '바디(보디) 프로필'을 태그한 게시물은 380만 건이 넘는다.

보디 프로필을 둘러싼 논란은 다양하다. 자기 계발의 관점에서 건강하게 운동하고 성취감을 느끼는 것은 당연히 좋은 일이다. 운동으로 달라진 몸과 체력을 실감하거나, 의지력의 결과를 사진으로 남기거나 공유하여 인정받는 것 또한 긍정적인 경험이다. 동시에, 보디 프로필이 과도하게 상업화되고 성적 대상화됐다는 비판 역시 타당하다. 일부 트레이너들이 성과를 위해 무리한 계획을 짜서 몸을 혹사하는 바람에 건강이 나빠지거나, 근육을 보여주려고 벗은 몸을 포르노의 문법으로 찍는 스튜디오도 있기 때문이다. 보디 프로필을 둘러싼 다양한 욕망의 맥락들을 살펴보고, 그중에서도 '자기 효능감'이라는 개념으로 보디 프로필 문화를 읽어보고자 한다.

보디 프로필은 3개월 정도의 기간을 잡고 진행되는 프로젝트다. 체지방을 빼고 근육을 두드러지게 하려고 탄수화물과 지방을 극단적으로 제한한다. 남성은 체지방률 5~10%, 여성은 10~15%를 목표로 삼는 것이 일반적인데 이는 매우 낮은 수치다. 촬영 예정일이 다가오면 수분 섭취량을 조절하기도 한다. 웬만한 의지력으로 안 되는 일이다 보니, 보통 PT를 끊어서 트레이너와 함께한다. PT 비용 수백만 원에, 식단 관리에 드는 비용이나 프로필 촬영에 필요한 메이크업과 태닝 비용, 촬영 비까지 수십만 원이 추가된다. 몸과 마음과 통장이 힘든 데다, 촬영이 끝난 후 대부분 요요 현상을 겪는데도 보디 프로필 열풍은 뜨겁다. 여기에는 코로나19 팬데믹 상황이라는 배경도 한몫한다. 건강 관리의 중요성이 커지면서, 여행 등을 갈 수 없게 되면서 그 자금이 몸을 관리하는 것으로 돌아갔다는 것이다.

보디 프로필이 소위 'MZ' 세대라고 구별되는 2030 사이에서 유행하는 만큼, 떼려야 뗄 수 없는 것이 바로 SNS다. 운동하고 식이 조절을 하는 사람은 언제나 있었지만, 이제는 그 결과를 적극적으로 공유하고 해시태그를 통해 전시하는 시대가 열렸다. 보디 프로필은 자신을 표현하는 수단 중 하나이며, 단순히 잘 가꾼 몸을 보여주는 것을 넘어 의지와 라이프 스타일, 그리고 보디 프로필을 찍을 수 있는 경제적·시간적 여유를 상징한다. 강도가 올라간 미적 기준 또한 영향을 끼친다. 예전에는 몸을 아름답게 재현하는 직업인 모델이나 연예인에게 요구되던 기준, 이를테면 납작한 배라든가 쪼개지는 등 근육 같은 요소를 이제는 일반인도 선망하고 쟁취하고자 노력한다.

'건강한 몸'은 매너리즘(?)에 빠질 뻔한 다이어트 산업이 새롭게 발견한 땅이다. 여리여리한 몸, 굶어서 뺀 살은 유행이 지났다. 그런 것은 더 이상 쿨하지 못하고, 자기를 사랑하지 않는 사람이나 하는 선택 취급받는다. 건강한 몸이 곧 날씬한 몸은 아닐진대, 건강을 위해 운동하라고 권유하는 이미지는 언제나 체지방이 적고 엉덩이가 빵빵한 모델의 형상을 하고 있다. 그냥 체중계 숫자를 줄이는 것으로는 부족하고, 체지방을 빼고 근육까지 적절하게 증량해야 성공적 다이어트다. 이것이 곧 자기 관리, 자기를 사랑하는 Love yourself로까지 확장된다. 운동하고 가꿔서 탄탄한 몸을 만드는 것은 가장 직관적이고 빠르게 자기가 어떤 사람인지, 내가 나를 얼마나 사랑하는지 보여주는 행위다. 달라진 자신을 체험하고 보여줌으로써 자기 효능감을 손쉽게 움켜쥘 수 있다.

자기 효능감은 행동적 변화를 중재하는 공통적인 인지 기제이다. 개인이 '특정 기술을 어느 정도 행할 수 있는가'의 판단을 의미한다. 자기 효능감은 성공적으로 과제를 수행할 때 현재 가지고 있는 사회적·인지적·행동적 기술들을 통합하고 적용하는 생산적인 기제라고 해석되기도 한다. 이것은 현재의 행동에 영향을 미치는 것을 넘어 미래의 행동에도 영향을 미친다. 이것은 자기 존중감과 자아 개념, 그리고 자신감과도 구별된다. 자기 효능감은 구체적인 상황에서 특정 활동을 성공적으로 수행할 수 있다는 믿음이다. 일반적으로 실패를 많이 한 사람보다 성공 경험이 많은 사람이 긍정적인 자기 효능감을 가진다고 한다. 그래서 자기 효능감을 쌓으려면 작은 성공을 반복적으로 경험하는 것이 중요하다. 간략하게 요약하자면 자기 효능감은 특정 상황에서 자기 자신에 대한 믿음과 통제권을 의미한다. '나'는 '상황'에 '끌려가지 않고', '나'의 '선택'과 '의지'로 일상을 조절하며, 아무나 할 수 없는 과제를 해낸다는 짜릿함. 캐럴라인 냅은 『욕구들』에서 이 자기 효능감의 일환으로 음식을 통제하고 굶는 섭식 장애 경험을 고백했다. 미라클 모닝의 유행 또한 같은 맥락이다. 이때 다른 영역에서는 자기 효능감을 느끼기 어려운 사회 구조적 문제를 간과하면, '소확행'(소소하지만 확실한 행복)처럼 모든 것을 사적인 영역으로 환원하고 개인의 문제로 축소하게 된다.

보디 프로필의 유행은 '내 맘대로 되는 건 내 몸뿐'인 현실을 먹고 자라났다. 모델 한혜진이 운동하는 이유에 대해서 한 말은 이러한 세태를 잘 반영하는데, 다이어트 자극 문구로도 유명하다. "세상사 일, 연애, 인간관계, 돈, 내 마음대로 되는 게 하나도 없지만 내 몸만큼은 내 의지로 변화시킬 수 있다." 저성장 시대 청년층의 딜레마가 여기 있다. 정말 열심히 살았는데 입시부터 취업까지 뭐 하나 쉬운 게 없고, 지금의 나는 어린 내가 상상했던 것보다 훨씬 초라하다. 그럴 때 자기 자신을 몰아붙여 몸을 변화시키는 것은 빠르게 성취감을 느낄 수 있는 '치트키'다. 하지만 현실적으로 몸은 전혀 내 마음대로 되지 않는다. 욕구는 툭하면 의지를 배반하고, 건강은 예측 불허의 방향으로 핸들을 꺾는다. 보디 프로필의 일정 자체가 어느 정도 타고나게 건강해야 한다. 정말이지 조금만 아파보면 안다. 제일 내 마음 같지 않은 게 내 몸과 건강이라는 진실을.

아름다움을 연출하고 타인에게 과시하고 싶은 욕망은 자연스럽다. 인류는 원시 시대 때부터 치장과 화장을 했다. 욕망 자체가 언제나 옳을 필요도 없다. 심지어 누군가 보디 프로필의 원래 목적과 달리 성적 대상화되고 싶은 욕망에 보디 프로필을 찍는다고 하더라도. 이를 단순히 비난하기보다 논의는 더 확장되어야 한다. 왜 우리는 건강해지기 위해서 하는 운동마저 추가 비용을 들여 보기 좋은 사진을 찍어서 인증해야 하는가. 우리 사회는 벗은 몸을 어떻게 곧장 성적으로 물화하는가, 성적 매력을 어필하는 여성을 안전과 권리를 침해해도 되는 존재로 격하하는 것은 얼마나 부당한가, 욕구를 충족하면서도 안전할 방법은 어떤 것인가 등등. 보디 프로필을 찍느냐 마느냐, 어떻게 찍느냐보다 중요한 것은 무엇이 건강한 몸이며, 나는 어떤 몸과 평생 더불어 살아가는가, 몸을 통제하는 자기 효능감과 어떻게 잘 공존하는가 같은 고민이다. 개그우먼 김민경의 운동 능력에서 입증됐듯, 건강은 날씬한 몸과는 무관하다. 최근 운동을 배우는 중인데, 인보디상의 변화가 없어 시무룩할 때 운동 선생님의 조언이 큰 동기 부여가 됐다. "근육은 양보다 질이고, 운동 능력은 인보디 기계나 눈에 잡히지 않는다." SBS의 축구 예능 〈골 때리는 그녀들〉에 출연 중인 모델 이현이는 축구를 하다 보니 외모를 전혀 신경 쓰지 않게 됐다고 했다. 운동의 즐거움과 의미는 결과로서의 몸에 한정되지 않는다.

보디 프로필이 '전성기'의 몸을 기록한다는 인식 또한 한 번쯤은 돌아볼 필요가 있다. 젊고 탄탄한 육체만이 '진짜 나'이고, 가장 소중하고 가치 있는 것일까? 나와 함께 내 일상을 살아가는 몸은 밥을 먹으면 배가 나오고 나이를 먹으면 살이 처진다. 자신의 의지력을 한계까지 밀어붙여 보는 시험은 재미있지만, 삶은 순간의 이미지 바깥에서 훨씬 더 입체적이고 풍요롭게 흘러간다.

참고 문헌

김민희, 「바디 프로필 경험자의 자기 효능감과 이미지」, 한양대학교 석사학위 논문, 2022.

육아 예능이
정상 가족을 비호하는 방법

방송인 사유리가 육아 예능 〈슈퍼맨이 돌아왔다〉(이하 〈슈돌〉)에 출연했다. 〈슈돌〉은 유명인 아빠가 48시간 동안 육아를 맡으며 일어나는 일을 방영하는 육아·관찰 예능이다. 결혼 없이 정자를 기증받아 아기를 출산한 사유리는 〈슈돌〉 역사상 첫 '엄마' 출연자다. 〈슈돌〉 측은 "우리 프로그램 제목의 '슈퍼맨'은 아이들이 태어나서 처음으로 마주하는 히어로, 영웅이라는 뜻을 담고 있다. 사유리 역시 한 아이를 키우는 슈퍼맨의 길로 들어섰다"며 섭외 의도를 밝혔다. 일부 차별주의자들은 사유리의 육아 예능 출연이 비혼을 부추긴다며 청와대 국민청원과 KBS 시청자 권익센터에 출연 반대 글을 올렸으나, 중요하지 않으니 넘어가자. 차별을 정당화하고 현존하는 가족 형태를 부정하는 목소리를 굳이 증폭시켜줄 필요는 없으니까~! 그보다는, 육아 예능과 정상 가족 이데올로기의 결탁을 살펴보고자 한다. 노골적이지만 아기 뺨처럼 보들보들한 감동이 중간중간 끼워져 더 거부하기 어려운 침투에 대해서.

육아 예능을 비판하는 목소리는 꾸준히 있었다. 기존의 가부장적인 한국의 가족 문화, 차별적인 젠더 고정 관념을 그대로 드러낸다는 것, 아빠가 하는 육아나 가사의 비일상성을 강조함으로써, 일상적으로 행하는 여성의 노동을 은폐한다는 것, 현실과는 동떨어진 환경으로 시청자에게 위화감을 준다는 것. 여러 육아 예능에서 발견되는 문제점이다. 그리고 여기에 아동의 귀여움을 조미료 삼아 입맛 쫙 당기는 것이 바로 '가족애 만능주의' '기승전 가족애'다. 육아 예능 속 이러한 가족애는 언제나 소위 '정상 가정'에만 허용된다.

『이상한 정상 가족』(김희경, 동아시아, 2022)에서는 '정상 가족 이데올로기'를 이렇게 정의한다. "'결혼제도' 안에서 부모와 자녀로 이뤄진 핵가족을 이상적 가족의 형태로 간주하는 사회 및 문화적 구조와 사고방식"이다. 정상 가족 이데올로기는 특정 형태(주로 4인, 기혼 유자녀 가정)의 가족만을 바람직한 모델로 승인하고 예외는 비정상적이라고 낙인찍는다. 또한 정상 가족의 형태에 집착하고 가족의 가치를 신성시하기 때문에 내부에서 벌어지는 차별이나 억압, 폭력을 은폐한다.

2013년부터 KBS2에서 방영된 〈슈돌〉에는 총 20명 이상의 슈퍼맨과 그보다 많은 아이가 출연했다. 출연진은 모두 남녀 간의 결합과 출산으로 이뤄진 혈연적 공동체고, 중산층 이상의 경제력을 가졌다. 추성훈과 샘 해밍턴은 언뜻 다양성을 고려한 듯 보이지만, 한국인의 정서상 수용 가능한 범위 안에 있다(추성훈은 한국계 일본인이고 샘 해밍턴은 영어를 사용하는 백인이다). 프로그램은 이들을 '대한민국 대표 아빠'로 호명한다. 다정다감하고 경제적으로 유능하며 48시간을 통째로 아이에게 내줄 수 있는 노동 환경의 성인 남성이 한국 사회의 보편적 아빠상이 아니라는 것쯤은 모두 알고 있다. 슈퍼맨은 표본 집단인 척하는 소수의 예외다. 현실적으로 가정을 멀리하다가 돌아온 아빠는 슈퍼맨보다 「메밀꽃 필 무렵」의 허 생원처럼 불쾌하고 낯선 무언가에 가깝지 않을지…. 그러나 시청자는 별 거부감 없이 이들을 받아들인다.

시청자가 위화감을 느끼는 부분은 주로 경제적인 부분이지, 당연하게 양육자는 '엄마'와 '아빠'이고 가족을 최우선으로 여기는 정상 가족 세계관이 아니다. 살갗에 닿는 현실이 어떻든, 그러한 설정이 자연스럽고 바람직하다고 인식하는 것이다.

〈슈돌〉을 포함한 여러 육아 예능에서 아빠, 혹은 엄마는 혈연으로 맺어진 자식과 유전적 유사성을 발견하며 감동하고, 자신의 부모를 소환하여 '자식 사랑'은 세대 불문 공통의 감정이라고 설파한다. 엄마는 깔끔하고 능숙한 돌봄의 주체(여야 하)고, 아빠는 돌봄이 서툴러도 사랑이 있으니 괜찮다고, 더 나아질 수 있다고 격려받는다. 부모는 자식을 위해서는 무엇이든 할 수 있는 존재로 그려지거나 그런 감정을 알아가면서 점차 '성장'한다. 아이를 위해 마련된 최적의 환경이 펼쳐지고, 아이들은 한입에 쏙 넣기 좋은 디저트처럼 귀엽고 보기 좋은 모습으로만 편집된다. '노 키즈 존'과 같은 차별과 배제는 이 따끈하고 말랑한 세계에서 흔적 없이 지워진다.

〈슈돌〉은 48시간이 지나면, 〈아빠! 어디가?〉는 여행이 끝나면 아빠가 육아를 전담하는 '특수'한 상황이 종료된다. 엄마가 돌아오거나 구성원이 모두 모일 때 비로소 가족이 완성되고 안정을 찾는 내러티브 또한 자주 등장한다. 모든 가치가 집과 가족으로 회귀한다. 감동 코드와 귀여움의 잽을 넋 놓고 맞고 있다가 별안간 진한 가족애 펀치에 쓰러지는 것이다. 으윽, 어쨌든 가족은 이 험한 세상에 유일하게 기댈 만한 최후의 보루라고? 아름답고 온전한 거라고? 세상에는 가족 때문에 피 흘리는 사람이 이렇게나 많은데? 나는 절대 저런 가정을 꾸릴 수 없는데?!

육아 예능의 가족 이데올로기를 다룬 연구는 "출산과 육아는 국가적 문제"인데, 근본적인 해결 방안은 없고 정부와 사회의 역할은 배제한 채 가족의 무조건적인 사랑으로 극복할 수 있다는 이미지만 제공한다고 비판했다. "공영 방송사에서 생산해내는 '육아는 가정의 책임' 이미지가 활발하게 소비되는 것은 이미지의 생산자와 수용자 모두 한국 사회에 뿌리 깊은 가족 이데올로기에 무비판적이기 때문이다." 육아 예능은 '나도 ~처럼 ~할 것이다'라는 동일화 갈망이 강렬하게 작동하는 리얼리티 프로그램이다. 프로그램의 메시지나 캐릭터, 라이프 스타일은 시청자에게 직간접적으로 영향을 미친다.

사유리의 출연이 비혼을 부추기고, 비혼 출산을 장려할 것이라는 우려는 이 '동일화 갈망'이라는 맥락에서 나온 듯하다. 결혼 없이도 아이를 낳고 행복하게 잘 사는 모습이 공중파를 타면, 그런 삶을 욕망하는 사람이 나타날 수 있다. 아니 근데, 그게 뭐 어때서? 지금까지의 육아 예능이 얼마나 세게 정상 가족의 동일화 갈망을 주입했는데? 사회가 인정하는 정상 가족은 사실 아주 연약한 환상이다. 증가하는 이혼율, 다문화 가정의 비율, 딩크족과 1인 가구의 급증 등…. 서울시 기준으로, 2020년 1인 가구 비율은 34.9%다. 4인 가구는 15.8%에 달한다. 더 이상 4인 가정이 가족 모델의 대표가 될 수 없다(다만 지방은 여전히 4인 가정 체제가 굳건하다).

프랑스에서 일하는 친구를 만났을 때, 사시사철 비혼주의자였던 우리는 출산과 양육에서 의견이 갈렸다. 다양한 형태의 혼외 출산을 보고 들은 친구는 말했다. "난 한 번도 그런 식의 출산을 상상도 해본 적 없었거든. 근데… 계속 여기서 산다면, 나도 형편이 될 때 아기는 낳고 싶더라." 무책임한 미혼부의 회피와 국가 정책이 양산하는 '피해자'로서의 '미혼모'가 아니라, 스스로 출산과 양육을 선택하는 '싱글맘'이 가능했다니? '애비 없다'를 최대의 모욕으로 쓰는 한국 사회가 우리에게서 빼앗아간 선택지였다. 하지만 사유리에게 꾸준히 붙는 라벨처럼 '자발적 비혼모'든, 피치 못할 사정의 '미혼모'든, 중요한 것은 개인의 사연이나 배경이 아니다. 특히 가족 형태가 차별과 배제의 원리로 작동하는 세계에서는 더더욱. 개인이 어떻게 싱글 맘이 됐는지는, 당사자가 사회 구성원으로서 응당 누려야 하는 '차별받지 않을 권리'와 무관하다. 국가가 신혼부부라면 묻지도 따지지도 않고 대출을 해주듯이. 초점을 맞춰야 할 부분은 우리 사회가 정상 가족 바깥의 가족을 문제화하는 시선과 차별하는 방식이다.

미디어에서 삭제당하는 '정상 가족 이외의 가족' 역시 엄연한 가족과 시민으로 이 사회에 살아간다. 나에게는 나이 차이가 크게 나는 동생들이 있는데, 그들은 2008~2013년 연재된 웹툰 〈일상날개짓〉을 초등학생 때부터 무척 좋아했다. 〈일상날개짓〉은 싱글 맘 웹툰 작가 나유진(꼬꼬댁씨)이 그린 생활 웹툰으로, 아들인 아기 새와의 성장 스토리를 담고 있다. 이 웹툰을 보고 자란 동생들은 어릴 때부터 자연스럽게 '싱글 맘'이라는 개념을 받아들이고, 한부모 가정을 둘러싼 차별과 문제점을 인지했으며, 가정의 형태와 무관하게 사랑하는 삶을 발견했다.

다르다는 이유로 지워진 삶을 드러내고, 새로운 가능성과 만나고, 서로의 세계를 확장하면서 차별과 혐오를 넘어설 기회는 얼마나 귀한가. 사유리는 정상 가족 이데올로기가 뿌리내린 육아 예능에 새로운 싹을 틔우는 히어로가 될 지도 모른다. 아낌없는 응원과 지지를 보낸다.

참고 문헌

오장근, 「TV 예능프로그램 속 한국인의 가족 이데올로기 〈아빠! 어디가?〉와 〈슈퍼맨이 돌아왔다〉를 중심으로」, 『영상문화』, 한국영상문화학회 제 25호, 2014.

내가 키운다

새롭고 느슨한 가족을 환영해

"애들 때문에 사는 거지."

많은 부부가 들숨에 한 번, 날숨에 한 번 하는 말이다. 청자가 자녀라면 '애들'은 '너희'로 치환된다. 결혼은 사랑의 결실이고 가정은 숭고한 것이며 아이는 '부'와 '모'가 있는 '정상적'인 가정에서 행복하고 반듯하게 자란다는데…? 이 뿌리 깊은 정상 가족 신화는, 현실에 놓고 뜯어보면 곳곳이 너덜거린다.

'애들 때문에 산다'는 말은 두 가지 층위로 읽힐 수 있다. 긍정적인 경우는 사랑이 사라져도, 양육자끼리 육아라는 공동의 목표를 최우선으로 두고 협조하는 것이다. 그러나 현실에서 이 말은 대부분 '책임 전가'로 통한다. "이혼 가정 자녀가 당하는 차별 때문에, 나는 (아이를 위해) 참고 산다." 아이에게는 다음과 같은 말로 번역된다. "너 때문에 내가 이렇게 (불행하게) 산다." 많은 아이들이 밟는 죄책감 조기 교육 코스다. 무엇이 진짜 아이를 위하는 길일까?

이혼은 더 이상 낯선 일이 아니다. 통계청이 발표한 결과에 따르면 2021년 한 해 이혼 건수는 10만 2000건이며, 매년 비슷한 수의 부부가 이혼한다. '엄마와 아빠, 그리고 2인 자녀'로 이루어진 4인 가족은 더는 가족 형태의 기본값이자 대표가 될 수 없다. 2020년 1인 가구 비율은 31.7%이고 4인 가구는 15.6%에 불과하다. 정부가 발표한 '제4차 건강가정 기본계획안'은 혼인과 혈연으로 맺어진 관계뿐 아니라 비혼 동거인 등 다양한 가족 형태를 법적으로 인정하겠다는 내용을 포함한다. 이러한 현상을 '가족의 해체' '가족의 위기'로 읽어내는 것은 고루하다. 그보다는 가족을 지금까지 억지로 단단하게 붙들어 맨 것이 무엇인지, 바꿔 말하면 무엇이 가족인지 다시 질문하고 새롭게 정의하는 변화의 흐름이라고 봐야 한다. 다만 어떤 변화 속에서도 아이에게는 안정적인 공간과 보호, 사랑이 필요하다.

〈내가 키운다: 용감한 솔로 육아〉(JTBC, 2021)는 이혼한 연예인이 혼자 아이를 키우는 육아 예능이다. 김나영, 김현숙, 조윤희가 출연하고 김구라가 MC를, 채림이 보조 MC를 맡았으며 6개월간 방영됐다.

〈슈퍼맨이 돌아왔다〉나 〈아빠! 어디가?〉 같은 기존의 육아 예능에서, (남자) 양육자가 혼자 아이를 돌보는 것은 특별한 이벤트이다. 〈내가 키운다〉는 이혼을 고려하는 유자녀 부부가 가장 먼저 맞닥뜨리는 질문인 "그럼 애는 누가 키워?"에 대한 대답을 프로그램의 이름으로 걸고 1인 양육자를 전면에 내세웠다.

둘이어도 힘든 육아를 혼자서? 만만치 않은 일이다. 출연자들 또한 처음 시작할 때 모든 것을 혼자 결정해야 하는 점이나, 체력적인 문제 등을 고민했다고 밝힌다. 그래서인지 〈내가 키운다〉는 지금까지의 육아 예능보다 좀 더 실전의 맛이 난다. 아침 6시 반부터 활기찬 형제와 놀아주는 김나영의 위로 "유독 느리게 흐르는 육아의 시계"라는 자막이 뜬다. 놀아주다 지친 엄마를 눈치채고 기분 안 좋냐고 묻는 아이 앞에서 조윤희는 당황하며 방긋 웃는다. "육아는 퇴근이 없다"라는 자막과 함께. 김나영은 아이들이 잠든 후에야 집안일을 하고 처음으로 자기만의 시간을 가져본다. 방학도 휴가도 없는 육아의 특성과 고난, 지루한 반복 같은 현실적인 면이 과하지 않게 드러난다. 이러한 장면이 아이와 교감하고 아이에게 아낌없이 사랑을 퍼붓는 모습과 교차한다. 〈내가 키운다〉에서 육아는 '딸바보' 아빠의 훈훈한 A컷이나 '귀엽고 천사 같은' 아이의 '힐링'만이 아니다. 고통과 기쁨이 공존하는 현실이다. 알랭 드 보통이 육아에 적극적으로 참여했다면 『일의 기쁨과 슬픔』 대신 '육아의 기쁨과 슬픔'을 먼저 썼을 것이다.

출연자는 제각각 다른 사정과 육아관으로 아이를 키운다. 독립적이고 개별적인 인간으로 살아왔던 이들은 당연히 서로 다른 개성의 엄마가 됐다. 아이의 상황극 요구에 어떻게 해야 하냐는 질문에 패널들은 "엄마 따라 다르죠~"라고 대답한다. "엄마는 처음부터 엄마인 줄 알았는데, 이 아이가 나에게 와서 엄마로 만들어준다. 만들어지는 것이다"라는 말속에 비로소 '과정 중의, 성장하는 존재인 엄마'가 보인다. 그러다 보니 아이의 다양한 기질과 입체적인 면 또한 자연스럽게 다루어진다. 김나영의 둘째 아들은 예측할 수 없는 순간 토라진다. 그러나 마음이 여리고 섬세하다는 특성이 강조되고, 김나영은 아이의 눈높이에 맞춰 마음을 달래주려 애쓴다. 그러다가도 내내 의젓하던 첫째가 별안간 투정을 부릴 때, 둘째는 혼자 밥을 먹으며 기다리는 의외의 모습을 보여준다. 아이는 내내 의젓하거나 귀엽지만은 않고, 떼를 쓰고 울기도 한다. 자주 징징거리는 아이가 온순하게 굴 때도 있다. 조윤희가 요리하는 동안 혼자 노는 아이를 보고 김구라가 "혼자 잘 노네요?"라고 말하면, 조윤희는 "그럴 때도 있고 아닐 때도 있다"고 대답한다. 패널들 또한 "맞아, 맨날 다르지" 하고 맞장구친다. 〈아빠! 어디가?〉의 첫 화에서 한 아이가 우는 모습을 집요하게 조명하며 내내 '별난 울보' 캐릭터로 만든 연출과 대조적이다.

출연 계기에 대해서 김현숙은 솔직하게 말한다. "현실적인 이유입니다. 내가 가장이니까." 김나영은 말한다. "숨고 싶었어요. 하지만 숨을 수가 없잖아요." 그리고 자신이 이혼 후 너무나 많은 응원을 받았고, 그 힘으로 다시 일어섰기에 다른 사람들을 응원하고 싶어 출연을 결심했다고 한다. 혼자서 아이를 키워야 한다는 것은 용기와 응원이 필요한 일이지만, 불가능하거나 불행한 일은 아니라고 〈내가 키운다〉는 또렷이 말한다.

물론 개인이 당당해진다고 모든 문제가 해결되지는 않는다. 불행한 결혼 생활을 그만두지 못하거나, 이혼 가정의 구성원이 고통받는 이유는 사회의 편견과 제도적 차별이다. 우리 사회는 좀 더 담백하고 산뜻한 태도를 학습할 필요가 있다. 2012년 〈라디오스타〉(MBC)에 출연한 김서형은 부모의 불화를 "남녀로서 안 맞았다. 이해는 한다"고 담담하게 말한다. 분위기는 숙연해진다. 가정사는 당사자의 의견과 무관하게 곧장 개인의 불행으로 치부된다. "힐링하는 느낌으로 가면 김서형 씨를 잘못된 케이스로 바라볼 것 같아서"라며 조심스러워하지만, 계속해서 김서형을 안쓰러워하던 김승수는 갑자기 김서형을 안아준다(?). 이때 김서형의 어리둥절한 표정이 〈라디오스타〉 전체의 재미와 바꿀 수 있는 백미다. 남의 가정사를 함부로 연민하려는 사람에게 보여주자. 예방접종 영상의 검색어는 '김서형 엄마가 뭐길래 #17'(제발 봐주세요).

전 국무총리가 진행하는 정책 관련 행사에 참석했던 적 있다. 그곳에서 김지환 한국싱글대디가정지원협회 대표는 "나에게 정상 가족은 한부모 가정이다. 두 부모 가정은 두 부모 가정이다"라고 발언했다. 현실에서는 가정마다 구성원의 수나 형태의 기본값이 다르다는 당연한 상식이 통하지 않는다. 두 부모 가정을 정상으로 설정하고 한부모 가정에만 다른 이름을 붙여 구별하는 것이 왜 문제인지, 가정의 역할과 가족의 의미는 어떤 것인지 계속해서 질문하고 바꿔나가야 한다. 〈내가 키운다〉에서 김현숙과 함께 아이를 키우는 조부는 엄밀히 말하자면 김현숙의 친부가 아니다. 김현숙의 어머니가 삼 남매를 다 키운 후 재혼한 새아버지다. 그러나 김현숙이 이혼을 고민할 때 버팀목이 되어주겠다며 먼저 손을 내밀었고, 사랑으로 손자를 키운다. 친밀함과 서로를 생각하는 마음은 또 다른 공동체를 만든다. 혈연과 제도보다 공고한 연결 고리 속에서 아이는 행복하게 자랄 것이다. 따뜻한 가정 바깥의 안전하고 차별 없는 세상을 만들어갈 의무가 우리에게는 있다.

용감하고 즐거운 〈내가 키운다〉는 종영했지만, 지금도 어딘가에서 치열하게 진행 중일 솔로 육아, 함께 육아에 응원과 지지를 보낸다. 더 느슨하고 새로운 가족이 많이 출현하기를, 어떤 환경에서 자랐건 개인이 자유롭고 행복하게 존중받기를 바란다.

소년심판

범죄를 택한 건 소년, 보호 안 한 사회도 유죄

"저는 소년범을 혐오합니다."

넷플릭스 오리지널 드라마 〈소년심판〉(2022)은 방영 전부터 강렬한 카피로 화제가 됐다. 소년법과 형사 미성년자 제도를 주제로 하는 드라마로, 김혜수가 소년범을 혐오하는 판사 심은석 역을 맡았다. 지방 법원 소년부에 부임한 우배석(작가가 가상으로 만든 '소년형사합의부'에는 총 3명의 판사가 재판에 참여한다. 재판장, 좌배석, 우배석. 현실에서는 소년부에서 판사 한 명이 단독 재판을 진행한다.) 심은석은 냉철하고 엄격한 인물이다. 대놓고 소년범을 혐오한다고 밝히며, 그들은 갱생 불가라고 단정 짓는다. 반면, 좌배석 차태주(김무열 역)와 부장판사 강원중(이성민 역)은 소년법의 근본은 교화라고 믿는 쪽이다. 드라마는 살인, 입시 비리, 차량 절도, 집단 강간, 벽돌 투척 사건 등 사회를 떠들썩하게 했던 소년 범죄를 다룬다. 소년범에게 법의 무서움을 가르쳐야 한다는 외침과 아이들에게 기회를 줘야 한다는 주장이 정면으로 맞붙는데, 두 주장이 상충되지 않으며 공존 가능하다는 것을 절묘한 균형 감각으로 입증한다.

소년법과 관련된 가장 뜨거운 이슈는 촉법소년 연령이다. 형사 미성년자에 해당하는 만 10세 이상~14세 미만 촉법소년은 형사 책임 능력이 없기 때문에 형사 처벌을 받지 않는다. 형사 처벌을 받을 수 있는 범죄 소년(만 14세 이상~19세 미만)과 구분돼 범죄를 저질렀다 해도 검찰에 기소되지 않고 가정 법원으로만 보내진다. 소년법 폐지 주장은 대체로 이 연령을 낮춰서 나이가 어려도 잘못했으면 벌을 받아야 한다는 것이다. 〈소년심판〉의 첫 화에도 살인을 저질러놓고 낮은 형량을 받으리라 예상하는 소년범이 나온다. 먼저 짚고 넘어갈 점은, 우리가 생각하는 것과 달리 살인, 강도, 방화, 성폭력 등의 강력 범죄의 비율은 소년 범죄 발생 건수의 5.3%에 그친다는 것이다. 강력 범죄는 강력하게 처벌하는 것이 맞다. 일부지만 〈소년심판〉처럼 이를 악용하는 소년이 있는 것 또한 사실이다. 하지만 강력 범죄의 비율 자체가 낮기 때문에, 촉법소년 연령을 낮춘다고 해서 갑자기 더 많은 소년이 처벌을 받진 않는다. 물론 피해가 발생했음에도 아무도 처벌받지 않는다는 것은 피해자의 입장에서 억울하고 부당하다. 그래서 더더욱 섬세한 논의와 개정이 필요하다. 몇몇 자극적인 사례와 이에 대한 거부감이 소년법을 둘러싼 논의 자체를 틀어막아 버리고, 소년범에 대한 혐오와 타자화를 부추기는 것은 곤란하다. 엄벌주의는 쉽고 빠른 '사이다'다. 그러나 현실에서는 쉽고 빠른 방안만이 능사가 아니다. 소년범의 특수성을 살펴보고 처벌과 교화를 병행하기 위한 논의는, 힘들지만 꼭 필요하다.

드라마를 보면서 책 한 권을 떠올렸다. 서울신문의 이근아·김정화·진선민 기자의 『우리가 만난 아이들: 소년, 사회, 죄에 대한 아홉 가지 이야기』(위즈덤하우스, 2021)는 2020년 11월 총 5회에 걸쳐 발행한 소년범 관련 기획 기사를 엮은 것이다. 세 기자가 취재를 통해 소년범을 직접 만나고, 소년범을 다루는 기관에 방문하고, 소년범을 보도하는 언론사의 보도 형태와 관련 법안을 분석한 내용 등이 담겼다. 소년범을 둘러싼 다양한 지형도를 관찰하고 분석한다. 그중 소년범에 대한 언론의 자극적인 보도 행태 비판이 눈에 띈다.

자극적인 기사를 접한 사람들은 실제로 소년범의 강력 범죄 비율이 훨씬 높다고 추정하고, 소년 범죄 발생 건수 자체도 실제보다 과대 추정한다. 언론이 이런 기사를 쏟아내는 이유는 소년범 관련 소재가 화제성과 트래픽이 중요한 온라인 기사 생태계에서 흥행이 보장된 아이템이기 때문이다. 그 외에 소년범과 인터뷰하면서 뽑아낸 단어들의 관계와 맥락을 그린 '네트워크' 분석 지도를 통해 소년과 소녀의 범죄 동기와 양상 차이를 밝히거나(소년은 돈과 권력이 목적이라 재산 범죄가 많으며, 소녀는 친구와 같은 친밀한 관계에 취약하여 거절을 하지 못하다가 범죄에 빠져들고 주로 성범죄에 연루된다), '우범소년'처럼 범죄를 저지르지 않았음에도 가출하거나 무리 지어 다닌다는 이유로 미리 딱지를 붙이고 처벌하는 현황을 비판하는 꼭지 또한 생각할 지점을 건드린다. 〈소년심판〉을 본 시청자들은 꼭 읽어보기를 권한다.

소년범 취재를 하며 세 기자가 가장 걱정한 것 중 하나는 이 보도가 '가해자에게 서사를 부여할까 봐'였다. 그간 사회가 늘 가해자의 편을 들어왔기 때문이다. 그런데 범죄가 어떤 배경에서 주로 일어나는지, 이 사람이 어떤 경로를 통해 범죄에 노출됐는지, 환경이 다르면 어떤 차이가 일어나는지, 그리고 같은 환경에서 왜 다른 선택을 하는지 등을 분석하는 행위 자체가 가해자에게 서사를 부여하진 않는다. '서사'란 사건의 재현이나 사건의 연속을 의미하는 말로, 어떤 문장이나 사실이 단순한 나열에서 벗어나 유기적인 관계를 맺는 것이다. "A는 가정 폭력에 시달렸고 적절한 보호를 받지 못했다. A는 어린 나이에 범죄를 저질렀다." 두 문장 사이에 '그래서'를 넣으면 A의 불우한 가정 환경과 범죄 사실이 인과 관계로 묶인다. 어려운 가정 환경의 소년 전체를 예비 범죄자로 매도하거나 가해자의 잘못을 축소할 위험에 빠진다. 그렇다고 A가 범죄를 저지른 것만 부각할 수도 없다. 소년범들의 범죄에는 환경이 긴밀하게 연관된다는 특수성이 있기 때문이다.

두 문장을 독립적으로 두되 연결고리를 찾아내면 된다. 배경과 현황을 분석하면 질문할 수 있다. "그렇다면 환경이 어려운 소년은 어떻게 범죄에 쉽게 노출될까?" 선택지가 빈약하면 거기서 범죄를 선택하는 이들이 나온다. 예를 들어 양육자가 돈을 주지 않을 때, 소년이 집안의 가장이 됐을 때 할 수 있는 선택지는 둘 중 하나다. 아르바이트를 하거나 범죄를 통해 돈을 구하거나. 그런데 한 달을 기다려 월급을 받을 수 없을 만큼 급한 상황이 닥친다면, 대출 같은 선택지가 없는 소년에게 남은 방법은 범죄뿐이다. 〈소년심판〉에서 심은석은 이 지점을 명확히 한다. "가정이, 그리고 환경이 소년에게 영향을 끼치는 건 사실이나 다양한 선택지 중

범죄를 택한 건 결국 소년입니다. 환경이 나쁘다고 모두가 범죄를 저지르진 않죠. 그래서 오늘 이 자리에 계신 보호자 전원에게도 보호자 교육을 명합니다. 소년은 결코 혼자 자라지 않습니다. 오늘 처분은 소년에게 내렸지만 그 처분의 무게는 보호자들도 함께 느끼셔야 할 겁니다." 이때의 보호자는 법원에 함께 앉아 있는 법적 보호자만을 뜻하지 않는다. 〈소년심판〉은 거듭해서 아이들을 보호하지 않는 어른과 경쟁으로만 내모는 사회의 문제를 지적한다. 한 아이를 키우려면 마을 전체가 필요하다는 말처럼, 소년은 법적 보호자에게만 영향을 받는 것이 아니다. 소유 개념이 불분명한 아동 시절, 많은 이들이 작은 물건을 훔치지만 '보통은' 훈육을 통해 행동을 바로잡는다. 그런데 소년범이 범죄로 빠져드는 경로마다 제 역할을 하지 못하는 어른들이 있다. 미성년자 조건 만남에 헐레벌떡 뛰어오는 범죄자, 답안지 유출을 제의하는 교사, 가정 폭력 신고를 외면하는 경찰, 환경이나 행실을 문제로 '재'랑 놀지 말라며 고립시키는 학부모…. 혐의에서 결백한 어른은 없다.

심은석은 소년범을 혐오하면서도, 소년범이 당한 피해에 맞서 그를 보호하려 한다. 가정 폭력을 신고하면 피해자인 자신이 쉼터로 가는 제도가 부당하다고 울부짖는 소년에게 심은석은 말한다. "그래서 보여주려고. 당한 사람이 격리되지 않고 폭력을 행한 사람이 격리되는 거. 피해자는 집을 지키고 가해자 벌받는 거 그거 보여준다고 내가." 똑같이 가정 폭력의 피해자였으나 이제는 가해자가 된 남자에게 분명히 선을 긋는다. "본인이 학대의 피해자였다고 가족에게 똑같이 폭력을 행사한다면 그건 엄연한 범죄입니다." 드라마 안에는 가정 폭력 피해자지만, 그런 폭력성을 대물림하지 않는 또 다른 인물이 있다. 심은석은 보호자 역할을 하지 못하는 보호자를 격리하고, 버텨내서 장하다며 소년을 쓰다듬어준다. 그리고 잘못을 저지른 소년에게 말한다. "살면서 누구나 실수는 해. 진짜 중요한 건 그다음이야."

물론 선량한 소년만 있는 건 아니다. 어떤 소년은 배은망덕하고, 바람직하지 않으며, '개념이 없다'. 사랑으로 감싸준 보호센터장을 모함하고 조롱하기도 한다. 이런 '싹수가 노란' 애들을 우리는 쉽게 괘씸해한다. 그런데 괘씸하다는 이유만으로 이들은 위험에 처해도 되는가? 착하지 않기에 사회가 개인을 보호할 의무를 방기해도 되는가? 갱생하지 않는다는 이유만으로 소년이 더한 나락으로 떨어지는 것을 두고만 볼 것인가? 싫어하고 미워하면서도 개인적 감정과 별개로 어른으로서, 판사로서 책임을 다하려는 심은석은 그래서 많은 점을 시사한다.

잘못을 깨달을 수 있는 처벌은 적절하게 내려져야 하지만, 그 처벌마저 가르침의 역할이 있어야 의미가 있다. 왜냐하면 소년범은 '그 이후'를 또 한참 살아가기 때문에. 어느 섬이나 다른 나라에 치워지는 것이 아니라, 우리 사회에서 함께 말이다. 피해자를 최우선으로 보호하면서, 가해자에게 기회를 줌으로써 또 다른 가해의 연쇄를 끊는 것이 얼마나 중요한지, 이 어렵고도 필요한 말을 〈소년심판〉은 하려고 한다. 그러니 심은석이 혐오하는 것은 소년범뿐만 아니라, 소년범을 양산하고 방치하는 사회 구조 그 자체라고 할 수 있겠다. 〈소년심판〉의 마지막 장면은 아주 힘이 세고, 작품이 던지는 메시지 그 자체다. 다만 드라마 전체적으로 폭력 장면 묘사가 많이 나오는 편이니, 시청 시 유의할 것.

좋은 건

나눠야 하므로

6

사랑하지 않을 수 없으므로

미스비헤이비어

예쁘지도 추하지도 않고 화가 났을 뿐

"아이고, 미스코리아 나가도 되겠네."

그런 시절이 있었다. 어린 여자아이가 들을 수 있는 최고의 칭찬이 미스코리아였던 때가. 요즘에는 이런 과거 이야기 뒤에 곧바로 "할머니! 언제 적 이야기를 하시는 거예요!" 하고 덧붙이는 것이 유행이지만, 사실 그렇게까지 옛날도 아니다. 여성을 성적 대상화해 등급을 매기는 스포츠 역시 성황이다. '무려' 보건복지부에서 오픈한 국가건강정보 포털에서 유방성형술 안내와 함께 '아름다운 가슴'의 기준을 탑재했다가 논란이 된 것이 2016년의 일이다. 여성이 받는 꾸밈 노동의 억압을 가시화하는 운동과 실천이 유의미한 성과를 거두는 한편에서는 여전히 외모와 관련된 모든 논의를 '페미들의 열등감'과 '피해 의식'으로 몰아간다. 그러니 "우리는 예쁘지도, 추하지도 않고 화가 났을 뿐이다"라는 영화 〈미스비헤이비어Misbehaviour〉(2020)의 메시지에 가슴이 뛸 수밖에.

〈미스비헤이비어〉는 1970년 영국 런던에서 열린 미스월드 생방송에 잠입해, 1억 명의 시청자가 지켜보는 가운데 성적 대상화와 성 상품화 반대를 외친 '샐리 알렉산더'와 '조 로빈슨'의 실화를 바탕으로 한 영화이다. 1억 명이요? 인류가 달에 착륙하는 것보다 지켜보는 사람이 많은 수영복 심사에 난입을? 1999년 도서출판 이프에서 개최한 '안티 미스코리아 대회'를 보며 문화 충격을 받았던 당시 12세의 어린이는, 29년도 전에 더 어마어마한 사이즈로 '깽판'을 친 역사는 미처 몰랐다. 가르쳐주지 않았으니까.

지금이라면 샐리와 조가 힙합 듀오를 결성해서 진짜 '깡'이 뭔지 보여주고 음원 차트 1위를 차지했을 것이다. 신발끈 꽉 매고, Call me 나쁜 페미.

영화는 샐리를 중심으로 1970년대의 사회·문화적 풍경과 변화의 흐름을 따라가는 동시에, 다양한 여성의 스펙트럼을 섬세하게 독해한다. 즐거운 풍자와 올곧은 비판이 날리는 원투원투 잽은 물론, 안다리를 후리는 씨름의 기술까지 갖췄다는 뜻이다. 이런 식이다. 샐리는 대학에서 역사를 공부하다가, 체제 안으로 들어가 여성의 자리를 만들려는 자신에게 '유아용 의자'만 주어지는 현실을 깨닫고 미스월드 반대 시위에 뛰어들었다. 샐리는 고학력 여성이며 인종 차별의 대상이 아니다. 갑작스러운 방송 출연에도 주눅 들지 않고 토론에 당당하게 임할 수 있다(속에 천불은 좀 나지만). 한편 1970년 미스월드 대회에는 제3세계 여성, 소위 '흑인 후보'가 출전했다. 미스 그레나다 제니퍼 호스텐과 미스 '공아남'이다. 여기서 인종 차별과 성차별의 문제가 교차한다.

2020년에도 인종 차별 때문에 비무장 상태의 시민이 과잉 진압하는 경찰에게 목숨을 잃는다. 유색 인종이 대중교통을 이용하는 것조차 불법인 1970년대의 남아프리카공화국은 매년 '백인' 후보만 낸다는 비판에 대응하고자 급하게 흑인 후보를 뽑아 공동 대표로 내보낸다. 자신을 '남아공'이 아니라 '공아남Miss Africa South'이라고 자조하는 후보는 신발 공장 기계공 출신이다. 그녀가 비행기를 타게 됐다는 소식을 들었을 때 공장 사람들은 일제히 환호한다. 미스 공아남에게 미스월드 대회는 꿈의 무대고, 신체 자본은 그녀가 가진 유일한 무기다. 샐리는 왜 여성들이 외모를 통해서만 자격을 얻어야 하느냐고 질문하지만, 어떤 삶은 존재 자체만으로 자격 미달이라 제한된 기회에 목을 맨다.

제니퍼 호스텐과 미스 공아남은 취재 열풍에서 소외되는 등 공기처럼 퍼진 인종 차별을 마주한다. 역사상 흑인 우승자는 없었다. 대회장 밖에서는 미스월드 대회가 여성을 성 상품화한다는 비난이 맹렬하게 울려 퍼진다. 어디서도 두 사람을 반기지 않는 듯하다. 그 사이에서, 두 사람은 설레며 드레스를 고르고 백인 후보가 비인간적이라고 모멸감을 호소하는 워킹 연습을 해낸다. 차별과 배제의 악력에 누군가는 버티고 인정을 쟁취하는 것으로 맞선다. 그 선택이 누군가의 눈에는 '부역'이나 '타협'으로 보일지라도 누구도 함부로 그것을 평가하거나 재단할 수 없다. 가나에서 온 방송인 샘 오취리의 사진이 동대문의 쇼핑몰에 걸린 것을 보고 그의 친구가 오열했다는 이야기는 유명하다. 1970년에 제니퍼 호스텐이 미스월드로 뽑히지만, 1991년생인 샘 오취리는 여전히 어릴 때부터 "흰 것은 좋고 까만 것은 나쁘다"고 배웠다.

제니퍼 호스텐은 샐리에게 말한다. 나도 당신처럼 선택권이 있으면 좋겠다고. 그런 삶을, 샐리는 모른다. 샐리는 시위를 반대하는 엄마와도 충돌한다. 어린 딸의 입술에 립스틱을 발라주는 엄마를 비난하고 가정에 얽매인 엄마처럼 살고 싶지 않다고 외친다. 샐리의 엄마는 "내가 하고 싶은 대로 살았다면, 너와 너의 언니는 어떻게 됐겠느냐"고 항변한다. 동서양을 관통하는 엄마와 딸의 징글징글한 연결고리다. 곽민지의 『걸어서 환장 속으로』(달, 2019)라는 책에는 자유를 누리는 30대 비혼 여성인 딸이 엄마의 삶을 이야기하는 구절이 나온다. "어떤 삶은 자신이 원하는 것을 위해 자신이 각오할 고통을 선택할 기회조차 주어지지 않는다." 아아, 엄마, 엄마! 나에게 인식과 사유할 힘과 분열과 슬픔을 준, 아군이자 적군이며 가부장제 안에서 내가 모르는 싸움을 매일 하다가 자기도 모르게 딸까지 종종, 아니 자주 후려치는 앞세대의 여자! 함께 영화를 본 일행끼리 달려라 하니처럼 흐느끼며 각자의 엄마를 외쳤다. 엄마아…!

샐리와 대척점에 놓인 듯한 샐리의 엄마나 두 명의 후보는 멍청하거나 '덜' 깼기에 샐리와 다른 입장을 취하는 것이 아니다. 생계와 존엄과 각자의 목표가 다른 만큼 차별이 두드러지는 자리를 박차고 나오는 것만이 유일하고 숭고한 투쟁 또한 아니다. 결국 영화는 올바름을 추구하는 서로 다른 삶이 어떻게 충돌하면서 또 연대할 수 있는지 고찰한다. 반대 시위로 재판을 받고 나오는 샐리를 누구보다 열렬하게 안아주는 사람 역시 샐리의 엄마다.

〈미스비헤이비어〉는 극적 재미의 강렬한 유혹인 손쉬운 대립 구도에 빠지는 대신, 무엇이 문제인지 정확하게 파고든다. 미스월드라는 장이 여성을 가축으로 '대하는' '대상화하는' 구도임을 지적하는 동시에 참가자를 존중하고 그들 각자의 맥락을 놓치지 않는다. 우리는 종종 권력자가 A를 B로 대한다는 이유로 A가 곧 B라는 착각에 빠지곤 한다. 그러나 미스월드 대회 반대 시위자의 구호와 영화는 세상이 가축이 아닌 자를 가축으로 대하고, 그 안에서 가축처럼 다루어진다고 해서 가축이 아님을 분명히 한다.

미스월드 심사가 여성을 성적 물화하는 시선을 폭로하되 카메라는 여체를 훑거나 관음하지 않는다. 이것은 그간 폭력이 어떻게 유희나 성적 스펙터클로 연출됐는지 돌아볼 기회를 제공한다. 미스월드 대회의 사회자이자 유명한 코미디언이었던 밥 호프가 미스월드 대회 반대 시위자를 성희롱으로 조롱하다가 혼쭐이 나는 장면 또한 깨알 같은 재미를 선사한다. 그는 더 이상 웃기지 않으며, 차별이 먹여 살린 시대의 아이콘이 됐다. 시대상을 반영하는 노골적인 멘트에 눈살이 찌푸려지고 낄낄거리며 웃음을 터뜨리지만, 우리는 사실 모두 알고 있다. 그 모든 장면은 1970년대, 지나가 버린 야만이 아니라 극장을 나서자마자 마주하는 현실이기도 하다.

영화의 특별한 힘은 실존 인물의 용기에서 나오는지도 모르겠다. 2010년, BBC 라디오 〈더 리유니온〉에서 샐리 알렉산더와 조 로빈슨, 그리고 제니퍼 호스텐이 만났다. 미스 월드 반대 시위자와 우승자의 만남이라니. Mnet이 너무나 탐낼 아이템이고 '여자의 적은 여자'를 좋아하는 성차별주의자가 돗자리 들고 헐레벌떡 달려올 자리다. 그러나 세 사람은 서로 다른 관점으로 인해 다른 삶을 살았지만, 여성의 자유와 선택을 위해 최전선에서 함께 싸운 동료였다고 존경을 표했다고 한다.

이 장면이 강렬한 영감이 되어 영화가 탄생했으니, 〈미스 비헤이비어〉의 곳곳에서 살아 숨 쉬는 여성과 손을 맞잡게 되는 것은 우연이 아니다.

'건강'을 위해서 살을 빼라는 기만, 민경 장군이 부수고 계셔

영화 〈건축학개론〉(2012)의 포스터는 말한다. "우리 모두는 누군가의 첫사랑이었다." 활발한 여자아이였던 사람들에게, 더 심금을 울리는 말을 건넨다. "우리 모두는 어느 초등(국민)학교의 '조폭 마누라'였다." 야 너도? 야 나도! 2019년 〈캡틴 마블〉의 등장으로 힘센 여자의 아이콘이 바뀌었다. 캡틴 마블은 '우악스러운, 여성스럽지 않은' 여자아이를 놀리던 조폭 마누라보다 한 발 더 나아간 느낌이다. 이름부터 캡틴! 경외감도 한 스푼 듬뿍 들어간 것 같다. 그리고 2020년, 우리는 민경 장군을 만났다. 다칠까 봐 사람을 함부로 건드리지도 못했다는 '근수저', 운동 못하는 법을 모르는 운동 천재 납시오.

〈시켜서 한다! 오늘부터 운동뚱〉(이하 〈운동뚱〉)은 Comedy TV 〈맛있는 녀석들〉(2015~)의 서브 콘텐츠로, '맛녀석' 4인방이 운동에 도전하는 웹예능이다. 김민경이 첫 번째 주자로 당첨됐을 때까지만 해도 불안했다. '맛녀석'의 유일한 여자 멤버인 김민경에게 다이어트를 시키면 어떡하지? 반대로, 운동해도 살이 안 빠진다고 조롱하면? 여자의 외모를 나노 단위로 평가하고, 날씬한 몸과 체중 조절을 곧 '자기 관리'로 치환시키는 난폭한 세계가 몸집이 큰 여자를 어떻게 취급하는지 우리는 너무나 잘 안다. 정상 체중 바깥의 신체는 자주 게으름, 관리의 소홀함, 무능력함, 심지어 건강하지 않으니 자기 학대라는 식의 비난을 받는다. 그것은 당사자를 배제하는 동시에, 정상 체중 범위의 몸에도 '저렇게 안 되려면' 노력하라는 본보기로 작동한다.

그런데 웬걸. 뚜껑을 열어보니, 이것은 신이 큰 그림을 그리며 김민경을 뽑았다고 해도 과언이 아니다. 애초부터 〈운동뚱〉은 "민경이 날씬해졌다. 이게 아니라, 먹고 싶은 거 다 먹는, 맛있게 많이 먹는 것을 목표로" 한다고 밝히며, 운동의 효과보다 운동을 하는 행위 자체에 초점을 맞춘다. 그리고 반전은, 대부분의 천재들이 그렇듯 자신이 뭘 하는지도 모르고 해치워 버리는 김민경의 타고난 운동 신경이다. '마른 것'이 곧 건강한 몸이니 살찐 것은 'Love yourself'도 아니라고까지 기만하는 다이어트 산업의 입김이 뜨거운 가운데, 김민경은 번쩍 들어 올린다. 레그 프레스 340kg과 그만큼 무거운 '체중과 운동 능력의 과장된 상관관계'를. 헤라클레스가 따로 없고 그 카타르시스는 미슐랭 5스타보다 맛있다. 미슐랭 5스타 먹어봤냐고요? 알게 뭐람, 〈운동뚱〉 PD는 민경 장군에게 미슐랭 어쩌고를 삼시 세끼 대접하라! 대접하라!

한서설아는 『다이어트의 성정치』(책세상, 2000)에서 다이어트가 근대의 중요한 프로젝트가 된 배경을 살핀다. 건강이 의료화되는 과정에서 의학은 예방 의학의 차원으로까지 그 권위를 확대했다. 예방 의학 담론은 특히 과식, 과음, 흡연, 운동 부족 등 몸의 남용이라고 생각하는 행태가 원인이 되어 발생하는 질병들에 끊임없이 주의를 기울이도록 그 위험성을 경고한다는 것이다. '정상 체중'이라는 개념이 개별적 특성의 고유함과 무관하게 '정상성'을 측정하는 기준이 되고, 과체중과 비만의 위험성이 적극적으로 퍼진다. 사실은 저체중 역시 과체중 못지않게 위험하고, 지방이 몸을 보호하는 기능이 있다는 연구 결과는 동등한 비중으로 다뤄지지 않는다.

큰 몸은 둔하고 무능하며 날씬한 몸만이 잘 관리된 것이라는 뿌리 깊은 편견은 기껏 운동을 하러 간 공간에서조차 강력하다. 운동은 다이어트 산업과 건강 담론과 만나 몸을 서열화하고 운동에 계급을 나눈다. 나는 『오늘은 운동하러 가야 하는데』(다산책방, 2019)라는 운동 에세이를 냈지만 날씬하고 탄탄한 몸매의 소유자가 아니라는 사실에 당황하는 이들을 마주친다. 록산 게이는 『헝거』(사이행성, 2018)에서 고도 비만 여성이 운동 열풍에서 어떤 소외감을 느끼는지 고백한다. 헬스 클럽에서 딱 붙는 운동복을 입은 날씬한 여성이 록산 게이의 옆에서 사이클을 탄다. '당연히' 이길 줄 알았던 여성은 사이클 경쟁에서 패배한 후 물러나며 친구들에게 말한다. "저 여자가 아직도 저기에 있다는 게 믿어지냐"고. 비슷한 맥락으로 〈운동뚱〉 13화에서 필라테스를 하러 간 김민경은 말한다. "날씬한 사람만 필라테스 하라는 법 있어? 나도 할 수 있다는 걸 보여주고 싶다!" 필라테스는 젊고 날씬한 여성들만이 딱 붙는 옷을 입고 몸의 라인을 다듬는 운동이라는 이미지가 있다. 이것은 여성의 운동 장면을 성적 스펙터클로 소비하는 관음증적 시선과 날씬한 몸만을 바람직한 몸으로 승인하는 운동 산업의 합작이다. 사실은 정말 극악무도한 운동인데 말이다. 그리고 김민경은 필라테스마저 잘해버린다. 그 동작, 제가 제대로 하기까지

반 년이 걸렸는데 그렇게 첫날에 해버리시면…?

〈운동뚱〉의 또 다른 재미는 다양한 운동 분야의 강사와 민경 장군의 케미다. 현실에서 우리는 뚱뚱한 몸을 죄악시하거나 탈출해야 하는 것으로 주입하거나 살을 전쟁을 치러야 하는 적이라고 외치는 운동 강사를 만나기 쉽다. 그러나 김민경이 만나는 운동 강사들은 김민경의 운동 능력에 집중하고 칭찬한다. 김민경은 그런 말을 처음 들어봤다며 좋아한다. 대부분의 시청자 역시 운동에 관해서 그다지 즐거운 기억이 없을 것이다. 한국의 입시 제도는 청소년에게서 운동의 즐거움을 빼앗는다. 특히 여성은 아동일 때부터 운동장에서 소외되고, 근육이 발달하거나 관음의 대상이 될까 봐 운동을 기피하게 된다. 마른 몸이 곧 '착한' 것이 되는 세상에서 여성의 운동은 늘 다이어트와 직결되고, 그래서 고통스러우며, 안 하면 좋은 것이다.

하지만 좋은 기억과 연상은 꾸준한 반복에 중요한 동기를 부여한다. 나 역시 오랫동안 다이어트 때문에 운동을 '마지못해' 했는데, 트레이너의 "운동에 감 있어요. 못하는 거 아니야"라는 말에 재미를 붙였다. 물론 그 말을 철석같이 믿고 구르다가 다른 회원에게도 똑같이 하는 걸 봤지만…, 나에게 와서 뺨을 비비던 길고양이가 다른 사람에게는 다른 이름으로 불리며 츄르를 얻어먹는 걸 본 기분이 됐지만….

폭포 같은 칭찬과 긍정 속에서, 김민경은 여전히 올 때는 곡을 하지만 할 때는 집중하면서 재능을 뽐내고 있다.

〈운동뚱〉에서 우리는 몸집이 큰 여성을 지금까지와는 다른 방식으로 바라보는 시선을 발견한다. 경악과 경멸이 아니라, 경탄과 존경으로 빛나는 그것은 여성의 몸을 평생 좁고 마른 틀 안에 옥죄려 한 악력의 반작용만큼이나 짜릿하다. 여자의 몸, 힘, 건강의 개념을 새롭게 규정할 필요를 느끼고, 다른 가능성을 탐색한다. 온라인 상에서 몸집이 큰 여성들에게 체급은 곧 재능이라며 유도를 권한 사람은 이렇게 썼다. "호랑이가 고양이가 되려고 노력하지 마라. (…) 강함은 아름다움에 뒤쳐지지 않는 가치이다." 누구도 김민경 앞에서 '건강을 위해서 살을 빼라'는 입에 발린 말을 할 수 없다. 움츠러들거나 숨지 않는 여자의 몸이 호쾌하게 힘을 뿜어내는 장면은 너무나 귀하다. 〈맛있는 녀석들〉은 보는 것만으로 침이 고이는데 왜 〈운동뚱〉은 보는 것만으로 근육이 생기지 않을까 조금 안타깝지만.

앞서 나는 김민경이 어떤 취급을 받을지 불안했다고 썼다. 이제 나는 새로운 에피소드가 업로드될 때마다 설렌다. 이번에는 김민경이 어떤 존경을 받을까? 또 어떤 운동을 '잘해버리고' 말까? 두근거리면서 하찮은 내 몫의 운동을 간다. 김민경을 보고 운동 자극을 받는 것은 좋지만 너무 무리하지는 말고, 내 몸을 섬세하게 들여다보면서 견적부터 뽑아보자. 얼마 전 SNS에서 갑작스러운 고강도 운동(스피닝)으로 인한 부작용(횡문근융해증)을 겪은 사람들의 후기를 봤다. 나는 몇 년 전 크로스핏이 유행할 때 물리치료실에 줄줄이 누운, 크로스핏 하다가 실려 온 환자들을 보면서 일찌감치 깨달은 바가 있다. 힘들면 포기하자!

막상 운동을 시작하면, 김민경처럼 근수저거나 운동 신경이 뛰어나지 않아서 좌절할지도 모른다. 운동이 인생을 바꾸거나 갑자기 운동의 재미에 눈을 뜨는 일도 거의, 일어나지 않을 것이다. 하지만 나의 '한 입만'을 조금씩 늘려가는 재미는 꽤 쏠쏠하다. 김민경이 더 잘 먹고 행복한 일상을 위해 운동하듯 가늘고 길게 적절한 나의 동반을 만드는 마음으로 한다고 생각하면 못할 것도 없다.

나약한 나를 극복하여 '더 강한 나'를 추구하는 것이 아니라, 타고나길 약하거나 아픈 몸이라도 살아내기를 바라는 마음으로, 야금야금. 나는 운동 천재도, 근수저도 아니니까 할 수 있는 만큼만 하고, 잘하는 건 남을 구경하면 된다. 원래 세상에 천재의 비율은 한 꼬집이고 그래서 보는 게 재밌는 법이다. 그러니까 이번 주에도 잘 부탁해요, 김민경 파이팅~(누워서).

네고왕

수다스럽고 친근한 친구
광희를 환영해

온라인상에서 화제가 됐던 장면이 있다. 〈네고왕〉(달라스튜디오)을 찍으러 간 황광희가 화장품 회사 직원들로부터 열렬하게 환영받는 모습이다. 〈네고왕〉은 프랜차이즈 기업에 방문하여 가격을 협상(네고)하는 내용의 웹 예능으로, 2020년 처음 시작했다. 새로운 회사와 협상할 때마다 서버를 터뜨릴 만큼 큰 인기를 끄는 〈네고왕〉은 시즌제로 제작되며, 2022년 시즌 4까지 방영됐다. 가격을 협상하는 진행자를 '네고왕'이라고 부르는데, 광희는 시즌 1을 진행한 '1대 네고왕'으로 프로그램의 정체성을 쌓아올리는데 중요한 역할을 했다. 〈네고왕〉에서 협상에 나선 기업의 오너는 '○○왕'이 되며, 네고를 하러 온 광희와 티키타카한다. 그리고 광희가 제시하는 조건을 현실적으로 계산하며 협상에 개입하는 간부급 직원들이 왕을 둘러싸고 있는 것이 네고왕에서 자주 볼 수 있는 그림이다. 자연스럽게 광희와 직원들의 대립 구도가 형성되고, "털러 왔다"라고 말하는 광희는 공공의 적으로 취급받는다. 그런데 광희가 따뜻하게 환영받는 장면이 〈네고왕〉에서 보기 힘들었고, 많은 시청자가 감동 받은 이유는 이러한 '대립 콘셉트' 때문만은 아니다.

광희를 환영한 화장품 회사에서 걸어준 인간 화환 리본에는 "고급지다 황광희"라고 쓰여 있었다. 그전에 방문했던 기업에서 광희가 직원에게 "왜 명품 브랜드에서는 나를 안 써줄까요?"라고 물었다가, 면전에서 "싼 티 나서?"라는 대답을 들은 일을 신경 쓴 듯하다. 명품 브랜드의 엠버서더가 되는 기준이야 오랫동안 연예계 생활을 한 광희가 더 잘 알 테니, 그 질문은 순전히 재미를 위한 것이었다. 그렇게 대답한 직원도 딱히 광희를 비하하려는 의도는 아니었을 것이다. 그저 익숙하게, 한국 예능이 늘 그래왔듯, 그리고 성장 과정 전체에 걸쳐 남성 사회가 가르쳐준 대로, '만만한' 남자를 대하는 태도를 되풀이했을 뿐. 만만하다는 것은 하대하고 비웃어도 된다는 뜻이다. 예능에서 자주 볼 수 있는 만만한 캐릭터들은 자신을 웃음거리로 만들고, 다른 사람에게 면박을 들으면서 웃긴다. 만만한 캐릭터가 되는 방법은 다양하다. 그중에서 광희는 충분히 남성적이지 않아서, 다시 말하면 '남자치고는 여성스러워서' 만만해지는 캐릭터다. 여성스럽지 않다고 여겨지는 여성이 가혹한 웃음거리가 되는 것과 꼭 같은 방식으로.

광희는 2010년 아이돌 '제국의 아이들' 멤버로 데뷔했다. 당시 금기로 여겨지던 아이돌의 성형 수술 사실을 시원하게 오픈하고, 몇 군데 했는지 조목조목 짚어주며 성형 전 사진까지 공개하는 광희의 캐릭터는 매우 신선하고 독보적이었다. 멤버들의 사진을 들고 다니며 "누구는 잘생겼고, 연기도 좀 되고. 여기부터 여기까지는 그냥 부르면 오는 애들"이라고 홍보하는 모습은 아이돌이라기보다는 친근하고 발랄한 친구 같았다. 그룹 내에서 잘 나가는 멤버에 대한 질투를 숨기지 않고, 시종일관 높은 목소리와 텐션으로 웃고 떠들었다. 광희는 당시 최고 인기 예능이었던 〈무한도전〉(MBC)과 〈우리 결혼했어요〉(MBC)에 출연했고 군대에 다녀온 후로는 〈주간 아이돌〉(MBC every1)의 MC, 〈놀면 뭐하니?〉(MBC)의 프로젝트 그룹 '싹쓰리' 매니저로 활약했다. 매니저로 합류하게 되는 장면도 상당히 광희다운데, 자신을 쓸지 말지 애매한 상황에서 "그럼 나 수발들게! 수발

놈할게!"라는 말로 분위기를 반전시켰다. 그런데 인기 예능에 광희가 출연할 때마다, 광희는 기존 시청자로부터 거센 반발과 악플을 받았다. 〈놀면 뭐하니?〉에서 효리가 광희를 챙기자, 감동한 광희는 서러움을 터뜨린다. "나를 너무 욕하니까 나한테. 나도 불러서 온 거지. 나도 사랑받는 사람이야! 나도 이제 고소장 날려, 가만 안 있어!" 〈네고왕〉에서도 광희는 "나는 악플이 키웠다"라고 외쳤다.

예능을 수행하는 능력이 매우 뛰어난 광희가, 범죄를 저지르고도 태연하게 복귀하는 연예인보다 더 많은 욕을 먹는 것은 앞서 말했듯 성별 이분법에서 조금 비껴나 있는 존재이기 때문이다. '남자인데' 저렇게 '아줌마같이' 말하고, '남자인데' 저렇게 '꺄르르' 웃고, '남자인데' 놀랐을 때는 '어머어머' 하면서 입을 가리고…. 하지만 그게 왜? 단점도 아닐뿐더러, 남자도 얼마든지 '그렇게' 굴 수 있다. 광희의 장점은 명확하며 그 중 몇몇은 문제로 지적되는 '비남성성'에서 기인하기도 한다. 광희는 적극적으로 공감하고, 배려하며, 순발력을 발휘하여 자신을 향한 공격을 빠르게 받아칠 줄 안다. 요리를 잘하고 〈우리 결혼했어요〉를 찍을 당시 가상 부부인 한선화의 관심사에 세심하게 맞춰서 친구처럼 노는 장면 또한 화제였다. 그런데 이토록 다양한 개인이 일반적인 남성상과는 조금 다르다는 이유만으로, 쉽게 무시당하고 폄하된다. 부당하다. 이는 우리 사회의 젠더 체계가 남성성을 기준으로 남성을 서열화하는 체계와 관련 있다.

정희진은 권김현영이 엮은 『남성성과 젠더』(자음과 모음, 2011) 중 「편재遍在하는 남성성, 편재便在하는 남성성」에서 전통적인 성별 이분법이 남성과 여성에게 각각 다른 속성을 부여하고 있음을 밝힌다. 남성에게는 합리적인·강한·지배적인·능동적인·공적인·독립적인·적극적인·정신·과학·경쟁·질서·전쟁·이성·지성·깊이·초월 등의 의미가 부여되지만 여성에게는 비합리적인·약한·종속적인·사적인·의존적인·수동적인·소극적인·소극적인·예술·육체·협력·무질서·평화·정열·감각·표면·내재 등의 의미가 부여된다는 것이다. 이러한 이분법적 의미 부여는 필연적인 것이 아니라 역사적이고 문화적인 것이다. 어떤 특성이 남성적인 것으로 간주되고 그것에 권위와 당위가 부여되는 과정은, 사회적 차별로서 젠더 체계가 어떻게 구축되는지 보여준다.

남성성은 인위적으로 구축되고 학습되는 것이기에 법적 남성으로 태어났다고 해서 바로 남성성을 획득할 수는 없다. 코넬은 사회적으로 유통되는 남성성의 유형을 헤게모니적 남성성, 종속적 남성성, 주변적 남성성으로 구분했다. 헤게모니적 남성성(지배적 남성성)은 백인 중산층 이성애자 남성의 남성성을 의미하고, 이것은 다른 남성성을 주변화하고 배제함으로써 존재한다. 남성 집단 안에서도 다양한 조건과 기준에 따라 (키가 큰가·싸움을 잘하는가·돈이 많은가·여자 친구가 있는가·성 경험이 있는가 등등) '서열'이 정해지는 것이 이러한 '구별 짓기' 때문이다. 종속적 남성성의 가장 흔한 예가 동성애자의 남성성인데, 이들은 남성성이 훼손된 존재로 여겨진다. 주변부 남성성은 계급이나 장애, 인종, 외모 자본 같은 변수에 따라 규정된다. 광희는 데뷔 직후 곧바로 '게이설'에 휩싸였다. 남성성이 부족한 남성은 게이일 것이라는 강력한 성차별적 편견 때문에 광희는 여러 차례 본인이 게이가 아니며, "100% 남성"이라고 해명해야 했다. '100% 남성'이라는 표현에는 트랜스젠더나 젠더퀴어 같은, '남성으로 정체화하지 않는' 성 정체성까지 한 번에 부인함으로써 '비정상적인' 남성을 검열하고 색출하려는 시선으로부터 자신을 지키려는 신인 아이돌의 절박함이 느껴진다.

지배적 남성성과는 거리가 있다는 이유로 성 정체성이나 성 지향성을 의심받고 해명하는 일은 광희뿐만 아니라, 신인 아이돌 그룹이 데뷔할 때마다 계절성 감기처럼 반복된다. 이러한 해프닝을 가장한 폭력적인 검열은 K팝의 특성을 생각하면 더더욱 모순적이다. K팝은 남성들도 메이크업을 하고 성별 구별이 모호한 의상을 즐겨 입으며, 잘 정제된 남성성을 판다는 점에서 성별 이분법의 압력이 상대적으로 자유로워 보이는 산업이다. 예를 들어, 남자 아이돌에게 겨드랑이 제모 일명 '클겨'는 필수이며 수염과 근육, 태닝은 3대 금기 사항으로 통한다. 이는 전통적인 남성성과는 충돌한다. 바로 이러한 이유로, K팝 아이돌은 '기생오라비 같다' '여자들 눈치 보면서 먹고 산다'라며 다른 연예계 종사자에 비해 무시당하는 경향이 있다. 아이돌 그룹 '몬스타엑스'는 외국 인터뷰 중 "K팝 아이돌은 남성성이 부족하다는 지적에 대해서 어떻게 생각하느냐"라는 질문을 받기도 했다. 가부장의 권위가 하락하고, 신자유주의 시장이 남성의 육체를 새로운 개척지로 발견하면서 바람직한 남성성 또한 변화하는 중이지만, 전통적인 남성성의 위계와 차별은 여전히 공고한 현실이다. 오랫동안 가부장제가 '비남성성'을 '여성성'으로, '여성성'을 '열등한 것'으로 치환해 왔기 때문이다.

그런가 하면 새로운 변화의 움직임 또한 찾아볼 수 있다. 남성성에 연연하지 않는 남성, 명명된 남성성보다 '자신다움'을 더 중시하는 남성들이 드물지만 꾸준히 등장한다. 왓챠의 오리지널 시리즈이자 BL 드라마인 〈시맨틱 에러〉를 찍은 '재찬'은 씨네 21 인터뷰에서 이런 질문을 받았다. "BL 장르에서 공과 수를 구분할 때 '수' 쪽을 더 작고 연약하게 묘사하는 경우가 많다. 이런 이미지는 또래 남성 집단 사이에서 강인한 남성상과 거리가 멀다며 거부감을 보일 수도 있지 않나. 본인(177cm)이 절대 작은 키가 아닌데 상대 배우(193cm) 때문에 작아 보이는 것을 억울해할 수도 있고. 그런데 이에 대한 우려나 반발심, 콤플렉스가 없어 보인다." 재찬은 대답한다. "어느 집단에서든 내가 세 보이고 잘 나가는 것처럼 보여야겠다는 욕망은 별로 없는 것 같다. 반드시 남자가 강해 보여야 하나? 모르겠다. 나는 그냥 나다. 나는 나대로 살아가고 너는 너대로 살아가면 된다."

오랫동안 무시당하면서도 꿋꿋이 자신의 화법과 에너지를 지키고, 어설프게 비판받는 점을 교정하기보다 확고하게 매력을 밀어붙인 광희의 존재 또한 마찬가지다. '수다스러운 여자친구 같은 남자'가 아니라, 그냥 '수다스럽고 친근한 남자'라는 표현으로 충분하다. 남성성의 공모 바깥에서, 개인은 성별 이분법과 성 각본에 자신의 존재를 '네고'하지 않으면서 살아갈 수 있어야 한다.

참고 문헌

김수아·김세은·손병우·윤태일, 「흠집과 결함의 남성성」, 『한국언론학회』, 한국언론학회, 2014.

굿 걸

다 알면서도 야만에 뛰어든 널 응원해, 너는 우리의 용기니까

'공감성 수치'가 높은 사람이라면, 〈굿 걸GOOD GIRL: 누가 방송국을 털었나〉(Mnet, 2020·이하 〈굿 걸〉)의 1, 2화를 보는 동안 베개를 쥐어뜯었을 것이다. 공감성 수치는 드라마나 영화 등에서 해당 배역이 곤란한 일이나 창피를 당하는 장면을 볼 때 같은 감정을 느끼며 힘들어하는 증상이다. 사랑하고 아끼는 존재가 Mnet이라는 야만의 한복판을 질주하는 장면을 응원해 본 사람 역시, 이해할 수 있을 것이다. 〈굿 걸〉에 등장한 슬릭을 지켜보는 마음 말이다.

〈굿 걸〉은 10인의 여성 뮤지션이 뭉쳐 '방송국을 터는', 즉 공연으로 상금을 따내는 형식의 '힙합 리얼리티 뮤직쇼'(Mnet의 표현에 따르면)다. 캐릭터와 음악 스타일이 다양한 출연진 사이에서 슬릭은 단연 눈에 띈다. 페미니스트 아티스트이자 꾸미지 않은 여성은 언제나 존재했으나 미디어에 전면적으로 등장하는 것은 거의 처음이다. 그것도 〈언프리티 랩스타〉나 〈프로듀스〉 시리즈, 〈쇼미 더 머니〉처럼 여성을 활용하는 방식에서 절대 프리티한 말은 안 나가는 Mnet. 출연자를 신뢰하는 마음과 별개로, 의심이 따라붙을 수밖에 없다.

〈굿 걸〉은 형식상 출연자끼리 경쟁하는 경연이 아니다. 그런데 재미가 정체성인 예능에는 갈등과 대립 구도가 필요하다. 그리하여 이 쇼의 MSG는 슬릭의 '이질성'이다. 시청자를 사로잡아야 하는 프로그램 초반, 슬릭은 여기저기 바쁘게 동원된다. 1화에서 '지옥에서 온 페미니스트 래퍼'로 소개되는 슬릭은 수수한 차림새 때문에 다른 출연자로부터 제작진으로 오해받았다. 출연자끼리 인사하고, 네일아트 같은 소재로 대화를 이어갈 때 슬릭이 소외되는 장면을 부각하는 것은 다분히 의도적이다. 성적인 퍼포먼스와 가사로 화제가 된 퀸 와사비와 슬릭의 미묘한 분위기를 연출하고 〈언프리티 랩스타〉의 여성 소비 방식을 비판했던 슬릭의 가사가 마치 치타에 대한 '디스'인 양 긴장감을 조성한다. 슬릭이 소녀시대를 향한 사랑을 고백할 때는 의외의 매력이 드러나지만, 그건 Mnet이 잘한 게 아니라 '숨겨도 트윙클 티가 나'는 슬릭의 사랑스러움과 동시대 여성이라면 할 말이 한 보따리인 소녀시대의 업적이니 패스하자.

우리는 이처럼 '튀는' '낯선' '다른' '자신의 신념을 드러내는' 여성을 부담스럽거나 기묘한 존재로 분류하고 소외시키는 구도에 익숙하다. 여성 간 배제는 은은한 거리 두기와 미묘한 눈치 게임으로 전형화된다. 2화의 유닛 결정전은 마치 소풍에서 같이 놀 무리를 정하듯 소파에 함께 앉는 방식이었다. 1화에서부터 뭉쳐 앉은 다른 출연자와 혼자 덩그러니 소파에 앉아 있는 슬릭의 모습이 예고로 나왔다. 본인은 의연했고 다른 출연자 역시 슬릭을 따돌린 게 아니지만, 그 그림에서 발생하는 효과가 있다. 슬릭은 고립된 것처럼 보인다. 보는 사람은 안절부절 애가 탄다. 2화의 마지막 장면은 유닛을 하게 된 효연과 슬릭의 의견 차이가 장식했다. 이런 긴장감과 캐릭터가 아마 슬릭의 캐스팅 목적 중 하나였을 것이다.

이 글을 처음 썼을 때는 효연과 슬릭의 무대가 아직 방송

되지 않았을 때다. 멋지게 해내기를 기대하지만, 실력 있는 사람끼리 뭉쳐도 결과물이 삐끗하는 사례는 사실 흔하다. 마블 코믹스에서 어벤저스를 모아놔도 손에 땀을 쥐잖아요? 골 엄청 때리죠? 하지만 슬릭의 유닛이 좋은 결과를 내지 못하면 문제는 슬릭으로 귀결될 가능성이 크다. 슬릭이 페미니스트 래퍼이고, 강한 신념이 걸림돌이고 어쩌고저쩌고…. 확장하면 슬릭뿐만 아니라 모든 여성 뮤지션에게도 해당한다. 여자라서, 여자 가수라서, '랩'보다 '예쁜 척'이 우선이라서…. 약자는, 타자는 개인의 정체성이 문제의 원인으로 지목당하며 실패할 기회를 보장받지 못한다.

그리고 슬릭은 처음부터 다 알았을 것이다. 알고도 뛰어들었을 것이다. 누구도 자신을 반기지 않을 판에서, 어떻게 이용당하고 왜곡될지 알 수 없는 미지의 소용돌이에서 슬릭은 정면 돌파를 선택했다. 1화의 크루 탐색전에서 슬릭은 LGBTQ, 성 소수자를 상징하는 무지개 깃발이 펄럭이는 무대에 맨발로 오른다. 처음 자기소개를 할 때 슬릭은 자신이 교차성 페미니즘을 공부했다고 밝혔다.

교차성 페미니즘은 다양한 위계와 차별의 교차를 고찰한다. 인종 차별 문제와 성차별 문제가 충돌하면서 부상한 교차성 페미니즘은 사회적인 위치성에 따라서 경험하는 구조적인 장벽이 단일하지 않으며, 다층적인 억압의 층위를 형성하는 것을 이론화한다. 교차적인 억압의 구조에서 개인은 기득권이기도 하고 사회적 약자가 되기도 한다. 가해자도 피해자도 될 수 있다. 예를 들면, 이 글을 쓰는 나는 여성으로서 불안에 떨며 밤길을 걷고 남자 작가들은 받을 일 없을 댓글이나 메일을 받는다. 한편 가시적인 장애가 없는 서울 거주자 이성애자로서 누리는 특권이 있다. 내가 먹고 마시는 것은 많은 부분 동물 착취를 기반으로 하며, 법적 성인이기에 어린이를 무시하고 존중하지 않는 세상에서 특별한 불편 없이 지낼 수 있다. 차별과 억압은 겹치거나 가로지르며 다르게 작동하고, '나'의 위치 역시 요동친다.

슬릭은 자신의 곡 'Here I Go'를 부른다. "SLEEQ got rainbow on ma wrist/Bread and Rose for ma women/for ma all gender queer/for ma all spectrum/고민하지 어떤 게 예술가의 삶/누구 위에 있기 위해선 존재하지 않아/고민하지 아무도 죽이지 않는 노랫말/그 앞에선 어떤 게임도 시작 버튼 눌리지 않아." 무지개와 젠더퀴어는 성 소수자를, 빵과 장미는 여성이 생존권과 참정권을 요구했던 여성 인권 운동을 의미한다. 살아남으려면 타인을 짓밟는 것이 당연한 판에서 아무도 죽이지 않는 노래를 부르고 어떤 게임도 시작 되지 않기를 꿈꾼다. 게임 자체가 잘못됐다고 말하는 용기로, 이기는 것이 곧 선이라는 세계관을 흔든다(슬릭이 공장식 축산업에 저항하는 실천으로 비건을 지향한다는 점 또한 2화에서 드러난다). 그렇게 자신의 다양한 가능성이 담긴 '스펙트럼'을 노래한 슬릭은 메시지에 집중할 수 있는 연출이나 퍼포먼스도 잘 어우러졌다.

패널의 반응처럼, 누군가는 슬릭을 고까워하고 욕하고 부담스러워하고 외면하고 비난한다. Mnet은 이런 이야기를 담기에 적절한 그릇이 아니다. 슬릭을, 슬릭의 메시지를 실컷 소비하고 버릴지도 모른다. 함께 팀을 이뤄야 하는 동료에게서 호감을 사지 못할 수도 있다. 그건 누구보다 그 자리에 꼿꼿하게 선 슬릭이 가장 잘 알았을 것이다. 강렬했던 무대의 대가(?)로, 2화의 유닛 선택에서 슬릭은 혼자 남았다. 그러나 슬릭은 말한다. 혼자 보여줄 수 있는 무대는 그것이 처음이자 마지막이었기 때문에 후회는 없다고. 여러 위험 요소에도 불구하고 슬릭은 해냈다. 힙합이 저항 정신이라면, 그 순간 슬릭이 가장 힙합이었다. 모두가 걱정했던 슬릭과 효연의 무대는 두 사람의 적극적인 협업과 의외의 케미로 큰 성공을 거두었다. 조금 낯선 메시지 때문에 슬릭이 완고하고 어려운 사람이라고 생각했던 '굿 걸'들은 슬릭의 유연한 수용력과 아티스트로서의 매력을 발견한다.

〈굿 걸〉의 첫 방송 날, 퀸 와사비는 다른 출연자와 함께

'본방 사수'하는 영상을 올리며 이렇게 썼다. "니네 진짜 슬릭언니 팬이 될 거여 진짜 속 깊고 솔직하고 착하고 무엇보다 너무 귀여우심ㅠㅠ 진짜 너무 사랑스러워 미칠 거 같애". 정당한 경쟁도 '캣파이트Catfight'로 바꿔버리는 Mnet의 세계관 속에서, 굿 걸들은 다행히 서로의 손을 잡고 잘 달리는 것 같다.

하긴 슬릭에만 포커스를 맞춰서 그렇지, 〈굿 걸〉의 출연진은 모두 글 한 편이 뚝딱 나올 만한 서사를 가졌다. 여자 가수로서 혹독한 다이어트의 고충을 토로했던 에일리, '국민 걸그룹' 멤버로 무수한 환희와 비난과 공격과 분열의 강을 건너 단단해진 효연, 언제나 '센 언니'로 호명되는 치타, 의도적으로 한계를 넘어서는 '곤란한' 섹스어필을 무기 삼은 퀸 와사비, 복잡한 걸그룹 정체성의 경계에서 이제 막 키를 쥐기 시작한 장예은. 출연자끼리도, 방송을 보는 시청자들도 어느 지점에서 자신의 조각과 맞닥뜨린다. 다정하게 응원하고 뜨겁게 즐기게 될 것이다.

Mnet이 돌리는 패는 이번에도 천방지축 어리둥절 빙글빙글 어디로 튈지 모른다. 그저 믿을 것은 재능 있고 용감한 출연자들뿐. 굿 걸들에게, 슬릭을 부탁한다. 역시 슬릭에게, 굿 걸들을 부탁한다.

'소녀'의 틀을 넘어,
누구보다 '영지답게'

2020년 8월 28일, 인터넷 뉴스 사이트인 '위키트리'에 기사 한 편이 올라왔다. "저 이영지입니다. 똥색 안색 논란 기사 작성한 기자 만났습니다." 기묘한 제목의 기사를 클릭하면, 다음과 같은 문구가 나온다. "래퍼 이영지 씨가 직접 작성한 기사입니다."

이영지는 힙합 서바이벌 〈고등래퍼3〉(Mnet, 2019)의 우승자다. 기사는 이어진다. "래퍼 이영지의 똥색 안색 기사를 작성한 ○○○ 기자를 만났다." 내 귀의 도청 장치도 아니고,

내 키보드의 래퍼…? 이영지가 자신에 대해 무의미하고 한심한 기사를 쓴 기자를 찾아가 직접 해명 기사를 작성한 것이다.

그로부터 한 달 전, 해당 기자는 이영지가 인스타그램에 올린 사진에 달린 댓글 중 일부를 골라 "'똥 못 싼 거 아니냐' 말까지 나온 오늘 자 이영지 안색"이라는 기사를 썼다. 이영지는 왜 이런 기사를 작성했냐고 묻고, 기자의 장 상태 역시 좋지 않다고 폭로했다. 인스타그램에 기사를 올리며 이영지는 덧붙였다. "제 똥 가지고 기사 쓰시면 이런 사달이 일어나니 모두 조심하세요♡".

이영지의 대처는 통쾌하고 또 따끔하다. 지금까지 얼마나 많은 연예 기사가 연예인, 특히 여자 연예인을 조회 수의 미끼로 삼아 고통 속에 몰아넣었는지 생각하면 더더욱 그렇다. 오랫동안 대한민국 대표 걸그룹으로 활동하며 언론 보도의 탈을 쓴 각종 언어폭력을 견딘 효연은 "와우 영지(이모티콘) 멋쪄"라는 댓글을 남겼다. 무분별한 악플과 이로 인한 피해를 막고자 주요 포털 사이트의 연예 기사에 댓글 기능이 사라졌지만, 정작 쏟아지는 저질의 기사는 그대로다. 별걸 다 '논란'으로 만들고, 이 과정에서 개인이 어떻게 소모되고 고통받는지 돌아보지 않는다. 이영지는 정면으로 들이받았고, 재치 있게 마무리했다. 연예인으로서 매체와 기자를 적으로 돌리지 않고 웃음으로 승화하면서도 이러한 현상의 문제점을 정확히 찌른 것이다.

이영지는 독보적인 캐릭터다. 본인은 연연하지 않지만, 〈고등래퍼〉 최초의 여성 우승자이자 최연소 우승자라는 타이틀은 여전히 빛난다. Mnet의 또 다른 음악 프로그램 〈굿걸〉에 출연해 한 번을 제외하면 본인이 속한 라운드를 모두 이기는 기염을 토했다. 2022년 여름에는 나영석 PD의 새로운 예능 〈뿅뿅 지구오락실〉(tvN)에 출연해서 활약 중이다.

이영지가 더욱 '핫'해진 이유는 〈개그콘서트〉 종영 이유로 지목되는(조금 과장됐습니다) 개그 감각 때문이다. 인스타그램 라이브(일명 '라방')와 틱톡, 유튜브를 적극적으로 활용하는 이영지는 라방에서 댓글을 읽으면서 팔로워와 티키타카하거나, 동영상 플랫폼인 틱톡에 챌린지 영상을 찍어 올린다. 순발력과 센스가 좋은 이영지의 라방은 유튜브에 따로 편집본이 올라갈 만큼 인기를 끈다. 유튜브 채널 〈영지발굴단〉에서는 온갖 콩트를 섭렵하며 끼를 아낌없이 발산했다. 기세를 몰아 출연한 〈라디오스타〉(MBC)는 토크 경쟁이 살벌하기로 유명하지만, 밀리지 않는 입담을 뽐냈다. 최근 인기 콘텐츠는 연예인을 불러 음식을 해주고 근본 없는 토크를 이어가는 유튜브 채널 〈차린 건 (쥐뿔도) 없지만〉이다.

이영지는 신나게 놀고 즐긴다. 밥줄이 달렸으니 열심히

한다고 너스레를 떨지만 보는 사람은 안다. 재능 있는 자가 열심히 하는 걸 넘어 즐기기까지 하면 이렇게 홍겹구나. 그리고 이 행동은 지금까지 한국 사회가 청소년 여성, 즉 '소녀'를 정형화하고 소비해왔던 도식을 부수며 짜릿한 파열음을 낸다. 본인의 의도와는 무관하겠지만, 지극히 호쾌하고 쿨하게.

10대 때 나는 '소녀'라는 단어를 무척 부담스러워했다. 나는 어딘가 그 말에 어울리지 않는다고 생각했다. 덩치도 크고, 자고 일어나면 책에 눈, 코, 입이 선명하게 찍힐 만큼 얼굴에 개기름이 많고, 털이 숭숭 난 굵직한 종아리로 달리며 급식을 두 판씩 먹는 내가 소녀라니? 온 세상이 비웃을 것 같았다. 사실 내 주변의 대부분 소녀가 그랬는데 말이다.

여이연에서 발간한 『소녀들: K-pop 스크린 광장』(조혜영 엮음, 2017)에서 소녀 담론을 참고하면, 왜 그렇게 그 단어가 실제의 소녀를 소외시켰는지 알 수 있다. "'소녀'는 오늘날 사람들이 소녀를 떠올릴 때 자동적으로 따라오는 문화적 관념들, 즉 청순미 혹은 순결 등의 의미론적 내포를 지닌 성별화된 개념이다." "대중문화에서 소녀는 청순가련, 국민 첫사랑, 국민 여동생, 롤리타, 비타민, 과즙, 4차원, 걸 크러시 등의 다양한 이름 아래" "전형적으로 '비행 소녀'와 '개념

딸'로 양분되어 멸시와 숭배 사이를 진동하는 존재이면서, 그런 진동의 어느 즈음에서 성적으로 대상화되는 존재이기도 하다."

이 스포트라이트와 진자 운동 속에서 소녀에게 마련된 자리는 양극단뿐이다. 보호의 대상인 순수한 소녀거나 욕망의 대상인 성애적 소녀거나. 여동생이야, 어린 여자야? 딱 정해! 전자는 '깔창 생리대'처럼 보호와 관심을 유발하고, 후자는 성적 물화와 관음을 동반한다. 헛된 환상이고, 만들어진 개념이지만 미디어가 소녀를 재현하는 현실이다.

SBS 드라마 〈편의점 샛별이〉(2022)는 여고생과 성인 남성의 연애, 노골적인 여고생 성적 대상화로 논란이 됐다. 애초에 성인 웹툰이 원작인 드라마가 로맨스로 포장하는 음험한 남성 판타지에 다수의 민원이 빗발치고, 폐지 청원이 올라오기도 했다. 어느 쪽이든 소녀는 주체가 되기 어렵다. 『소녀들』에서는 신자유주의에서 소녀가 새로운 주체로 등장한 면을 다루기도 하는데, 매우 중요한 논의지만 하려는 이야기와 조금 결이 다르니 여기서는 넘어가자.

소녀를 정의하고 가두려는 공고한 도식과 경계를, 이영지는 자유롭게 밟고 넘어선다. 라방에서 꽈당 넘어질 때처럼 웃으며 미끄러지고 구질구질한 것은 탁 털어버린다. 굳이,

군~이 기존의 잣대로 나누자면 이영지는 순수한 소녀에 좀 더 가깝다. 약간의 애틋한 가정사가 있는, 랩을 배운 지 6개월 만에 서바이벌에서 우승한, 돈 벌어서 할머니 침대 사주는 '기특한'. 그러나 하던 버르장머리대로 이영지에게 접근했다가는 혼쭐이 날 것이야~! 자신을 '오빠'라고 지칭하는 시청자의 댓글을 보고, 이영지는 그 단어를 발음하지 못한다면서 구역질하는 시늉을 한다.

가정사를 궁금해하는 질문에도 제작진이 원해서 썼을 뿐이고, 딱히 자기 인생의 고된 부분을 많이 차지하지도 않으며, 하면 하는 거고 말면 마는 거라고 선을 긋는다. '자기 이야기를 하는 것'과 '자기 연민'의 경계를 짚지 못해 허우적대던 그간의 무수한 힙합 가사와 차별화되는 산뜻함이 놀라울 정도다.

이영지는 여동생도, 어린 여자도 아니다. 그저 자신의 노래 가사처럼 이영지다. 능숙하게 화장을 하고 취향에 맞춰 염색과 네일아트를 하는가 하면, 맨얼굴로 온갖 표정을 짓는다. 〈영지발굴단〉에서는 있는 힘껏 입을 벌려 커다란 햄버거를 먹고 돌돌 말린 롤 머리를 한 채 콧수염을 그린다. 이영지의 중심은 언제나 자기 자신 안에 있는 추 같다. 자퇴도 안 했고 타이도 풀어헤치지 않았으니 힙합이 아니라는 농담을 들었던 이영지가 가장 자유롭고 대범하다.

〈고등래퍼〉 방영 당시, 이영지의 무대를 보면서 환호하는 여고생 관객을 볼 때 카타르시스를 느꼈다. 여기저기서 날아다니는 이영지를 볼 때 비슷한 감정을 느낀다. 이영지를 언제 어디서든 볼 수 있는 2020년에 10대를 보낸 여성 청소년은 이영지라는 존재가 없던 시절과는 명백히 다른, 고유한 경험을 하게 될 것이다. 새롭고 다른 레퍼런스의 출현은 존재 그 자체로 가능성이다. 또한 타인을 배려하고 주변을 살필 줄 아는 시야는 개인의 성숙도를 단순히 나이로 측정할 수 없다는 생각을 하게 한다.

이영지는 한 인터뷰에서 스무 살이 되면 '봉인 해제' '광기의 연속'이라고 예고(?)했다. 청소년이라서 받는 '우쭈쭈의 벽'이 사라지고 질타의 촉이 날카로워질 것을 알고 있음에도 "그래도 미친 사람이 되겠다"고 다짐한다. 더는 소녀가 아니게 된 이영지에게는 또 다른 위험과 가능성이 올록볼록 솟아날 것이다. "속도는 중요치 않은 장기전임을 눈치"('나는 이영지')챈 이영지는 그 굴곡조차 멋있게 드라이브할 준비가 된 듯하다. 그러니 그를 함부로 기특해하지도, 필요 이상 숭배하지도 않으면서, 그냥 아끼고 살짝 사랑하며 응원하고 싶다. 한껏 가지를 뻗은 재능이 틔우는 잎은 본 적 없는 색과 모양일 테니, 즐겁고 설렐 수밖에.

밀라논나

새해엔 '나이 듦'과 사이좋게 지내요, 잘 늙어봅시다

"젊었을 때로 돌아가고 싶으세요?"

유튜브 채널 〈밀라논나Milanonna〉의 '논나', 장명숙 패션 크리에이터는 일말의 망설임도 없이 대답한다. "아니요." 그리고 덧붙인다. "어우 한번 했으면 됐지. 어떻게 안 늙어. 나도 한번 젊어봤잖아."

순간 상쾌한 바람이 불어왔다. 노화를 거대한 재앙으로 치환하고, 안티에이징(노화 방지 혹은 항노화라는 의미로 주로 화장품에 쓴다) 제품을 쓰지 않으면 큰일 날 것처럼 호들갑을 떠는 세상에서 이런 태도라니! 해가 바뀌면 다 같이 한 살을 먹는 조금 특이한 문화권의 한국인으로서, 새로운 나이를 맞이하는 기념으로 밀라논나를 소개하고 싶다. 1952년생인 장명숙은 패션 바이어이자 디자이너이자 교수이다. 밀라노에서 유학한 최초의 한국인으로, 페라가모나 막스마라 등 유명 브랜드의 한국 출시를 주도한 것으로 유명하다. 채널 이름 밀라논나는 이탈리아의 지명인 밀라노와 할머니를 뜻하는 이탈리아어 '논나'를 합친 단어다. '밀라노 할머니' 정도 되겠다. 장명숙은 채널에서 자신을 '할머니', 구독자를 '아미치Amici'(이탈리아어로 '친구들')라고 부른다. 밀라논나의 아미치로서 이 글에서는 장명숙을 논나로 칭한다.

논나의 채널을 구독하며 친구들에게 물어보았다. "스무 살로 돌아갈 수 있다면 어떡할래?" 30대 초중반의 표본들은 대부분 고개를 저었다. 나도 마찬가지다. 스무 살로 돌아가고 싶지 않았다. 하지만 20대 때는 나이 드는 것이 그렇게 무서웠다. "여자 나이는 크리스마스트리(25세가 넘으면 가치가 떨어진다는 뜻)", 서른 이상의 여성을 "상폐녀(상장 폐지됐다는 뜻)"라고 부르는 현실에, 작고 나약한 개인이 뭐 얼마나 대단한 배포로 맞섰겠는가. 서른 살을 계란 한 판이라고 부르며 자조하거나, 그 잔치가 그 잔치가 아님에도 서른 이후의 삶을 잔치, 즉 청춘이 끝난 후의 잔해처럼 취급하는 문화에는 확실히 기이한 구석이 있다. 우리는 젊음을 찬양하고 숭배하는 데 익숙하다. 반면 자연스러운 현상인 나이 듦은 현대 의학과 화학을 총동원하고, 치열한 '노오오오력'으로 방어해야 하는 역병처럼 취급한다. 제일 건강하고 활력 넘치는 시기는 인생에서 아주 일시적인데 말이다.

에이지즘Ageism. '연령 차별주의'라고도 번역되며, 나이를 이유로 차별하는 사상이나 행위를 뜻한다. 특히 노인을 향한 차별과 선입견을 가리킨다. 루이즈 애런슨은 『나이듦에 관하여』(최가영 역, 비잉, 2020)에서 사지가 멀쩡한 왕년의 유명 인사도 평범한 동네 할아버지가 되기 십상이라고, 그보다 어려운 처지에 있는 이들은 우리 사회의 '투명 인간'이 된다는 사실을 지적한다. 2019년 JTBC에서 방영된 드라마 〈눈이 부시게〉에는 이런 장면이 있다. 기기의 오작동으로 쇼핑몰에서 비상벨이 울리고, 사람들은 급히 대피한다. 그런데 혜자(김혜자 역)가 탄 엘리베이터가 만원 경보음을 울리자 사람들은 일제히 혜자를 쳐다본다. 엘리베이터에 탄 사람 중 혜자가 가장 나이 들었다. 혜자는 먼저 탔음에도 그 눈빛에 떠밀려 스스로 엘리베이터에서 내린다. 위기 상황에서 효율과 속도를 위해 우리 사회가 밀어내는 존재, 노인을 향한 시각을 단적으로 드러내는 장면이다. 영화 〈69세〉(2019)에서 여성 노인 효정(예수정 역)은 젊은 남성에게 성폭력 피해를 당하지만, 노인이라는 이유로 피해 사실 자체를 인정받지 못한다. 이는 노인을 무성적인 존재로 뭉개는 에이지즘에, 피해자의 성적 매력이 성폭력을 유발한다는 잘못된 인식이 더해진 양상이다.

나이 듦은 열등한 것이고, 노인은 추한 존재이며, 노화는 최대한 지연해야 하며, 나이 든 티는 어떻게든 가려야 한다는 아우성 속에서 tvN 프로그램 〈유 퀴즈 온 더 블럭〉에 출연한 논나는 말한다. "50대의 장명숙은 이제 해방이다, 60대의 장명숙은 지금이 너무 좋다." 2020년 4월에 올라온 논나의 어버이날 선물 추천 영상(LF 광고 포함) 제목은 "왜 젊어 보여야 해요? 산뜻하면 되죠!"이다. 유튜브에 업로드된 영상 곳곳에서 논나는 자신의 나이가 듦을 자연스럽게 드러낸다. 겨울에 베레모를 즐겨 쓰는 습관이나 직접 머리를 자르는 용도의 가위를 소개하면서 "할머니는 워낙 머리숱이 없으니까"라고 할 때, 탈모는 질병과 공포가 아니라 몸의 일부이다. 소화 능력이 예전 같지 않다고 할 때도 과거와 비교하며 한탄하거나 비참해하지 않는다. 아미치들은 논나 소장품의 구매처를 물을 때마다 가볍게 좌절하는데, 물건 대부분이 오래되어 지금은 구하기 힘든 '레어템'이기 때문이다. 논나는 웃으며 말한다. "어떡해요. 할머니가 낡은 사람인데 물건도 다 낡았죠."

누구나 늙는다. 한국은 이미 고령 사회다. 통계청의 자료에 따르면 2022년 한국의 고령 인구 비율은 17.5%이다. 홈쇼핑을 들었다 놨다 하는 슈퍼 푸드도, 유명 피부과의 시술도, 진시황의 권력과 삼성 회장의 재력도 시간의 흐름과 노화는 막을 수 없다. 그러니 어떻게 '잘' 늙을지, 나이 듦과 어떻게 사이좋게 지낼지, 모든 눈금이 젊고 건강한 가상의 청춘에 맞추어져 있는 사회의 인식을 어디서부터 바꿔가야 할지 고민할 차례다. 논나의 영상에는 이런 댓글이 있다. "나이 들어간다는 게 무서웠는데, 할머니를 보면서 아… 이렇게 나이 들어간다면 너무 멋있을 것 같다 하고 두려움이 사라졌어요." 1300명이 넘는 사람들이 '좋아요'를 눌렀다. 논나가 자신을 스스로 다정하게 '할머니'라고 칭할 때, 자신의 역사가 고스란히 밴 몸과 물건의 '낡음'을 부끄러움 없이 드러낼 때, 약해진 몸과 물건을 소중하고 조심스럽게 쓰는 모습을 보여줄 때 깨닫는다. 머리가 빠지고 주름이 생기고 소화가 안 된다고 해도 인생은 끝나는 게 아니며 불행하지 않다는 지극히 당연한 진실을, 비로소.

생각해 보면 나이 듦 그 자체보다 나이 듦을 둘러싼 온갖 '카더라'와 불확실한 미래를 두려워했던 것 같다. 나이 듦이 나의 모든 개성과 역사와 취향을 잡아먹는 줄 알았다. 기회와 변화는 청춘의 특권이고 기능이 떨어지는 몸은 골칫덩이라고만 들었으니까. 사회가 보여주는 '할머니'와 '할아버지'의 표상은 너무 납작하고 단순하고 촌스럽고 제약이 많았으니까. 나이와 함께 잘 살아가는 모습을 볼 기회가 드물었으니까. 막상 뛰어들고 보니 막막하던 30대는 생각보다 좋은 점이 많다. 잃은 것만큼 '나'라는 인간에게 익숙해지면서 얻은 것도 있다. 우리는 이미 노년의 도전과 즐거움을 널리 알린 유튜브 크리에이터 박막례 할머니(채널명 '박막례 할머니 Korea_Grandma')를 만났다. 또한 이런 불안을 인지한 40~50대 여성 작가들이 자신의 삶에 관한 이야기를 쓰면서 전보다 다양한 예시를 접할 기회가 늘었다. 하긴 좋기만 한 순간이나 나이가 어디 있을까. '좋을 때다'라고 여기는 남의 시선이 있을 뿐이지.

〈눈이 부시게〉에서 25세의 혜자는 하루아침에 78세 할머니가 된다. 현실을 받아들인 혜자는 자신의 신체 나이부터 측정한다. "내가 어디까지 되고 어디까지 안 되는지 알아야 될 거 아냐." 혜자는 계단을 오르고 달리면서 어느 단계에서 숨이 차는지, 언제 무릎에서 삐거덕삐거덕 소리가 나는지, 뛸 수 있는지 없는지 등을 알아가며 몸에 적응한다. 변화한 몸은 당연히 25세인 혜자의 성에 차지 않으나 어쩔 수 없다. 함께 살아가야 하고 받아들여야 한다. 소수를 제외하면 최고 수준의 건강과 체력을 계속 유지하는 사람은 드물다. 로봇이나 신이 아니라, 인간이기 때문이다. 『나이듦에 관하여』 역시 의학에서 소외되는 노인에 초점을 맞추어, 어떻게 현대 의학과 더불어 행복한 노년을 살아갈 수 있을지 질문을 던지는 책이다.

의연한 척했지만, 부모나 나 자신의 노화를 실감할 때마다 심장이 철렁 내려앉는다. 흉터가 빨리 아물지 않아 심란해하고 슬쩍 리프팅 제품을 고를지도 모른다. 인간은 늙을 뿐 아니라 망각하기까지 하니까. 참 효율이 낮죠?

그럴수록 부지런히 돌보고 상기해야 한다. 노화는 비극이 아니며, 나이 든 당신과 나는 패배하거나 열등하지 않음을. 노화는 개인의 역사이고, 몸은 나이 들어도 나의 일부이자 동반이라는 사실을. 그리고 서로의 아미치가 되어 말하고 싶다. 조금 다른 조건으로 살아가는 노인과 변화하는 나의 몸에 한뼘 더 너그러워지자고.

아니 근데 그게 맞아?

초판 1쇄 2022년 9월 20일

지은이 이진송

발행인 유철상
편집장 홍은선
기획·편집 정유진
디자인 주인지, 노세희
마케팅 조종삼, 윤소담
콘텐츠 강한나

펴낸곳 상상출판
출판등록 2009년 9월 22일(제305-2010-02호)
주소 서울특별시 성동구 뚝섬로17가길 48, 성수에이원센터 1205호(성수동2가)
전화 02-963-9891(편집), 070-7727-6853(마케팅)
팩스 02-963-9892
전자우편 sangsang9892@gmail.com
홈페이지 www.esangsang.co.kr
블로그 blog.naver.com/sangsang_pub
인쇄 다라니
종이 ㈜월드페이퍼

ISBN 979-11-6782-094-5 (03810)